Bettina Hellwig

Julmonds Grab

Über dieses Buch

Samenraub statt Superhengst? Ein Skandal um gefälschtes Hengstsperma, ein geheimnisumwittertes Pferdegrab und ein etwas zu attraktiver Reitlehrer – die Tierärztin und Journalistin Antonia tauscht ihr Stuttgarter Redaktionsbüro für eine Woche gegen ein Wohnheimzimmer auf dem Marbacher Haupt- und Landgestüt. Hier macht ihre Tochter Paula eine Lehre als Bereiterin und ist unsterblich verliebt – in den Hengst Feuerstern, der am kommenden Wochenende versteigert werden soll. Als an der Lauterquelle eine Gestütswartin unter rätselhaften Umständen ums Leben kommt, sind plötzlich auch Antonia und ihre Tochter in Gefahr. Aber wer kann ein Interesse daran haben, die beiden aus dem Weg zu schaffen? Der breitschultrige Norbert scheint jedenfalls nicht nur wegen seines Fahrkurses in Marbach zu sein. Der Fan von Schwarzwälder Kaltblutpferden taucht seltsamerweise immer genau dann auf, wenn Antonia in Schwierigkeiten steckt. Während Antonia ihre Reitkünste mit Hilfe des Reitlehrers Patrick auffrischt, kommt sie einem lange zurückliegenden Betrug und auch dem Geheimnis von Julmonds Grab auf die Spur. Schon bald ahnt sie, dass ihr todkranker Vater Fritz, ein ehemaliger Gestütstierarzt, etwas vor ihr verbirgt und dass es die Schatten ihrer eigenen Vergangenheit sind, die sie und Paula bedrohen.

Die Apothekerin und Fachjournalistin Dr. Bettina Hellwig lebt mit ihrem Mann und ihren Pferden in Stuttgart und in Konstanz. Bisher hat sie zahlreiche Kurzkrimis in verschiedenen Anthologien veröffentlicht. Der aktuelle Kurzkrimi »Geisterfahrer« wurde im Herbst 2013 beim Freiburger Krimipreis prämiert. »Julmonds Grab« ist der erste Kriminalroman der passionierten Reiterin.

Bettina Hellwig

Julmonds Grab

Ein Schwaben-Krimi aus Marbach

Oertel+Spörer

Dieser Kriminalroman spielt an realen Schauplätzen. Alle Personen und Handlungen sind frei erfunden. Sollten sich dennoch Ähnlichkeiten mit lebenden oder verstorbenen Personen ergeben, so sind diese rein zufällig und nicht beabsichtigt.

Postfach 16 42 · 72706 Reutlingen

Titelbild: Gabriele Boiselle
Umschlaggestaltung: Oertel+Spörer Verlags-GmbH + Co.KG, Bettina Mehmedbegović
Satz: Uhl+Massopust, Aalen
Druck und Bindung: CPI books GmbH, Leck
Printed in Germany
ISBN 978-3-88627-349-2

Für Matthias

Prolog

Man sagt, dass die Seele keine Ruhe findet, wenn ein Mensch schnell und unerwartet einen gewaltsamen Tod stirbt. Sie hat dann keine Zeit, sich auf den Übergang vorzubereiten und bleibt so lange zwischen den Welten gefangen, bis sie ihre Aufgabe im Diesseits erfüllt und ihren Frieden mit den Lebenden gemacht hat.

Wer zu Julmonds Grab zwischen den alten Bäumen kam, konnte an manchen Tagen, wenn einzig der heisere Schrei einer Krähe die Stille durchbrach und Sonnenstrahlen die feuchte Erde in der Umrandung aus groben Kalksteinen erwärmten, beobachten, wie sich aus den aufsteigenden Nebeln ein Schleier zu lösen schien, über den Weiden eine menschenähnliche Gestalt annahm und vom Wind sanft zu den Stuten und ihren Fohlen getragen wurde. Manchmal schien eines der Pferdekinder die Kühle zu spüren, die der Nebel mit sich brachte. Dann hob es den Kopf, quietschte und machte ein paar Bocksprünge, bevor es wieder auf seinen dünnen Fohlenbeinchen zu seiner Mutter zurücktrabte.

Wenn es dunkel wurde und der Wind richtig stand, konnte es auch vorkommen, dass sich die Gestalt hinab in den Gestütshof treiben ließ und dort einem kleinen Mädchen sanft über die Wangen strich.

Und sie würde nicht ruhen, bis sie gefunden hatte, wonach sie suchte.

Alb-Traum

»Mama«, wimmerte sie und starrte angsterfüllt in die Dunkelheit.

Schweißüberströmt warf sie sich im Bett hin und her und versuchte, den Druck von ihrer Brust abzuschütteln. Trotz größter Willensanstrengung gelang es ihr weder die Augen zu öffnen noch Arme und Beine zu bewegen. Gebannt und hilflos spürte sie, wie ihr Herz von innen in rasendem Galopp gegen die Brust trommelte.

Hier konnte sie nicht bleiben. Sie spürte, wie der Druck nachließ. Hilfe suchend tastete sie nach dem Plüschpony mit dem abgewetzten Fell. Sie riss die Augen auf. Da, in der Zimmerecke, der Schatten, war das jetzt etwa der Nachtgrabb? Der hier auf der Alb die kleinen Kinder holte, im Schlaf? Nicht wieder einschlafen, nahm sie sich vor.

Sie schlug die Decke zurück und krabbelte aus dem Bett. Erst als sie mit bloßen Füßen auf den knarzenden Holzdielen des Flurs stand, merkte sie, dass sie vergessen hatte, ihre Hausschuhe anzuziehen, aber zurückzugehen wagte sie nicht.

Sie lief weiter durch den schwach beleuchteten Flur zum Zimmer ihrer Eltern und drückte die Tür auf. In der Dunkelheit zeichneten sich auf der Seite ihrer Mutter die Konturen eines Körpers ab. Doch der Haufen gab unter ihren tastenden Händen nach. Sie erschrak. Das Bett war leer.

»Papa«, schluchzte sie verzweifelt und zerrte die Decke herunter. Aber auch ihr Vater war nicht da.

Als sie erwachte, stand sie mit eiskalten und nassen Füßen mitten im Zimmer und versuchte zu verstehen, was hier passierte. Was immer es auch war, es hatte gerade erst begonnen.

Wenn du entdeckst,
dass du ein totes Pferd reitest,
dann steig ab.

Viel zitierte Managerweisheit,
die den Dakota-Indianern zugeschrieben wird

Vorwoche

»Eine Vaterschaftsklage!« Der Verlagsleiter Dr. Sigismund Schönle umkreiste den Tisch im Besprechungszimmer wie ein Jungpferd an der Longe. »Und das bei Shooting-Star Jupiter!«

»Ein Skandal!« Doros Augen leuchteten gierig.

Und noch dazu einer, in dem Sex eine Rolle spielte, dachte Antonia, auch wenn es dabei nur um Pferdemänner und ihre Sekrete ging. Das Thema »Superhengst trotz Samenraub« schien eine gute Geschichte zu versprechen. Die Chefredakteurin Dorothée Dussler-Schlotterbeck und der Verlagsleiter erwärmten sich bei der allwöchentlichen Redaktionskonferenz zunehmend für das etwas schlüpfrige Thema.

»Das ist doch mal ein echter Knüller! Und was haben wir diese Woche?«

Raschelnd blätterte Schönle die vor ihm liegende Ausgabe vom »Schwabenross« auf und schnaubte verächtlich.

»Schnuffi, Specki, Schollenhopser – der schönste Kosename für Ihr Pferd.«

Schwungvoll warf er die Zeitschrift in die Mitte des Tisches, wo sie wie ein papiergewordener Vorwurf an das Redaktionsteam liegen blieb.

»Das interessiert doch keine Sau!«, rief Schönle.

Antonia sah, wie Doro in ihrem Schwingstuhl immer kleiner wurde. Der Schnuffi-Beitrag war ihre Idee gewesen. Seit ihrem letzten Fortbildungskurs für Führungskräfte im Zeitschriftenbereich schwärmte Doro so überschwänglich vom Instrument der Leser-Blatt-Bindung, als hätte sie es selbst erfunden.

Doro herrschte als Chefredakteurin über ein Reich von drei männlichen und fünf weiblichen Mitarbeitern, zu denen sich auch Antonia zählen durfte. Als Folge ihrer Position hatte Doro vor allem die weniger liebenswerten Facetten ihres Charakters kultiviert. Sie trug ihre Haare mittellang in einer blond gefärbten Föhnfrisur und strahlte eine mattgraue Aura von Frustration und Freudlosigkeit aus. Doro schien verinnerlicht zu haben, dass eine lächelnde weibliche Vorgesetzte gemäß irgendwelcher Management-Ratgeber nicht ernst genommen wird. Nach langjähriger Übung zeigten ihre Mundwinkel auch im Ruhezustand nach unten und ihre ständige schlechte Laune hatte tiefe Falten in ihr Gesicht graviert.

Antonia hatte es im Gegensatz zu Doro in zwanzig Jahren im Verlag der Zeitschrift, einem Stuttgarter Familienunternehmen, zu keiner nennenswerten Karriere gebracht. Schönle honorierte bei seinen weiblichen Mitarbeitern neben einem beträchtlichen Zeitaufwand und freundlicher Zustimmung zu all seinen Ideen vor allem einen erhöhten körperlichen Einsatz.

Auch wenn Antonia ihr den Aufstieg zu Beginn geneidet hatte, hätte sie in der momentanen Situation nicht mit Doro tauschen wollen. Seit mehreren Jahren zeigten die Abonnementszahlen einen beharrlichen Abwärtstrend und die Anzeigenkunden investierten lieber im Internet als im Printbereich. Harte Zeiten also, denen Doro wenig entgegenzusetzen hatte. Da schien so ein Skandal gerade zur rechten Zeit zu kommen. Und ein teurer Zuchthengst wie der sechsjährige Jupiter, dessen Abstammung nicht den Angaben in seinen Papieren entsprach, konnte ziemlich viele Heftseiten füllen.

»Der Zuchtverband will untersuchen, was an der Sache dran ist, bevor das Ganze publik wird«, führte Schönle jetzt aus, während er weiter ruhelos um den Tisch trabte. Er war in Blaubeuren geboren, sprach aber meistens als Zugeständnis an seine intellektuelle Umgebung schönstes Stuttgarter Honoratiorenschwäbisch.

»Und dann wollen die es möglicherweise unter die Decke kehren.« Er blieb stehen und reckte einen Zeigefinger in die Luft. »Aber unsere Pflicht ist Aufklärung!«

Der Verlagsleiter ging auf die sechzig zu. Er hatte zwar noch alle Haare, aber die waren mehrheitlich von einem schmutzigen Grau. Zudem war er von kleiner Statur und meistens schlecht rasiert. Zum Ausgleich, und weil das vermutlich schneller ging als rasieren, verwendete Schönle aufdringlich viel, aber zumindest teures Rasierwasser. Außerdem hatte er die Angewohnheit, während langwieriger Besprechungen in der Nase zu popeln und dann das zutage Geförderte in den Mund zu stecken. Dorothée, die mit Mitte fünfzig etwas älter war als Antonia, war weniger zimperlich gewesen und hatte ihn ausführlich getröstet, während Schönles zweite Ehefrau ihre dritte Alkoholentzugskur absolvierte.

»Und die Kollegen vom ›Schwäbischen Landpferd‹ schlafen auch nicht!«

Antonia bezweifelte zwar, dass eine Sensationsgeschichte »Das Schwabenross« aus seinem Auflagentief herausholen und neue Anzeigenkunden anlocken würde, aber vielleicht konnte ein so populäres Thema die Klickzahlen ihres Online-Newsletters erhöhen. Und vielleicht konnten sie diesmal sogar dem verhassten Konkurrenzblatt zuvorkommen.

»Das ist endlich mal 'ne echte Story!«, unterstützte Doro Schönle, wobei sie sich bemühte, lässig zu klingen.

Als weitere Folge ihrer letzten Fortbildung spickte sie seitdem ihre Reden mit englischen und anderen Fachausdrücken.

»Die bringt uns bei einer Readerscan-Analyse sicher jede Menge Punkte«, führte sie mit wichtiger Miene aus.

»Werte Kollegen, wir müssen da unbedingt etwas draus machen«, sagte Schönle. »Jemand muss nach Marbach fahren. Ich erwarte Ihre Vorschläge.«

Er beugte sich vor und trommelte ungeduldig mit den Fingern auf die Tischplatte. Doro nickte eifrig, während sich der Rest des Redaktionsteams im Suppenkoma nach der Mittagspause um weitgehende Unsichtbarkeit bemühte. Eberhardt machte sein bewährtes freundlich-neutrales Sicherheitsgesicht, zog die Schultern ein und rührte in seiner Kaffeetasse, wobei er behutsam jedes Geräusch vermied. Antonia wusste, dass er Dorothée wie immer zustimmen würde. »Mastdarmakrobat« hatte ihre Tochter Paula ihn mit der übermütigen Arroganz der Jugend genannt, als Antonia ihr davon erzählt hatte. Antonia fand zwar auch, dass Eberhardt ein Kriecher war, konnte aber die Gründe dafür nachvollziehen. Er hatte einen Kredit für sein Haus abzubezahlen und zwei Töchter im Teenageralter, die teure Reitstunden in noch teureren Klamotten einforderten.

»Ä bissle mehr Begeischderung däd i mir scho wünsche«, kommentierte Schönle das kollektive Schweigen.

Dass er dabei in breites Schwäbisch verfiel, zeigte, wie sehr ihm die ganze Angelegenheit am Herzen lag.

»Bin ich denn hier nur von Mädle umgebe?« Schönle war stehen geblieben und steckte den rechten Zeigefinger in ein Nasenloch. »Sie wisset doch, was zählt«. Es klang dumpf. »Auflag, Auflag und noch mal die Auflag. Danach richten sich die Anzeigenpreise – und auch, was wir alle dann schließlich in der Dasch hend, meine lieben Kollegen. I häd gerne mal wieder so en richtigen Knaller.« Er nahm den Finger aus der Nase und deutete damit in die Runde. »So als Alleinstellungsmerkmal. Sex sells. Das habe ich der Gestütsleiterin so natürlich nicht gesagt. Ihr geht es vor allem um den Ruf des Gestüts. Aber sie will uns bei der Aufklärung unterstützen, damit ihre Marbacher Hengste auch weiterhin gut dastehen.«

Antonia ahnte, was kommen würde. Investigativer Journalismus war ein weiteres neues Lieblingswort von Doro und Schönle. Für die Mitarbeiter bedeutete es vor allem steigende Arbeitszeiten bei gleichbleibend mickerigen Gehältern.

»Vielleicht stimmt es ja gar nicht«, meldete sich schließlich Eberhardt vorsichtig zu Wort. »Wir haben schließlich noch keine genauen Informationen.«

»Dann schaffen Sie die ran!« Erregt nahm Schönle seinen Rundkurs wieder auf. »Dafür werden Sie schließlich bezahlt. Was das ›Landpferd‹ kann, das können wir schon lange!«

Na toll, der Job konnte einen also mühelos zwischen alle Stühle setzen, dachte Antonia. Was würde passieren, wenn tatsächlich edle Zuchtpferde des Marbacher Staatsgestüts betroffen waren? Und wenn bei einer negativen Berichterstattung Doro und Schönle ihre Freikarten für die alljährliche Hengstparade mit Plätzen im VIP-Bereich abschreiben konnten? Antonia vermutete, dass dann mit dem Wunsch nach vorbehaltloser Aufklärung rasch Schluss sein würde. Und wenn es Ärger gab, war natürlich der betreffende Redakteur schuld, schon allein wegen der Freikarten für Doro und Schönle.

»Wer möchte denn nun nach Marbach fahren?« Doro winkte verheißungsvoll mit einem Schlüssel, an dem etwas baumelte, das aussah wie ein Hufnagel. »Das Zimmer ist bereits reserviert, extra für unsere Redaktion.«

Schönle hatte das Popeln aufgegeben und beschäftigte sich dafür mit seinem Kugelschreiber. Schweigen legte sich wie eine hellgraue Decke über die Teilnehmer der Redaktionskonferenz. Die mangelnde Begeisterung lag nicht nur am Thema und der zu erwartenden Mehrarbeit, sondern auch an der Aussicht auf fünf Übernachtungen im Wohnheim des Marbacher Gestüts, die der Verlag großzügigerweise spendieren würde. Man konnte schon froh sein, wenn man ein Einzelzimmer erwischte, dachte Antonia und beobachtete schlecht gelaunt, wie Doro den Zimmerschlüssel wie eine besonders wertvolle Trophäe am Zeigefinger hin und her schaukeln ließ. Außer dem leisen Schlüsselklingeln und dem taktmäßigen Klicken von Schönles Kugelschreiber war es mucksmäuschenstill.

Und dann musste Antonia feststellen, dass beim Unsichtbarmachen etwas schief gegangen war. Als sie den Blick vorsichtig von der Tischplatte hob, sah sie geradewegs in Doros graue Augen.

»Deine Tochter arbeitet doch als Lehrling in Marbach«, näselte ihre Vorgesetzte.

Wie Antonia hatte auch sie sich offensichtlich nie an den sperrigen Begriff »Auszubildende« gewöhnen können.

»Damit bist du von uns allen am nächsten an der Quelle.«

Antonia wünschte sich einmal mehr, Paula würde ihrem Vorbild folgen und Veterinärmedizin in München studieren. Oder wenigstens Pferdewirtschaft an der Hochschule Nürtingen. Sie räusperte sich und griff nach der dünnen Klarsichtfolie mit ihren Unterlagen, als ob hier der rettende Einfall zu finden wäre. Doro klimperte weiter unbarmherzig mit Schlüssel und Hufnagel.

»Dr Herbschd isch d'schönschd Zeit uf dr Alb«, versuchte Schönle es zur Abwechslung mit Freundlichkeit. »Sie können dort eine Woche lang auf Verlagskosten die einmalige Ausstrahlung der Natur genießen. Vielleicht blüht noch eine letzte Silberdistel oder Sie finden einen Kuhröhrling auf der Wacholderheide. Und dann Parasolpilze und Schopftintlinge, die wachsen jetzt massenhaft auf den alkalischen Kalkböden ...«

Das Klicken hörte auf und sein Blick bekam etwas Schwärmerisches. Schönle war mal wieder bei seinem Lieblingsthema angelangt, der Pflanzenwelt der Schwäbischen Alb. Unter dem Namen »Die Ragwurz und der Tintling« gab er dazu sogar ein monatliches Mitteilungsblatt heraus.

»... und Moorbirken, von denen Bartflechten herabhängen. Wussten Sie, dass Flechten nur dort wachsen, wo die Luft noch saumäßig sauber ist?« Schönle seufzte. »Des muass jetzt schee sei. Ich beneide Sie richtig. Und auf dem Gestüt ist vieles nagelneu, alles mit Unterstützung des Landes, also uns.«

Er sah dabei so zufrieden aus, als hätte er persönlich renoviert. Antonia vermutete, dass diese Lobeshymne auch das Wohnheim einschloss und sie von den günstigen Preisen für die Übernachtung ablenken sollte.

»Gerade jetzt im Oktober leuchtet das Laub der Wälder in allen Farben«, schloss Schönle seine Überredungsversuche.

Es klang, als ob er am liebsten selbst hinfahren würde.

Obwohl sich Zucker und Milch in ihrem Kaffee schon längst gleichmäßig verteilt hatten, nahm Antonia einen Löffel, rührte in ihrer Tasse und beobachtete, wie die Flüssigkeit umherstrudelte. Sie wusste aus Erfahrung, dass Doro und Schönle nicht lockerlassen würden und dass weiterer Widerstand zwecklos war. Die beiden nutzten es nicht zum ersten Mal aus, dass Antonia den Job nach wie vor dringend brauchte. Seit einem Jahr schulterte sie nach dem Schlaganfall ihres Vaters einen Teil der Kosten für sein Stuttgarter Pflegeheim.

Antonia hob den Blick von der grauen Platte des Konferenztisches, auf dem schon unzählige Kaffeetassen braune Ränder hinterlassen hatten, und fuhr sich mit der Hand über die Stirn. Während Schönle den Kugelschreiber weglegte und den Zeigefinger wieder in Richtung Nase führte, entstand vor ihrem inneren Auge das Bild von friedlich grasenden Pferden auf endlosen grünen Weiden. Fast meinte sie, den Duft von frisch gemähtem Gras riechen zu können. Schönles Finger hatte die Nase erreicht. Wirklich fehlen würde ihr der Redaktionsalltag eher nicht, dachte Antonia. Sie sah Doro an und beschloss, sich für die Sache mit dem Wohnheim zu erwärmen. Antonia nickte langsam, fing den Schlüssel auf, den Doro mit Schwung über die Tischplatte in ihre Richtung gleiten ließ, und konstatierte das allgemeine Aufatmen ihrer Kollegen.

Allerdings war sie nicht sicher, ob ihre einundzwanzigjährige Tochter von ihrem Besuch begeistert sein würde. Immerhin waren die Zeiten, in denen sich Paula Ohrläppchen und Nasenflügel mehrfach durchlöchert und mit

Ringen geschmückt und eine Ratte als Haustier gehalten hatte, noch nicht lange vorbei. Auf Paulas linkem Schulterblatt erinnerte das Tattoo eines Schmetterlings an diese Zeit. Obwohl man es im Sommer, wenn die Sonne Paulas ohnehin schon dunkle Haut mit einem bronzenen Schimmer überzog, kaum erkennen konnte, war Antonia froh, dass sich ihre Tochter nicht für einen Totenkopf entschieden hatte.

Der Hengst ist, wie man sehen kann,
Ganz zweifellos der Pferdemann.
Die Stute ist nach Körperbau
Und weil was fehlt die Pferdefrau.

gefunden bei www.frybi.ch

Vorwoche

Paula riss die Metalltür ihres blauen Spinds auf, pfefferte ihre schwarze Lederjacke und den verfleckten, khakifarbenen Rucksack hinein und hoffte, dass die scheppernde Thermoskanne ihr die grobe Behandlung nicht übel nehmen würde. Ungeduldig zerrte sie einen zusammengefalteten weißen Kittel von der oberen Ablage und entfernte die knisternde Plastikhülle. Jeden Tag einen neuen aseptischen Kittel, frisch aus der Reinigung, gemäß EU-Vorschrift.

Dann tauschte sie ihre schwarzen Doc Martens, denen man den zwanzigminütigen Fußmarsch über die schlammigen Felder ansah, gegen die vorschriftsmäßigen, aber unbequemen Stiefel mit Stahlkappen, die dem Huf eines 500 bis 700 Kilogramm schweren Pferdes standhalten konnten. Die Stiefel sollten verhindern, dass ein Hengst einem bei einer plötzlichen falschen Bewegung den Fuß zertrümmerte. Trotz der Eile nahm sich Paula die Zeit, ihren Spind sorgfältig abzuschließen. Schließlich musste Xenia, die selbst ernannte Herrin der Anlage, nicht unbedingt mitbekommen, was sie vorhatte.

Die stämmige Besamungswartin erwartete sie in der Tür des Labors mit verschränkten Armen und einem vorwurfsvollen Blick, der Paula wohl klarmachen sollte, dass sie nicht nur zu spät kam, sondern außerdem schon wieder mindestens eines der vielen ungeschriebenen Xenia-Gesetze übertreten hatte. Zu den mittelschweren Vergehen zählte das Nicht-Nachfüllen von Verdünnungslösungen im Labor oder von Papier im Laserdrucker.

»Naaa, schönes Wochenende gehabt?«, fragte Xenia gedehnt, aber es klang nicht wirklich wie eine Frage, sondern eher wie ein Vorwurf.

Paula vermutete, dass das mit dem schönen Wochenende bei Xenia nicht der Fall gewesen war. Sie hatte den Verdacht, dass sich Xenia nach den Montagen sehnte, die sie von ihren einsamen öden Wochenenden in ihrer Wohnung erlösten, die oberhalb der Stallungen lag. Wie Paula wusste, kümmerte Xenia sich auch am Sonntag um die Pferde. So ritt sie oft am Nachmittag einen der aufgestallten Hengste in der Reithalle oder füllte Papiere aus, die in der Hektik des Alltags liegen geblieben waren. Besonders akribisch überwachte sie die Begleitscheine der Samenportionen, mit denen deren Herkunft dokumentiert wurde.

»Und selbst?«, gab Paula gehässig zurück.

Sie war sich der Wirkung vollauf bewusst, die ihre dunkelgrünen Augen und die weißen Zähne im Kontrast zu ihrer karamellfarbenen Haut hatten, und nutzte ihren Exotenbonus bei Männern gerne aus. Ihr eigenes Wochenende war in der Tat wenig einsam gewesen, so wenig, dass sie heute Morgen verschlafen hatte. Aber das tat ihr weder leid noch hatte sie ein schlechtes Gewissen. Wenn man zusammenrechnete, wie viel Zeit Xenia bei ihren Rauchpausen vergeudete, fand sie, dass ihr selbst weit mehr als nur eine gelegentliche Verspätung zustand.

Sie konnte Xenia nur bedauern, denn die Hengste auf der Station waren wahrscheinlich die einzigen männlichen

Wesen, die ihr nahekamen. Xenia war kaum älter als dreißig, aber mit ihrem kräftigem Körper und dem Hinkebein nicht gerade der Typ Frau, bei dem Männer ins Schwärmen gerieten. Paula sah in Xenias kantiges Gesicht und schämte sich ein bisschen für ihre hämischen Gedanken. Sie wusste, dass Xenias Hinken die Folge eines Arbeitsunfalls war. Vor fünf Jahren war ein Hengst beim Bespringen des Phantoms so unglücklich auf sie gestürzt, dass sie sich den Lendenwirbel angebrochen hatte. Der Bruch war zwar wieder gut verheilt, aber seit damals zog Xenia das Bein etwas nach. Und dann war da etwas, was Paula mit Xenia und allen andern Gestütlern verband und sie zu einer eingeschworenen Gemeinschaft machte: Nie hätte jemand von ihnen die Schuld dafür dem Pferd gegeben.

»Der Hengst konnte nichts dafür«, sagte Xenia, wenn man sie darauf ansprach. »Er hat es nicht mit Absicht getan. Es war ein Unfall. Er ist ausgerutscht und auf mich gestürzt.«

Wie alle echten Pferdemenschen war auch Xenia der Meinung, dass es keine wirklich bösartigen Pferde gab, sondern nur solche, die schlecht behandelt worden waren. Und auf dem Gestüt kam so etwas normalerweise nicht vor. Das hieß aber nicht, dass Xenia nicht energisch durchgreifen konnte, wenn ihr ein Hengst gefährlich wurde. 600 Kilogramm eigene Meinung, gesteuert von einem orangengroßen Hirn, waren einfach zu viel, befand sie und scheute sich nicht, das Notwendige zu tun, um so eine geballte Ansammlung von Testosteron und Muskeln zur Besinnung zu bringen. Das konnte auch mal ein gezielter Schlag oder Tritt sein. Wie das Leittier in einer Herde forderte Xenia Anerkennung und Respekt von ihren vierbeinigen Schützlingen – das galt auch für zweibeinige Kollegen wie Paula.

»Du übernimmst den ersten«, bestimmte Xenia und hielt Paula den Tagesplan hin.

Paula warf einen Blick auf das Blatt. Während der Decksaison, der Zeit zwischen Anfang Februar bis Mitte August, wurden täglich zehn bis 15 Hengste auf diese Art »abgearbeitet«, wie Xenia es nannte. Wenn diese Ausdrucksweise Xenias Verhältnis zum männlichen Geschlecht widerspiegelte, war es kein Wunder, dass sie alleine lebte, fand Paula. Immerhin ging Xenia hingebungsvoll auf die Bedürfnisse ihrer Hengste ein. Zusammen mit den Pferdepflegern und Bereitern sorgte sie so gut für die Tiere, dass die meisten davon einmal täglich zum Absamen bereit waren, manche sogar zweimal pro Tag. Gardez, einer der Elitehengste des Gestüts, hatte auf diese Weise sein Erbgut in seinen besten Zeiten jährlich an über hundert Fohlen weitergegeben.

Neue Hengste werden sorgfältig in ihre Aufgabe als Landesbeschäler im Staatsdienst eingeführt. Jeder Neuankömmling wird nach seiner Ankunft 30 Tage lang von den anderen Pferden getrennt in Quarantäne gehalten, damit er bei seinem Einsatz in Offenhausen keine Krankheiten auf die anderen Hengste oder die Zuchtstuten übertragen kann. In dieser Zeit werden er und sein bestes Stück von den Pflegern regelmäßig gewaschen. Dann muss er sich »einspringen«, um alte Samenzellen loszuwerden. Erst wenn die Tupferprobe bewiesen hat, dass er gesund ist und nicht unter einer bakteriellen Geschlechtskrankheit leidet, kann der Hengst mit seinem Deckeinsatz beginnen.

Auf der Besamungsstation Offenhausen bedeutet das aber nicht, dass die Hengste Stuten direkt decken dürfen. Hier bespringen sie ein Phantom. Dieser leicht nach oben ragende Bock ist mit braunem Leder bezogen und entspricht in Größe und Form einem Stutenkörper, hält aber mehr aus und kann weniger leicht verletzt werden. Zwar sind in der Natur die meisten Hengste zärtliche Liebhaber, aber sie müssen das auch erst lernen. Wenn sie nicht unter natürlichen Bedingungen im Herdenverband leben, haben sie dazu keine Gelegenheit, benehmen sich dann oft wie Rüpel und vergewaltigen die Stuten. Für eine Zuchtstute ist die künstliche Besamung in den meisten Fällen ein angenehmerer Vorgang als der Natursprung. Umgekehrt kann eine Stute einen Hengst schwer verletzen, wenn sie seinen Avancen nicht nachgeben will und zur Abwehr heftig auskeilt. Normalerweise wird daher auch der »Natursprung« vom Menschen gesteuert und kontrolliert. Dabei wird der Hengst zur Stute geführt, die in einem Deckstand auf ihn wartet. Meist werden ihr dabei die Hinterbeine gefesselt. Paula hatte bei den Marbacher Araberstuten schon zugesehen und vermutete, dass das für die Stuten auch nicht angenehmer war als eine künstliche Besamung.

Während der Decksaison im Frühjahr erreichen die Stuten den Höhepunkt ihrer Aufnahmebereitschaft. Wenn die Anforderung bis neun Uhr morgens an der Hengststation ankommt, kann der Hengst an diesem Tag so eingeplant werden, dass sein Sperma nach dem Absamen so schnell wie möglich an den Züchter ausgeliefert wird. Dort wird die Stute dann innerhalb von zwei bis drei Tagen durch den Tierarzt, den »Röhrleschieber«, wie Xenia ihn spöttisch betitelte, besamt.

Heute war Daylight dran, der neue Shooting-Star unter den Marbacher Hengsten. Daylight war ein Abkömmling des berühmten Dressurhengstes Donnerhall und hatte selbst schon mehrere Dressurprüfungen der schweren Klasse gewonnen. Paula konnte ihn schon von Weitem hören, denn seine Hufe klapperten nervös über den gepflasterten Hof. Daylight war mit einer ausgeprägten Libido gesegnet und natürlich wusste er genau, was ihn gleich erwartete. Damit auch allen anderen klar wurde, für wie wichtig er sich und vor allem seinen bevorstehenden Job hielt, demonstrierte er dies bereits auf dem Hof mit durchdringendem Wiehern. Als der Hengst an der Hand seines Pflegers wild mit dem Kopf schlagend und schnaubend im Imponiertrab in den Absamraum mit dem Phantom piaffierte, hatte er bereits ausgeschachtet und präsentierte nun eindrucksvoll seine Männlichkeit, die hin und her schaukelte und in etwa so lang und dick war wie Paulas Unterarm. Ein intensiver Moschusgeruch erfüllte den Raum.

Der Absamraum war karg eingerichtet, sodass er leicht gereinigt werden konnte, und enthielt nur das Notwendigste. Unbedingt notwendig war die lebendige Animierstute, die dem Hengst erwartungsfroh entgegenblickte. Paula hatte von den drei Stuten, die hier diesen Job versahen, Salome hinter die Bretterwand am Kopf des Phantoms geführt. Sie wusste, dass auch Hengste ihre Vorlieben haben und dass Daylight ein bisschen in Salome verknallt war. Als die Stute das herrische Wiehern hörte, machte sie ihrer Berufsbezeichnung alle Ehre und zeigte die gewünschten Anzeichen der Rosse. Sie drückte ihre Schweifrübe zur Seite, legte ihre Genitalien frei und ließ die rosafarbene Schleimhaut der Vagina aufblitzen. Damit überzeugte sie offensichtlich den Hengst, der sie erfreut mit einem tiefen Brummeln begrüßte und sofort anfing zu flehmen.

Obwohl Paula den Vorgang kannte, musste sie auch heute schmunzeln, als sie sah, wie Daylight seine Lippen öffnete und so weit hochstülpte, dass sie das rosa Zahnfleisch erkennen konnte. Dabei sah er aus, als wenn er lachen würde. Und in diesem Fall entsprach dieser Eindruck sogar der Wahrheit. Schließlich bereitete es dem Hengst tatsächlich Vergnügen, Salomes Sexuallockstoffe, die Pheromone, zu schmecken, die er auf diese Weise mit dem Luftstrom an sein Jacobson-Organ zwischen Rachen- und Nasenhöhle führte. Paula wusste natürlich, dass Pferde auch bei anderen unbekannten oder intensiven Gerüchen flehmten.

Paula hatte außerdem schon oft Kolikpferde gesehen, bei denen das Flehmen dann allerdings ein Zeichen für starke Schmerzen war. Weil Pferde keine Laute haben, um ihre Schmerzen auszudrücken, sind sie auf die gute Beobachtungsgabe ihrer Pfleger angewiesen. Wie die meisten Beutetiere müssen sie stumm leiden, denn das Wehklagen eines verletzten Tieres hätte in freier Wildbahn sofort ein Raubtier auf den Plan gerufen. Wie oft hatte Paula schon bedauert, dass der fehlende Schmerzlaut Pferde auch zu geduldigen Opfern gefühlloser Reiter machte. Wer sich wie sie ernsthaft um eine Partnerschaft mit seinem Pferd bemühte, musste bereit sein, ihm zuzuhören und auf seine Signale zu achten.

Fast schienen die beiden Tiere jetzt zu bedauern, dass ihr Kontakt nicht weitergehen würde. Der Pfleger, der wie alle Gestütsmitarbeiter ein dunkelblaues Hemd mit dem gelben Marbacher Schriftzug trug, führte Daylight zum Phantom. Die Mitarbeiter in der Besamungsstation hatten die künstliche Stute auf den Namen »Emma« getauft. Neben Emma wartete Paula, die genau wusste, wie es die Hengste am liebsten hatten. Sie hielt eine vorgewärmte künstliche Vagina in den Händen, die auch etwa so lang war wie ihr Unterarm, aber insgesamt deutlich dicker, denn sie enthielt in ihrer Ummantelung auf 41 Grad Celsius temperiertes Wasser. Innen war die künstliche Vagina mit einer gleitfähigen Plastikfolie ausgekleidet.

Daylight stolzierte zielgerichtet auf Emma zu und besprang sie mit einem Satz. Paula musste sich anstrengen, um die Vagina auf die richtige Höhe anzuheben und dem Penis überzustülpen, denn durch die Wasserfüllung war sie ziemlich schwer. Um frei hantieren zu können und den Hengst nicht zu irritieren, hatte Paula entgegen der Vorschriften keinen Helm aufgesetzt. Geschickt dirigierte sie seinen Penis in das Kunststoffteil und hielt es fest umklammert, während Dayligh kräftig zustieß und dabei ein hohes Quieken von sich gab. Die Animierstute vor seinem Kopf sah ihm aufmerksam zu, als er zärtlich in den Lederkragen des Phantoms biss, der zu diesem Zweck dort befestigt war.

Nach wenigen Stößen samte der Hengst mit einem tiefen Brummeln ab. Danach ließ er sich noch einen Moment erschöpft auf dem Phantom hängen und wieherte der Stute leise zu, bevor er sich hinabgleiten und entspannt vom Pfleger wegführen ließ. Bereits im Hof war es mit der Entspannung aber schon wieder vorbei und Daylight verkündete mit lautem Trompeten und wildem Getrappel seinen Kollegen, die hinter den dicken Mauern des Stalls auf ihren eigenen Einsatz warteten, was er soeben geleistet hatte.

Paula hatte das Sperma aus der Plastikröhre in ein mit bunten Bällen verziertes Babyfläschchen tropfen lassen und brachte es ins Labor, wo sie es in ein temperiertes Wasserbad stellte. Dann nahm sie eine frisch sterilisierte Pipette, legte einen Tropfen auf einen Objektträger und schob ihn unter das Mikroskop, mit dem sie die Beweglichkeit der Spermien untersuchte. Je nach Qualität der Samen würde sie entscheiden, wie viel Speziallösung sie zum Verdünnen benötigte und in wie viele Verkaufsportionen sie das

Sperma aufteilen konnte. Ein Ejakulat konnte ein kleines Bierglas füllen und zwischen einer und 18 Portionen Samen liefern. Paula berechnete die jeweilige Verdünnung so, dass im Idealfall eine Samenportion genügend vorwärtsbewegliche Spermien enthielt und damit rein theoretisch für eine Befruchtung ausreichte. Viele Stuten wurden jedoch nicht gleich nach der ersten Besamung trächtig, sodass mehrere Portionen notwendig sein konnten.

Paula blickte durch das Okular des Mikroskops und lächelte zufrieden. Daylight war jung und sein Sperma von allerbester Qualität. 18 Portionen würden kein Problem sein. Sie hob den Kopf und lauschte. Der Hufschlag des Hengstes war nicht mehr zu hören und Xenia schien sich wieder eine ihrer regelmäßigen Raucherpausen zu gönnen. Auch beim Gang in den Nebenraum mit dem Computer konnte Paula ihre ältere Kollegin nirgends entdecken. Paula setzte sich auf den Hocker vor der Tastatur, änderte den Namen des Hengstes, trug die Zahl sechs in das Protokoll ein und druckte dieses zusammen mit sechs Begleitscheinen und sechs hellgelben Etiketten für die Samenportionen aus. Beide Blätter steckte sie hastig in einen Ordner aus grauer Pappe, den sie zwischen den Protokollen des vergangenen Jahres auf der Ablage versteckte. Dann löschte sie den Vorgang und schaffte es gerade noch, die Zahl zwölf ins offizielle Protokoll zu tippen, als auch schon Xenia um die Ecke bog, sich über Paula beugte und einen kontrollierenden Blick auf den Bildschirm warf. Unwillkürlich hielt Paula die Luft an, denn sie konnte den Rauchgeruch ihrer Kollegin vor allem morgens und nach einer leicht alkoholhaltigen Nacht nur schwer ertragen. Sie selbst rauchte zwar nicht, hatte aber gegen einen gelegentlichen Joint nichts einzuwenden.

»Nur zwölf Portionen?«, fragte Xenia misstrauisch.

»Bei den beiden letzten Malen war es genauso«, gab Paula zurück. »Vielleicht ist er nicht so fit.« Sie deutete aus dem Fenster in den grauen Herbsthimmel. »Das trübe Wetter macht halt auch den Hengsten zu schaffen.«

Bevor Xenia etwas erwidern konnte, klickte Paula das Fenster »Drucken« an und hörte, wie sich der Laserdrucker surrend in Bewegung setzte. Xenia schien nicht ganz überzeugt zu sein. Paula wusste aber auch, dass Xenia ihre eigene unvorschriftsmäßige Abwesenheit nicht thematisieren würde. Auffordernd hielt Paula ihr den Ausdruck des offiziellen Protokolls hin. Mit einem letzten misstrauischen Blick zeichnete ihre Kollegin es ab, bevor sie wieder entschwand, um sich um den nächsten Hengst auf ihrer Liste zu kümmern.

Zufrieden nahm Paula die offiziellen grellrosa Etiketten aus dem Drucker und zog ihre Mappe aus dem Versteck. Dann kehrte sie ins Labor zurück, wo das Ejakulat im Wasserbad bei 36 Grad sanft vor sich hin schaukelte. Für die restliche Routinearbeit benötigte sie kaum eine Viertelstunde. Mit geübten Handgriffen etikettierte sie die achtzehn Plastikröhrchen, die etwa die Dicke einer Kugelschreibermine hatten, in gelb und rosa, verdünnte das Sperma und verteilte es auf achtzehn gleichmäßige Portionen.

Als letzten Schritt setzte sie eine Schutzbrille auf und streifte die bereitliegenden Handschuhe über. Dann zog sie den blauen Kanister mit dem flüssigen Stickstoff unter dem Tisch hervor, hob den Deckel hoch und zog einen Probenträger mit wabenförmig angeordneten Röhrchen aus dem Stickstoffnebel. In flüssigem Stickstoff bei minus 200 Grad aufbewahrt ist das Sperma nahezu unbegrenzt haltbar.

Ein normales Tiefkühlfach wird hingegen nur rund minus 20 Grad kalt, was die Haltbarkeit des Spermas begrenzt.

Paula fügte zwölf rosa Röhrchen an ihren vorgesehenen Platz auf dem Träger, tauchte die Samenportionen in die Flüssigkeit und verankerte den Eisenhaken in der dafür vorgesehenen Aussparung im Hals des Kanisters.

Für ihre sechs hellgelben Proben nahm sie einen weiteren der kreisförmig angeordneten Haken, zog den Träger heraus und versteckte die Röhrchen in einem Leerraum zwischen Portionen anderer Hengste, von denen sie wusste, dass sie in den kommenden Wochen nicht benötigt werden würden, und fror sie ebenfalls ein. Die sechs abgezweigten Spermaportionen würde sie zu einem späteren Zeitpunkt in ihrer Thermoskanne in einem Bad aus flüssigem Stickstoff zur Seite schaffen.

Sie lächelte und genoss das warme Gefühl im Bauch, das die vergangene Nacht hinterlassen hatte. Patrick war ein besonderer Mann, für ihn lohnte sich auch ein besonderes Risiko.

Scheiss auf den Prinz,
ich nehm das Pferd.

Spruch auf einem T-Shirt

Sonntagnachmittag

»Mama, ich habe mich verliebt. Ich fühle mich, als ob ein Blitz in meinen Kopf eingeschlagen hätte.«

Paula war ohne anzuklopfen in Antonias Schlafzimmer in ihrer gemeinsamen Stuttgarter Wohnung gestürmt. Als diese aus den Tiefen ihres Kleiderschranks hochfuhr, stieß ihr eigener Kopf unsanft an ein Regalbrett. Sie sah in Paulas Gesicht, das von schwarzem Kraushaar umrahmt wurde. Normalerweise hielt ihre Tochter sie aus ihrem Liebesleben heraus und umgekehrt galt das genauso. Auch waren Paulas sonntägliche Besuche in Stuttgart in der letzten Zeit immer seltener geworden. Umso mehr wunderte sich Antonia jetzt über Paulas plötzliche Offenheit.

»Wir passen unglaublich gut zusammen«, schwärmte Paula weiter, wobei sich ihr Blick über die Bäume vor dem Schlafzimmerfenster hinweg in eine nur für sie sichtbare Ferne richtete.

Antonia fuhr mit der Hand durch ihre kurzen kastanienbraunen Locken und massierte sich den schmerzenden Hinterkopf. Paula schien keine Antwort zu erwarten. Also gab sie ein zustimmendes Brummen von sich, während sie sich umdrehte, einen Wollpullover mit Norwegermuster und eine extradicke blaue Fleecejacke aus ihrer Sommerpause holte und sie in die bereitstehende Reisetasche legte. Sie ging davon aus, dass eine etwas reduzierte Garderobe für eine Woche auf dem Marbacher Landgestüt ausreichen würde.

»Mama, mit ihm ist es wie Fliegen.«

Antonia zog eine Winterjacke aus dem Schrank und schüttelte die Daunen auf. Das älteste deutsche Staatsgestüt liegt auf der Schwäbischen Alb im Kreis Reutlingen und befindet sich in einer Höhe von rund 700 Metern über dem Meeresspiegel. Die durchschnittliche Jahrestemperatur auf der Alb beträgt nur sechs bis sieben Grad und die Niederschlagsmenge liegt bei 700 bis 1100 Millimetern, was bedeutet, dass es gefühlt dauernd regnet und außerdem ziemlich kühl ist. Am Vortag hatte Antonia vorsichtshalber den Frostschutz bei ihrem VW-Golf erneuert. Die Alb trägt ihren Spitznamen »Schwäbisch Sibirien« nicht zu Unrecht und Wintereinbrüche im Oktober sind durchaus im Rahmen des Möglichen.

»Mama, er ist so toll. Wir verstehen uns blind«, jubelte Paula verliebt.

Antonia seufzte. »Laberflash« gehörte zu den Paula-Ausdrücken für ein so außergewöhnliches Mitteilungsbedürfnis. Vielleicht war es diesmal etwas Ernstes, dachte Antonia, hoffentlich nicht der Reitlehrer. Möglicherweise würde sie Paulas neue Liebe in der kommenden Woche kennenlernen. Sie vermutete allerdings, dass der Beistand ihrer Mutter nicht das war, was ihre Tochter sich jetzt am dringendsten wünschte. Antonia war auf Paulas Gesicht gespannt, wenn sie erfahren würde, wohin Antonias Reise ging.

Plötzlich kam ihr ein Verdacht. War Paula etwa schwanger? Antonia hoffte, dass ihre Tochter nicht denselben Fehler machen würde wie sie selbst. Antonia hatte im Alter von zweiunddreißig Jahren unbeabsichtigt dafür gesorgt, dass ihre Familie, die bisher nur aus ihrem Vater

Fritz und ihr selbst bestanden hatte, sich um ein Baby erweiterte, dessen dunkle Hautfarbe im deutlichen Kontrast zu Antonias blassem Sommersprossenteint stand. Antonia liebte ihre Tochter, aber sie wusste auch, dass ihr eigenes Leben weitaus einfacher gewesen wäre, wenn sie nur für sich allein hätte sorgen müssen. Paula war der Grund dafür gewesen, dass sie ihren Tierarztkittel an den Nagel gehängt und ihn gegen eine familienfreundlichere Computertastatur getauscht hatte.

»Er ist so süß, total herzig«, ging es weiter.

»Hör mal, Spätzchen«, begann Antonia vorsichtig, aber Paula war nicht zu bremsen.

»Ich habe sogar schon draufgesessen.« Das war jetzt dann doch deutlich zu viel, befand Antonia, holte Luft und öffnete den Mund, aber Paula ließ sie immer noch nicht zu Wort kommen.

»Mama, ich muss ihn einfach haben! Hat Opa Fritz auch gesagt. Und außerdem wäre Feuerstern auch etwas für dich. Wir könnten ihn später sogar legen lassen.«

Das wäre beim Reitlehrer dann doch eher fehl am Platz gewesen, dachte Antonia und war fast ein bisschen erleichtert, als ihr klar wurde, um was es hier ging. Seit Paula vor zwei Jahren ihre Lehre in Marbach begonnen hatte, war die größtmögliche Katastrophe, die sich ihre Tochter vorstellen konnte, nicht Liebeskummer oder ein ungeplantes Kind, sondern ein Leben, in dem Pferde nicht im Mittelpunkt standen.

»Stell dir vor, du könntest vielleicht auch wieder reiten. Das wäre doch schön!« Lahmer Überredungsversuch, befand Antonia. Seite an Seite mit ihrer Mutter in den Sonnenuntergang zu reiten, gehörte sicher nicht zu Paulas Vorstellungen von Glück.

Endlich kam Antonia zu Wort. »Ich werde ganz bestimmt nicht als erstes mit einem Hengst ausprobieren, ob sich meine Reitkünste wieder auffrischen lassen.«

»Aber er ist total liiieeeb!«

Das war in der Tat ein unschlagbares und momentan nicht zu widerlegendes Argument, dachte Antonia.

»Und dann ist da noch etwas«, fuhr Paula fort. »Feuerstern geht mütterlicherseits in direkter Linie auf DEN Julmond zurück, den Trakehnerhengst von Opa Fritz.«

Das Argument war zwar gut, aber diese Abstammung teilte sich Feuerstern mit vielen anderen Pferden, die heute in Marbach und in der Umgebung geboren wurden. Julmond galt als Stammvater der modernen Württemberger Warmblutpferdezucht und nicht nur Antonias Vater Fritz, sondern auch die Züchter im weiten Umkreis des Marbacher Gestüts schwärmten bis heute von dem Durchhaltewillen des Trakehners, den er auch an seine Nachkommen vererbte.

»Ein eigenes Pferd?«, fragte Antonia und wünschte sich die Ratte zurück. »Das geht nicht. Du weißt doch, was das kostet. Du wirst Bereiterin, nicht Millionärin!«

Als Auszubildende lernte Paula auf dem Gestüt alles, was sie benötigte, um später selbst erfolgreich zu reiten oder auf andere Art mit Pferden ihr Geld zu verdienen. Wegen der hohen Qualität der Ausbildung sind die Plätze auf dem Gestüt mit seiner 500-jährigen Tradition begehrt. Die Verantwortlichen können sich jährlich 20 Lehrlinge aus über 200 Bewerbungen aus ganz Deutschland aussuchen. Wer hier angenommen wird, gehört zu den Besten.

Natürlich war Antonia stolz auf ihre Tochter. Gleichzeitig war sie froh darüber, dass Paula durch die intensive

Arbeit auf der Schwäbischen Alb den negativen Einflüssen ihrer alten Freunde entzogen wurde.

»Jetzt reg dich doch nicht so auf, Mama. Chill mal.« Antonia zuckte zusammen. Das gehörte noch zu Paulas Wortschatz aus ihren Punkerinnen-Zeiten, genauso wie der Schmetterling auf dem Schulterblatt und die rosafarbene Narbe am Nasenflügel, die ein Piercing dort hinterlassen hatte.

»Und wie willst du so ein Wundertier bezahlen?«

Antonia befürchtete, dass bei so hochfliegenden Plänen die nächste Enttäuschung vorprogrammiert war, vor allem wenn Feuerstern gekört und damit zur Zucht zugelassen werden würde. Wenn Antonia sich allerdings richtig an den ersten veröffentlichten Bericht erinnerte, hatte Feuerstern bei der Körkommission bisher nicht gut abgeschnitten. Weder sein Körperbau noch seine Gangarten hatten die kritischen Fachleute überzeugen können.

»Selbst wenn Feuerstern nicht gekört wird, gibt es ihn sicher nicht zum Sonderpreis«, gab Antonia zu bedenken.

»Opa Fritz meint, das kriegen wir schon irgendwie hin«, meinte Paula optimistisch. »Wir ersteigern ihn bei der Auktion am nächsten Samstag.«

Nächsten Samstag würde der Pferdezuchtverband zum Abschluss des 70-Tage-Hengsttests die zur Zucht zugelassenen gekörten Hengste und ihre etwas weniger erfolgreichen Kollegen in Marbach versteigern. Bis dahin musste auch Antonias Bericht fertig sein. Wenn sich die Vorwürfe der Fälschung als wahr herausstellten, konnte das den Besitzer des bisherigen Hoffnungsträgers Jupiter eine Menge Geld kosten. Ein Hengst mit zweifelhafter Abstammung würde nicht gekört werden und auch auf der Auktion keinen guten Preis erzielen.

Was Paulas Wunsch nach einem eigenen Pferd anging, hatte sich ihre Tochter offensichtlich Unterstützung bei Opa Fritz, ihrem Großvater, geholt. Er hatte schon immer prophezeit, dass Paulas Pferdeliebe letztlich über alle üblichen Verirrungen eines pubertierenden Teenagers siegen würde, und bis jetzt hatte er recht behalten. Mit seiner Hilfe hatte Paula im Alter von elf Jahren den ersten detaillierten Kostenplan für den Kauf eines Pferdes erstellt. Dieser hatte alles enthalten, was dabei zu beachten war, angefangen vom Kaufpreis für Pferd, Sattel und Zaumzeug bis hin zu den zwei Euro für einen Hufkratzer. Er hatte nur einen einzigen Fehler enthalten: Es fehlten die Kosten für den Unterhalt. Damals war Opa Fritz für die Box von Paulas Pony Miss Moneypenny beim Stuttgarter Reitverein aufgekommen.

Opa Fritz verstand sich immer noch bestens mit seiner Enkelin, vor allem, wenn es um Pferde ging, während es Antonia seit seinem Schlaganfall meistens schwerfiel, zu ihrem Vater durchzudringen. Manchmal hatte sie den Verdacht, dass er sich aussuchte, was er noch verstehen wollte und was nicht. Auch bezweifelte sie, dass er sich einen Tag später noch daran erinnern konnte, was er Paula versprochen hatte.

In finanzieller Hinsicht konnte er ihr und Paula ohnehin nicht mehr helfen. Antonia verwaltete sein Konto und wusste deshalb nur zu genau, dass von seiner an sich üppigen Rente nach Abzug aller Kosten so wenig übrig blieb, dass sie ihn sogar unterstützen musste.

»Was ist mit dem Unterhalt für das Pferd? Hat Opa Fritz auch gesagt, wie ihr das diesmal hinbekommen wollt?«

»Das ist kein Problem«, erklärte Paula fröhlich. »Als Auszubildende bekomme ich in Marbach die Box zum

Sonderpreis. Und wenn Feuerstern mal krank ist, kannst du ihn dann ja behandeln, das kostet nichts.«

Antonia zuckte zusammen.

»Das letzte Mal, als ich das versucht habe, hat das Pferd nicht überlebt.«

Sie hatte das Gefühl, dass der Tod von Paulas Ponystute bis heute zwischen ihnen stand.

»Mama, das ist lange her«, gab sich Paula überraschend großzügig. »Miss Moneypenny hatte eine schwere Kolik. Und du konntest doch nichts dafür. Hakuna matata – alles wird gut.«

»Gib nicht so an«, sagte Antonia trocken. »Ich habe den König der Löwen auch gesehen.«

»Aber ich darf das, ich habe afrikanisches Blut.« Das war nicht zu übersehen. Außer den gleichmäßigen, weiß strahlenden Zähnen hatte Paula auch den Charme ihres Vaters, von Antonia aber den goldenen Rand um die Iris ihrer dunkelgrünen Augen geerbt.

»Was weiß du denn schon«, sagte Antonia. »Dein Vater ist Amerikaner, lebt in New York und hat Afrika nie in seinem Leben gesehen.« Und leider auch seine Tochter nicht, fügte sie in Gedanken hinzu. »Aber er scheint auch einen Dickkopf zu haben, denn von mir hast du das nicht.«

»Sagt wer?« Paula grinste und ging auf die Schlafzimmertür zu.

Antonias Gefühle schwankten von mütterlicher Besorgtheit bis hin zur Erleichterung darüber, dass Paula ein deutliches Ziel vor Augen hatte, auf das sie hinarbeiten konnte. Allerdings kannte Antonia den ausgeprägten starken Willen ihrer Tochter und fragte sich, zu welchen Mitteln Paula greifen würde, um ihn durchzusetzen. Und sie fragte sich auch, wie sie auf den Besuch ihrer Mutter reagieren würde. In diesem Moment drehte Paula sich mit einer geschmeidigen Bewegung um und starrte auf die Reisetasche.

»Was machst du da eigentlich?«, fragte sie misstrauisch.

»Ich fahre morgen Abend auch nach Marbach«, antwortete Antonia lässig.

»Wie jetzt ... wann ... wieso?«

Antonia musste lachen. Ihrer temperamentvollen Tochter hatte es offensichtlich die Sprache verschlagen.

»Eine Woche lang«, sagte Antonia. »Etwas ausspannen. Ein bisschen schreiben und vielleicht wieder einmal ein bisschen reiten.«

Als sie sah, wie entgeistert Paula sie anstarrte, hatte sie das Gefühl, es wäre besser, ihr den wahren Grund ihrer Reise vorerst zu verschweigen. Antonia lächelte.

»Bei der Gelegenheit könnte ich mir deinen Feuerstern ja mal ansehen.«

Paula sah Antonia einen Moment lang ungläubig an.

»Das geht ja mal gar nicht! Du spinnst wohl!«, ging es dann los.

Der plötzliche Stimmungsumschwung erinnerte Antonia an Paulas Pubertät.

»Eben hat sich das aber noch ganz anders angehört«, antwortete Antonia.

»Aber da wusste ich doch nicht, dass du es schon geplant hast. Du hast heimlich mit Opa Fritz gesprochen. Ich lasse mich nicht kontrollieren«, polterte Paula empört. »Auch nicht von dir!«

»Du wolltest doch, dass ich komme«, sagte Antonia, »schon allein wegen Feuerstern.«

»Aber doch nicht jetzt sofort. Und auch nicht eine ganze Woche«, schimpfte Paula, stampfte mit dem Fuß auf und rannte über den Flur in ihr eigenes Zimmer. Antonia hörte, wie sie ihre Sachen polternd aus dem Schrank riss. Dann schien sie eine Runde durch den Waschkeller zu drehen, in dem die frisch gewaschene Wäsche trocknete. Zehn Minuten später stand ihre Tochter mit gepackter Tasche im Flur und verabschiedete sich ziemlich kurz angebunden mit einem knappen »Tschüss«.

Antonia sah ihr verdattert nach und wunderte sich über die plötzliche Hast. Dann ging sie in die Knie und kramte im hintersten Winkel des Kleiderschranks nach ihren gefütterten Winterstiefeln. Als sie die Hülle ertastete, in der sich ihre Reitstiefel befanden, zögerte sie. Sie schob ein paar Kleiderbügel zur Seite und entdeckte ihre alte Reithose. Der Besatz war aus echtem Leder, im Gegensatz zu den modernen Reithosen, die aus pflegeleichtem Synthetikmaterial gefertigt wurden. Ob ihr die Hose wohl noch passen würde? Seit Paulas Geburt hatte Antonia so oft zu- und mühsam wieder abgenommen, dass sie den Überblick verloren hatte. Seit einigen Jahren verdeckte zudem eine hartnäckige Fettschicht ihre Bauchmuskulatur und ließ sich zu ihrem Ärger auch durch Diäten nicht zum Verschwinden bringen.

Antonia nahm die Hose aus dem Schrank und musterte sie prüfend. Das Leder war steif geworden, aber der graubraune Stoff gab unter ihren Fingern geschmeidig nach. Einen Versuch war es wert. Antonia zog ihre Jeans aus und schlüpfte in die Reithose. Auf der Haut fühlte sich das Gesäßleder ungewohnt rau an. Sie musste ein paar Mal auf und ab hüpfen, bis sie die Hose hochgezogen hatte, und die Luft anhalten, aber dann ließ sich der Reißverschluss zuziehen. Sie ging in die Knie und spürte, wie der Lederbesatz an der Innenseite der Oberschenkel zwickte. Eine

Portion Körpermilch, dann würde es gehen. Und der Stoff der Hose würde sich weiten. Antonia zog die Reithose wieder aus, faltete sie sorgfältig zusammen und legte sie zu den Polohemden und der Unterwäsche in die Reisetasche. Ein Paar Wanderschuhe, die Winterstiefel und die Reitstiefel landeten in einer zweiten Tasche. Der Auftrag bot ihr so ganz nebenbei eine gute Gelegenheit, es wieder mit dem Reiten zu probieren.

Und trägst Du auch nur schlicht Gewand
und keine stolzen Höh'n:
Ostpreußen hoch, mein Heimatland,
Wie bist du wunderschön!
Zum Kampfe lieferst du das Ross,
wohl Tonnen Goldes wert,
und Männer, stark zum Schlachtentross,
die kräft'ge Faust zum Schwert.

aus dem Ostpreußenlied, Johanna Ambrosius (1854–1939)

Später Sonntagnachmittag

Hinter der Eingangstür des Stuttgarter Pflegeheims »Am Killesberg« passierte Antonia die zufällig wirkende Ansammlung von Sesseln und Stühlen mit mehr oder weniger dazu passenden Tischchen. Am Fenster saßen zwei weißhaarige Männer zusammen und spielten Karten. Sie trugen Bademäntel, die in Antonias Kindheit modern gewesen waren. Auf dem Flur kam ihr eine weißhaarige Frau in einem rosafarbenen gesteppten Morgenmantel mit einem Gehwägelchen entgegen, auf dem sie eine angebrochene Packung Tempotaschentücher deponiert hatte, und nickte ihr freundlich zu. Antonia antwortete mit »Grüß Gott«.

Sie mied den Fahrstuhl und ging zu Fuß über die Treppe in den ersten Stock. Wie jeden Sonntag klopfte Antonia, öffnete die Tür und betrat das Zimmer ihres Vaters. Er saß in seinem Rollstuhl am Fenster und verzog die Lippen zu einem schiefen Lächeln, als er sie sah. Nach dem Schlaganfall war nicht nur sein halbes Gesicht, sondern die gesamte rechte Körperhälfte zum größten Teil gelähmt, sodass er auch die Muskeln auf der rechten Gesichtshälfte nicht mehr kontrollieren konnte und ihm das Sprechen schwerfiel.

»Ka-tha-rina«, stammelte er.

An guten Tagen erkannte er seine Tochter und konnte sich auch mit ihr unterhalten. An den weniger guten Tagen wusste er nicht, wer sie war. Manchmal verwechselte er sie auch mit ihrer Mutter Katharina. Das schien heute einer seiner weniger guten Tage zu sein, dachte Antonia, als sie zur Begrüßung die trockene Altershaut seiner Wangen mit den Lippen berührte.

»Wollen wir hinausgehen?«, fragte sie und deutete auf den Balkon, der jetzt am späten Nachmittag von der Sonne beschienen wurde und von dem aus man einen schönen Blick auf den Höhenpark hatte. An der frischen Luft würde sich der Geruch von ungewaschener Kleidung und Urin verflüchtigen, der im Heim zäh an den alten Menschen und jedem Einrichtungsgegenstand zu haften schien, obwohl alles sauber aussah. Es erschien ihr sinnlos, auf die Zustimmung ihres Vaters zu warten, und so legte sie ihm eine warme Decke um die Schultern und schob seinen Rollstuhl hinaus. Dort setzte sie sich auf einen Stuhl rechts neben ihn, um auch seine rechte Seite zu aktivieren, wie die Ergotherapeutin empfohlen hatte.

Antonia fasste seine rechte Hand, an der die Venen blau hervorquollen, und blickte auf den Mann, der sie großgezogen hatte und den nun seine Krankheit dazu zwang, geduldig und stumm auf den Tod zu warten. Sie vermutete, dass ihm Schweigen die geringeren Probleme bereitete, denn er hatte auch nicht viel gesprochen, als er noch im Vollbesitz seiner Kräfte war. Vor allem vermied er sein Leben lang Gespräche über seine alte Heimat.

Antonia hatte immer nur bruchstückhaft erfahren, was im eisigen Winter 1944 geschehen war, als sich ihr Vater im Alter von siebzehn Jahren in die Ströme der Menschen einreihte, die aus Ostpreußen vor den heranrückenden russischen Truppen flohen. Menschen und Tiere hatten fast keine Nahrung und mussten bei Temperaturen von minus 20 Grad im Freien übernachten. Tagsüber beschossen russische Tiefflieger die Flüchtlingstrecks. Ihr Vater war der einzige aus seiner Familie, der damals Westdeutschland lebend erreichte, und das hatte er vor allem Julmond zu verdanken. Im Sattel des kleinen Fuchshengstes trieb der angehende Gestütswärter Fritz eine Gruppe von Pferden aus dem ostpreußischen Landgestüt Georgenburg über den einzig möglichen Weg nach Westen, das zugefrorene Frische Haff. Immer um die Herde kreisend legte Julmond dabei fast den doppelten Weg zurück, ohne lahm zu werden oder zu ermüden. Am 7. April 1945 kamen Fritz und Julmond klapperdürr, aber ansonsten kerngesund im westfälischen Landgestüt in Warendorf an.

Antonia ahnte, dass ihr Vater über die Flucht und deren schreckliche Folgen in der Absicht schwieg, ihr als seiner einzigen Tochter ein unbelastetes und glückliches Leben zu ermöglichen, das nicht von einem Trauma überschattet sein sollte.

Sein selbst auferlegtes Schweigegebot bezog allerdings den Hengst Julmond nicht ein und so gab Fritz seine Pferdebegeisterung erst an Antonia und später auch an Paula weiter. Noch vor ihrem eigenen konnte Antonia nicht nur Julmonds Namen, sondern auch die der Trakehnerhengste Pregel, Himalaya und Kornett buchstabieren, die ihm in Marbach später folgten. Sie waren dort als Zuchtpferde so erfolgreich, dass heute in fast jedem modernen Württemberger Warmblutpferd das Blut eines der vier ostpreußischen Hengste fließt.

Bis kurz nach Kriegsende hatten die schweren Württemberger Warmblutstuten Pferde zur Welt gebracht, die unter der Woche den Pflug über die steinigen Ackerböden und am Sonntag die Kutsche in die Kirche ziehen konnten. Dazu sollten die Pferde vor allem arbeitswillig und anständig sein. Das Zuchtziel für diese bodenständige Nutzung lautete »Herr und Bauer«. In Marbach stehen auch heute noch drei solcher Altwürttemberger Hengste zur Verfügung. Sie sind vor allem als Väter von schweren Kutschpferden begehrt.

Nachdem Pferde durch die zunehmende Motorisierung als Arbeitstiere überflüssig wurden, entdeckten immer mehr Menschen ihre Liebe zum Pferdesport und wünschten sich dafür elegante und spritzige Pferde. Diese Wünsche können die Nachkommen der Trakehnerhengste erfüllen, die ihre Eigenschaften zudem zuverlässig an weitere Pferdegenerationen vererben.

Während Fritz sein Abitur nachholte und mithilfe eines bescheidenen Stipendiums in Hannover ein Studium der Tiermedizin begann, blieb Julmond in Warendorf. Immer wenn es Fritz möglich war, setzte er sich auf sein altes Rixe-Motorrad, legte die 200 Kilometer von Hannover zum Warendorfer Landgestüt zurück und besuchte ihn dort.

Leider ging es dem Hengst in Warendorf nach kurzer Zeit immer schlechter. Weil man ihn nicht als Deckhengst einsetzen wollte, spannte man ihn vor die Kutsche, bis ihm dann schließlich der Schlachter drohte. Fritz und die Warendorfer Gestütswärter konnten ihm dieses Schicksal ersparen, indem sie für ihn sammelten und sein Futter bezahlten. Später sorgte Fritz dafür, dass Julmond in sichere Hände weiterverkauft wurde. Nachdem er sein Tierarztexamen in der Tasche und seine Stelle im Marbacher Gestüt angetreten hatte, vermittelte er den Hengst an den damaligen Landoberstallmeister Dr. Georg Wenzler, der ihn im Jahr 1961 für Marbach erwarb.

Damals war Julmond mit dreiundzwanzig Jahren für einen Deckhengst zwar schon relativ alt, war hier aber dennoch fast fünf Jahre lang als Hauptbeschäler im Einsatz. In dieser relativ kurzen Zeit wurde er zum Stempelhengst der württembergischen Warmblutpferde. Er zeugte rund 140 Nachkommen. 22 seiner Söhne wurden gekört. 20 seiner Töchter sorgten in der Marbacher Stutenherde dafür, dass das ostpreußische Erbe bis auf den heutigen Tag von Generation zu Generation weitergegeben wird.

Julmond starb im Jahr 1965 friedlich an Herzversagen, als er siebenundzwanzig Jahre alt war. Das war am 23. März, eine Woche nach Antonias fünftem Geburtstag. Julmond fand in Marbach seine letzte und endgültige Heimat. Nach seinem Tod bestattete man ihn im Schatten mehrerer riesiger Buchen auf dem Boden des Haupt- und Landgestüts und stellte als besondere Ehre einen eigenen Grabstein für ihn auf.

Im selben Jahr ging auch Antonias Mutter Katharina fort. Sie verließ ihre Heimat Gomadingen und ihre Familie für immer, um die karge Schwäbische Alb mit ihren trockenen Kalkböden gegen das Leben an der Seite eines reichen texanischen Gutsbesitzers einzutauschen. Zumindest war das die Version des Geschehens, an der ihr Vater sein Leben lang festgehalten hatte. Weitere Nachforschungen lehnte er kategorisch ab und auf die Fragen der kleinen Antonia nach ihrer Mutter antwortete er ausweichend.

Dann verließ er mit Antonia die Alb, denn er wollte nicht, dass seine Tochter jeden Tag und zu jeder Jahreszeit eine halbe Stunde auf dem einsamen Feldweg vom Landgestüt in die Schule nach Gomadingen laufen musste. So lautete seine Begründung. Einen Luxus wie einen Schulbus leistete man sich dort damals noch nicht.

In Stuttgart vergrub sich ihr Vater mit verbissener Wut in die Arbeit in seiner Tierarztpraxis und heiratete nie wieder. Antonia wusste nicht, ob eine neue Frau besser für sie gewesen wäre als die Vielzahl verschiedener Haushälterinnen, deren zahllose Variationen von Maultaschen, Spätzle mit Soße und Gaisburger Marsch sie über sich ergehen lassen musste, bis sie endlich erwachsen war.

Antonia schloss die Augen und genoss die Wärme der herbstlichen Nachmittagssonne auf ihrem Gesicht. Während ihr Vater früher oft unerreichbar für sie gewesen war, schien er ihr jetzt viel näher und vertrauter zu sein, obwohl oder vielleicht auch gerade weil er nicht mehr jede ihrer Aussagen kritisch hinterfragen konnte. Auch hatte der Schlaganfall seinen seelischen Schutzwall geschwächt. Antonia hatte ihn seither öfter lachen und weinen sehen als in ihrem gesamten bisherigen Leben. Als ihr Vater noch die volle Kontrolle über seine Gefühle hatte, verbarg er sie erfolgreich hinter seinem schroff wirkenden preußischen Auftreten.

Jetzt konnte er ihr zwar keine Antworten mehr geben, aber Antonia hatte die Hoffnung, dass ihre Stimme ihn irgendwo tief innen doch noch erreichte. Weil sie spürte, wie gut es ihnen beiden tat, hatte sie es sich angewöhnt, ihm von ihren Problemen der zurückliegenden Woche zu erzählen. Meistens schien es ihr, als ob er zuhören würde, und er gab zumindest ab und zu ein bestätigendes Murmeln von sich oder nickte mit dem Kopf. Gleichzeitig fand sie es beruhigend, dass sie jetzt seine kritischen Kommentare und nervenden Ratschläge nicht mehr fürchten musste. Dabei hatte sie sich auch als Erwachsene immer noch gefühlt wie ein Schulkind, das etwas unfassbar Dummes gesagt hat.

Heute berichtete sie ihm von dem Pferdekäufer, der sich betrogen fühlte und beim Zuchtverband beschwert hatte. Der Mann hatte Jupiter vor fünf Jahren als Fohlen von der Familie Pfefferle in Offenhausen erworben. Der kleine Hengst hatte sich so gut entwickelt, dass der Besitzer Jupiter jetzt kören lassen wollte, um ihn zur Zucht einsetzen zu können. Jupiter begeisterte zwar die Körkommission, aber leider hatte ein DNA-Test gezeigt, dass das Pferd nicht den von Pfefferle angegebenen und in den Papieren eingetragenen Hengst Just Magic als Vater hatte. Das wog in diesem Fall besonders schwer, so der Besitzer, weil er viel Geld dafür bezahlt hatte, Nachkommen von Pfefferles berühmtem Olympiapferd zu züchten.

Der richtige Vater von Jupiter konnte bisher nicht ermittelt werden, womit das Pferd als Zuchthengst wertlos war. Der Käufer habe Pfefferle um Rücknahme des Hengstes gebeten, aber dieser habe sich geweigert, so der Vorwurf. Der Mann hatte sich in seiner Empörung mit einem Leserbrief an die Redaktion vom »Schwabenross« gewandt und Antonia sollte jetzt herausfinden, was an der Sache dran war.

»Ich bin mir nicht sicher«, sagte Antonia nachdenklich, während sie zärtlich über die durchscheinende, mit Altersflecken übersäte Haut auf dem Handrücken streichelte, »ob das so stimmen kann. Vielleicht will der Besitzer von Jupiter mit unserer Hilfe nur eine Privatfehde austragen.«

Als sie kein bestätigendes Murmeln vernahm, sah sie

ihren Vater an. Er war in den Strahlen der Herbstsonne eingedöst und sein Kopf hing schlaff herunter. Sein Mund stand offen, ein dünner Speichelfaden tropfte ihm aufs Kinn. Als Antonia ihn mithilfe mehrerer unterstützender Kissen wieder aufrichtete, erwachte er.

»Kannst du dir vorstellen«, fuhr sie fort, während sie ihm den Speichel mit einem Papiertaschentuch abtupfte, »dass ein bekannter Züchter wie Pfefferle seine Kunden betrügt und so seinen Ruf riskiert? Wenn das wirklich stimmt, kann er einpacken. Und falls da mehr dahintersteckt und er noch weitere Pferde mit falschen Papieren verkauft hat, kann ihn das sogar die Existenz kosten.«

Momentan schien Patrick Pfefferle gut im Geschäft zu sein und so etwas rief natürlich auch Neider auf den Plan. Er züchtete auf seinem eigenen Hof, dem Sonnenhof in Offenhausen, Pferde und bildete zudem Pferde und Reiter im Springen und im Vielseitigkeitsreiten, der Military, aus. Seine Reitstunden auf dem Marbacher Gestüt waren anscheinend beliebt, zumindest wenn man der Öffentlichkeitsarbeit des Gestüts glauben konnte. Den Bildern im Internet nach zu urteilen war Patrick um die vierzig, also rund zehn Jahre jünger als sie selbst. Er schien noch alle Haare zu haben und Antonia fand ihn ziemlich attraktiv.

Während sie ihrem Vater das alles erzählte, wurde dieser immer unruhiger, öffnete den Mund und stieß mühsam unartikulierte Laute aus. Antonia unterbrach ihren Bericht und sah ihn besorgt an. Sie reichte ihm ein Glas Wasser, das er ablehnte, ebenso wie das Angebot, ihn auf die Toilette zu bringen.

»Ka-tha-rina«, stammelte er atemlos.

»Vater, ich bin es«, antwortete Antonia, aber er ließ sich nicht beirren.

Plötzlich schoss die zur Klaue verkrümmte knochige Greisenhand ihres Vaters hervor und legte sich so kräftig um ihr Handgelenk, dass die blauen Venen auf seinem Handrücken zu platzen drohten. Vergeblich versuchte Antonia, seine Finger zu lösen, die sich schmerzhaft in ihren Arm krallten. Mit ungeahnter Kraft zerrte er sie so weit zu sich herüber, dass sie seinen warmen Atem an ihrem Ohr fühlen konnte. Überdeutlich verstand sie sein heiseres Flüstern.

»Geh nicht«, hauchte er. »Bitte, geh nicht.«

Bevor sie fragen konnte, was er damit meinte, war der klare Augenblick vorbei. Mit starrem Blick sank ihr Vater in die Kissen zurück und verstummte.

Der Wallach kommt als Hengst zur Welt.
Der Mensch hat aber festgestellt,
dass Hengste williger parieren,
wenn sie die Männlichkeit verlieren
und auch in punkto Weibersachen
nicht immer wieder Wirbel machen.
Nimmt man an spezieller Stelle
dem Hengst die Lust – und Freudenquelle,
so sind ihm Stuten völlig Wurst,
weshalb er mangels Liebeslust
im Gegensatz zum Menschenmann,
ganz ohne Sünde leben kann.

gefunden bei www.frybi.ch

Später Sonntagnachmittag

Hinter den Mauern des alten Dominikanerinnenklosters in Offenhausen starrte Xenia ungestört auf das braun verfärbte Herbstlaub, das auf dem Quelltopf der Großen Lauter trieb. Niemand war zu sehen oder zu hören. Die Tagesbesucher hatten nach einem sonnigen Oktobersonntag auf der Alb mit Kaffeetrinken beim »Gulewitsch« oder im Marbacher Gestütsgasthof als krönendem Abschluss schon längst die Heimfahrt nach Reutlingen, Metzingen oder Stuttgart angetreten.

Wie überall auf der Schwäbischen Alb stammt auch dieses Quellwasser aus den Tiefen der zerklüfteten Karsthöhlen, wohin es mit dem Regenwasser gelangt ist, das in den durchlässigen Kalkböden versickert und dabei gereinigt wird. Von dort unten drängen an der Lauterquelle in jeder Sekunde

200 Liter Wasser so heftig an das Tageslicht, dass sich auf der Oberfläche des Teichs Blasen bilden wie in einem Topf kochenden Wassers. Unmittelbar hinter dem Quellteich stürzt die junge Lauter dann drei Meter tief durch ein altes Kleinwasserkraftwerk, das sogar Strom liefern kann.

Vom Boden stieg leichter Modergeruch auf, den Xenia gerne mit dem Rauch einer Zigarette vertrieben hätte. Aber sie unterdrückte dieses Verlangen seit mehr als einer halben Stunde, denn sie wusste, wie sehr Patrick den Zigarettengeruch hasste.

Endlich sah sie, wie er an den Wehren vorbei die Holzbrücke überquerte und auf sie zukam. Seine O-Beine verrieten den langjährigen Reiter. Patrick lächelte breit und nahm sie zur Begrüßung freundschaftlich in den Arm. Dann setzte er sich neben sie auf die Holzbank am Wasser. Xenia griff unter die Bank, holte zwei kühle Bierflaschen aus einer Plastiktüte, öffnete sie mit ihrem Feuerzeug und bot ihm eine davon an. Patrick prostete ihr zu.

»Auff di«, sagte er und nahm einen tiefen Schluck.

»Das muss aufhören«, verlangte sie, während sie die beiden Eichhörnchen beobachtete, die sich in den Sträuchern am Teich nachjagten. Ob es dabei um Nahrung oder um Liebe ging, war nicht auszumachen.

»I woiss ned, was du moinschd«, antwortete er und sah sie an.

In Gegensatz zu Xenia, die sich als Tochter eines griechischen Gastarbeiters um ein möglichst gutes Hochdeutsch bemühte, sprach Patrick, der Einheimische, gerne breites Schwäbisch. Es war seine Muttersprache, die Sprache des Herzens. Wenn er mit seinen internationalen Kunden und seinen Reitschülern aus der Stadt zu tun hatte, wechselte er aber mühelos in ein allgemein verständlicheres Idiom.

»Du bist verrückt, wenn du glaubst, dass niemand etwas merkt. Damit kommst du nicht mehr durch«, sagte sie. »Heute ist es gefährlicher als damals, man kann Fälschungen viel leichter nachweisen.«

»Das kann schon sein«, antwortete er lässig. »Aber man muss auch danach suchen wollen.«

Er breitete die Arme aus und platzierte sie auf der Rückenlehne der Bank. Sie lehnte sich vorsichtig zurück. So nah war sie ihm in den letzten zehn Jahren nicht mehr gekommen. Dennoch hätte sie sein Rasierwasser auch mit größerem Abstand sofort wiedererkannt, einen zitronigen Duft, der sich mit seinem männlichen Geruch nach gesunder körperlicher Arbeit und Pferden mischte. Xenia widerstand dem Impuls, sich in seine Arme zu schmiegen.

»Ich verkauf hauptsächlich Sportgäul«, fuhr er fort.

Xenia verstand das nicht als Abwertung, denn in Patricks Schwäbisch war »Gaul« freundlich gemeint, ebenso wie »Weib« durchaus als Kosename für eine geliebte Frau angesehen wurde und »schwätzen« ein schwäbisches Synonym für »reden« war.

»Wenn die Leistung stimmt, zweifelt niemand an der Abstammung. Jeder ist doch stolz, wenn er einen Nachkommen von Just Magic im Stall hat. So etwas macht sich gut auf dem Schild an der Box.« Patrick grinste breit und nahm einen weiteren Schluck aus seiner Bierflasche. »Selbst wenn es dann mit den Erfolgen nicht klappt, ist wenigstens das Image super. Schließlich zahlen die Leute vor allem für den Namen.«

»Vielleicht hast du recht«, gab Xenia zögernd zu. »Aber was ist, wenn ein Besitzer sein Sportpferd später zur Zucht einsetzen möchte?«

Patrick sah ihr tief in die Augen, womit er bei Xenia einen kleinen außerplanmäßigen Herzhüpfer auslöste. Er schüttelte den Kopf.

»Wenn jemand mit einer Sportstute züchten will, dann doch nur deshalb, weil er sie nicht mehr im Sport einsetzen kann. Wegen einer Verletzung zum Beispiel. Und dann will er auch nicht mehr wissen, ob das Vieh wirklich das ist, was auf dem Papier steht. Dann wären ja auch die Nachkommen weniger wert.« Patrick verschränkte die Arme hinter dem Kopf. »Des koaschd ned brauche!«

Xenia war nicht überzeugt. Sie griff nach ihrer Bierflasche und beobachtete die beiden Eichhörnchen, die bei ihrer wilden Jagd das letzte Laub in den fast kahlen Büschen zu Boden fegten.

»Das gilt aber nicht für Hengste. Es ist nur eine Frage der Zeit, bis dich jemand erwischt«, meinte sie dann. »Dafür sind diese Zuchtpferde einfach zu wertvoll.«

»Immer mit der Ruhe. Lass uns einfach abwarten«, sagte Patrick langsam und legte seine Hand auf Xenias Unterarm.

Die unvermittelte vertraute Geste verwirrte sie. Dann fiel ihr etwas ein.

»Ich habe gehört, jemand vom ›Schwabenross‹ soll nach Marbach kommen«, sagte sie. »Antonia Mickoleit, die Mutter von Paula. Angeblich, um über unsere Reitkurse zu berichten.«

»Ja, ich weiß«, sagte Patrick. »Sie hat sich auch bei mir angekündigt. Die Zeitschrift will ein Interview mit mir bringen, in der Rubrik ›Was macht eigentlich …‹« Er lächelte stolz. »Ein ehemaliger Olympiateilnehmer ist schon etwas Besonderes.«

Alarmiert zog Xenia ihren Arm zurück.

»Das glaubst du doch selbst nicht. Natürlich ist schon

etwas rausgekommen. Diese Sache mit Jupiter, die ist doch nicht sauber. Und deswegen kommt die her, nicht wegen dir.«

»Was meinst du damit? Was soll denn rausgekommen sein?«, fragte er und biss sich auf die Lippen.

Xenia stöhnte. Sie hatte mit ihrem Verdacht wohl leider recht. Damit wäre auch Patricks überraschende Bereitschaft erklärt, sich mit ihr hier zu treffen.

»Du musst es mir sagen«, drängte sie. »Ich habe ein Recht, das zu wissen. Wenn herauskommt, woher das geklaute Sperma stammt, bin ich auch mit dran. Ich bin die Gestütswartin, ich bin verantwortlich.«

»Früher«, sagte Patrick und dämpfte seine Stimme, »früher war das kein Problem für dich.« Er legte seinen Arm um Xenias Schulter und zog sie sanft zu sich heran.

»Die Zeiten ändern sich«, sagte Xenia und machte sich steif. Früher, dachte sie, früher hätte ich mein Leben für dich gegeben.

»I mog di immer noch ganz arg. Du bist und bleibst die einzige, mit der ich über alles schwätzen kann.« Patrick seufzte tief. »Aber ich bin nun mal ein gestandener Mann. Das verstehst du doch sicher. Schließlich kennst du dich mit männlichen Wesen aus, besser als die meisten Weiber.«

»Den Hengsten ist aber das Alter einer Stute im Gegensatz zu Männern in der Regel egal«, meinte sie trocken und schüttelte seinen Arm ab.

»I koa net anders.« Patrick grinste jungenhaft und zuckte mit den Schultern. »Ich kann einfach nicht nein sagen, wenn so ein junges und hübsches Mädchen wie Paula vor mir steht, rein körperlich gesehen.«

»Hast du das Paula auch so erklärt?«, fragte Xenia mit plötzlich aufkeimender weiblicher Solidarität.

Dennoch konnte sie nicht verhindern, dass ihr bei Patricks Worten ein kleines warmes Gefühl der Genugtuung in den Magen schlüpfte.

»Was hast du ihr dafür versprochen, dass sie dir hilft?«

»Sie weiß, dass sie von mir nicht mehr erwarten kann als etwas Spaß«, sagte Patrick und strich sich durch die Locken.

Xenia rückte von ihm ab. Sie bezweifelte, dass er Paula das genau so gesagt hatte. Überhaupt bezweifelte sie, dass Patrick es tatsächlich so meinte. Für sie sah die Sache mit Paula eher nach einer Midlife-Crisis-Bewältigungsstrategie aus. Manchmal wünschte sich Xenia, sie könnte mit ihrer eigenen Midlife-Krise genauso lässig umgehen wie Patrick mit seiner. Aber Männer hatten es da ihrer Meinung nach leichter. Bei Patrick kam noch hinzu, dass er nicht nur gut aussah, sondern ein eigener Hof die Hingabebereitschaft eines jungen Mädchens ganz ungemein steigern konnte. Auch sie selbst hatte sich damals Hoffnungen gemacht. Schließlich brauchte Patrick eine Frau, die zupacken und mit Pferden umgehen konnte, wenn er den Sonnenhof weiterführen wollte. Xenias Lächeln wurde bitter, als sie an den Drachen dachte, der den Schatz, respektive den Hof bewachte. Xenia als Tochter eines armen griechischen Gastarbeiters war Mama Luise nicht gut genug gewesen. Aber auch keine andere Frau, die es auf Patrick abgesehen hatte, war bisher an Patricks Mutter vorbeikommen. Wenn sie an Luise dachte, tat Paula ihr sogar fast ein bisschen leid.

»Wie auch immer«, zischte Xenia, »ich will nicht, dass dein Flittchen für dich Hengstsamen auf die Seite schafft.«

»Nenn sie nicht Flittchen«, sagte Patrick. »Sie tut nichts anderes als du damals. Da hast du dich doch auch nicht so angestellt.«

»Früher hatte ich etwas zu gewinnen«, antwortete Xenia und dachte an den Sonnenhof. An das andere wollte sie lieber nicht mehr erinnert werden, denn das tat jetzt nur noch weh. »Heute habe ich etwas zu verlieren. Ich bin über dreißig«, sagte sie, »und muss für mich selbst sorgen. Wenn es rauskommt, bin ich meinen Job los.«

»Du kannst ja notfalls alles auf Paula schieben«, schlug Patrick vor. Xenia spürte, wie sich das warme Gefühl und der kleine Hüpfer davonstahlen. Selbst die Eichhörnchen waren aus den gegenüberliegenden Büschen verschwunden.

Sie holte eine Zigarette aus der Packung in ihrer Jackentasche und zündete sie an. Dann nahm sie einen Zug und inhalierte tief. Sie wusste nicht, ob sie sich freuen oder es bedauern sollte, dass Patrick es immer noch nicht gelernt hatte, zu den Frauen zu stehen, mit denen er seine Nächte verbrachte.

»Und überhaupt, was willst du gesehen haben?«, fuhr Patrick ungerührt fort, während er mit der Hand unwillig den Rauch ihrer Zigarette wegwedelte. »Du bist doch mehr mit deinen Zigaretten als mit deiner Arbeit beschäftigt. Paula wird jedenfalls alles abstreiten.«

»Ich habe Beweise«, sagte Xenia laut. »Sie hat diesen Rucksack mit der Thermoskanne. Und sie hat die Protokolle gefälscht ...«

»... die du unterschrieben hast«, ergänzte Patrick kühl, lehnte sich auf der Bank zurück und trank seine Flasche in tiefen Zügen leer. Dann stellte er sie auf den matschigen Boden unter der Bank. »Ob du willst oder nicht, du steckst genauso tief drin wie Paula und ich. Du solltest jetzt nicht gegen uns arbeiten.«

Während sie ihm nachsah, wie er über die Holzbrücke

in Richtung Sonnenhof davonging, stellte Xenia bitter fest, dass dieses »uns« sie endgültig ausgeschlossen hatte, Seelenverwandtschaft hin oder her. Hilflos spürte sie, wie eine heiße Welle der Wut in ihr hochstieg. Wütend ballte sie die Fäuste.

Wenn alles herauskam, würde Patrick einen Prozess wegen der gefälschten Papiere am Hals haben, was ihm nur recht geschah. Aber sie selbst musste jetzt ihre eigene Haut retten. Sie musste mit Paulas Mutter sprechen und herausfinden, warum diese überhaupt hier war, bevor sie womöglich etwas entdeckte und es publik machte. Xenia musste ihr klarmachen, dass auch Paula auffliegen würde, wenn sie ihr, Xenia, etwas anhängen würde. Es gab keinen anderen Weg.

Es schneielet, es beielet,
es goht an kalder Wend.
Es frieret alle Vegele
ond alle arme Kend.
Aus einem schwäbischen Kinderlied

Montagnachmittag

Auswärtige verwechseln das kleine Marbach mit seinen weltberühmten Pferden gerne mit dem großen Marbach am Neckar, der Geburtsstadt des ebenfalls weltberühmten Dichters Friedrich Schiller. Der Legende nach war das sogar beim Besuch der englischen Königin im Mai 1965 passiert, als diese anstelle ihrer geliebten Pferde Bücher im Schiller-Museum besichtigen musste und dabei immer wieder irritiert gefragt haben soll: »Where are the horses?« Ob die Maultäschle in Kraftbrühe und hausgemachte Spätzle im Zeppelin-Hotel sie dann für die fehlenden Pferde entschädigen konnten, ist nicht überliefert.

Antonia zweifelte nicht daran, dass die englische Königin die Situation hervorragend gemeistert hatte. Um selbst nicht bei den Büchern zu landen, gab sie statt Marbach Gomadingen in ihr Navi ein. Das Gerät schlug sofort wegen mangelnder Alternativen selbstständig die Adresse Gestütshof vor, denn viel mehr gab es hier tatsächlich nicht.

Nach den Anweisungen der dunklen Frauenstimme, die sie an Frau Schmidtke-Sonnenfroh aus dem Sekretariat erinnerte, lenkte Antonia ihren Golf auf die B27 in Richtung Degerloch, passierte die Autobahn nach München, nahm die Abzweigung nach Tübingen und Reutlingen und fuhr dann auf die Schwäbische Alb zu. Hier in der Ebene wechselten sich Wiesen mit Obstbäumen und Feldern ab. Antonia ließ Metzingen mit seinen Outlet-Centern links liegen. Hinter Reutlingen wurden die Orte kleiner, hinter Lichtenstein begann am Albtrauf die kurvenreiche Fahrt durch die Wälder auf die Hochfläche. Zwischen den Bäumen ragten immer wieder Kalkfelsen heraus, an deren schroffe Oberfläche sich schmächtige Büsche Halt suchend klammerten. Für liebliche Obstwiesen war das Klima hier oben zu rau.

Einen halben Kilometer hinter dem Ortsschild Gomadingen lagen die Gebäude des Gestüts direkt vor Antonia. Auf einer Wiese stiegen leichte Nebel auf. Antonia kannte die Wiese. Hier hatte sie schon einmal bei einer der jährlichen Hengstparaden geparkt. Damals war sie mit Paula hier gewesen, mit Freikarten, die ihr Doro, von einer unangenehmen Darmgrippe außer Gefecht gesetzt, widerwillig überlassen hatte. Die Karten hatte sie nachher mit einem wohlwollenden Bericht abarbeiten müssen. Schwer war ihr das nicht gefallen, denn sie liebte die Hengstparaden mit den eindrucksvollen Pferden und ihren geschickten Reitern. Die Aufgabe, die jetzt vor ihr lag, würde vermutlich nicht so einfach zu bewältigen sein wie der damalige Bericht.

Es war später Nachmittag, als Antonia nach etwas über einer Stunde Fahrt hinter dem Ortsschild von der Hauptstraße nach links in die schmale Straße einbog, die zu den beiden Wohnheimen des Gestüts hinaufführte. Auf der anderen Seite, rechts unterhalb der Straße, befanden sich die Gebäude für die Gestütshandwerker und der Maschinenschuppen. Antonia fuhr an Paulas blauem Polo zwischen den Autos der Lehrlinge vorbei bis vor die neu erbaute Anlage für Reitkursteilnehmer, in der sie übernachten würde. Vor dem Haus war zwischen den alten Stallungen und den Pferdekoppeln so wenig Platz, dass für die Autos der Teilnehmer nur hintereinander liegende Parkplätze zur Verfügung standen, und die lagen auch noch am Hang. Antonia war froh, dass niemand ihr zusah, wie sie sich abquälte, um den Golf in die schmale Lücke zwischen einem Geländewagen und einer dunkelgrünen 1000er-BMW zu rangieren, ohne irgendeinen Lack zu zerkratzen. Trotz Servolenkung stand ihr der Schweiß auf der Stirn, als sie die Wagentür hinter sich zuwarf, ihre Reisetasche nahm und auf den Eingang des Wohnheims zuging.

In ihrem Rücken klappte eine Autotür. Rasche Schritte überholten sie und eine etwa dreißigjährige stämmige Frau mit kurzen schwarzen Haaren vertrat ihr den Weg, bevor Antonia die Tür erreicht hatte. Unter ihrer gesteppten schwarzen Jacke ragte der graue Hemdkragen einer Gestütsangestellten heraus.

»Sie sind doch Antonia Mickoleit, die Journalistin«, fragte die Frau. »Die Mutter von Paula?«

Ihre Stimme klang dunkel und rau und ließ auf den reichlichen Konsum von Zigaretten schließen. Antonia nickte erschrocken, setzte die Tasche ab und drehte sich um.

»Ist etwas passiert?«

Die Frau ließ ihren Blick wachsam über den Hof gleiten, bevor sie einen weiteren Schritt auf Antonia zutrat. Selbst aus einem Meter Entfernung konnte Antonia ihren Nikotinatem riechen.

»Nein, keine Sorge«, sagte die Frau und rückte noch etwas näher.

Unwillkürlich hielt Antonia die Luft an.

»Paula geht es gut«, sagte die Frau. Sie tippte mit einem

gelb verfärbten Finger auf Antonias Brust und senkte die Stimme. »Mein Name ist Xenia. Ich arbeite auf der Besamungsstation, zusammen mit Paula. Und da gibt es ein Problem, etwas, das ich Ihnen zeigen möchte.«

Antonias Herzschlag beschleunigte sich. Ein Problem auf der Besamungsstation! Sie hatte nicht erwartet, dem Ziel ihrer Undercover-Mission so rasch näher zu kommen.

»Können wir uns in den nächsten Tagen irgendwo ungestört unterhalten?«, fragte Xenia. »Passt Ihnen morgen, Dienstag, am späten Nachmittag? Nach Dienstschluss, siebzehn Uhr, Hengststation Offenhausen?«

»Dienstag, siebzehn Uhr passt mir gut«, wiederholte Antonia und nickte. »Ich werde da sein.«

Das Glück schien auf ihrer Seite zu sein. Einen Besuch auf der Hengststation in Offenhausen hatte sie auch ohne diese Begegnung bereits eingeplant. Vielleicht konnte sie ihren Bericht sogar schnell fertigstellen und rasch wieder in Richtung Stuttgart verschwinden.

»Ach, und noch etwas«, sagte Xenia, als sie sich zum Gehen wandte. »Sagen Sie Paula lieber nichts davon.«

Antonias Blick folgte der Frau, während diese auf einen schon ziemlich betagten hellgelben Renault zu hinkte, sich hinter das Steuer quetschte, den Motor anließ und die Straße hinunterfuhr.

Dann öffnete Antonia die Haustür mit dem Schlüssel, den sie von Doro erhalten hatte. Sie nahm ihre Reisetasche wieder hoch und betrat den Hausflur. Das Gebäude war neu erbaut und strahlte Frische und Sauberkeit aus. Neben dem Eingang passierte sie den Schuhraum, in dem verschlammte Reit- und Wanderstiefel auf Gitterrosten von den Aktivitäten der Hausbewohner zeugten. Mehrere mehr oder weniger ausgetretene Hausschlappen deuteten darauf hin, dass ihre Inhaber noch gestiefelt unterwegs waren. Ein Paar riesige karierte Wollpantoffeln mit grünen Bommeln fanden nicht genügend Platz auf der vorgesehenen Ablagefläche und ragten darüber hinaus.

Antonia ging über die Treppe in den ersten Stock, schloss die Tür des ihr zugedachten Zimmers auf und legte ihre Tasche auf eines der beiden Betten. Wenigstens würde das andere Bett trotz Schönles berüchtigter schwäbischer Sparsamkeit leer bleiben. Sie sah sich um. Auch hier roch es sauber. Die Einrichtung ließ sich am besten mit dem Begriff »gehobenes Landschulheimniveau« beschreiben. Offensichtlich waren die Landesmittel gut angelegt, die nach Marbach geflossen waren. Inwieweit auch die Gestütshöfe in Offenhausen und St. Johann von den Neuerungen profitiert hatten, würde sie in den nächsten Tagen noch sehen können.

Antonia nahm den Laptop aus der gepolsterten Tragetasche, baute ihn auf dem Schreibtisch am Fenster auf, steckte den Stecker in die Steckdose und stöpselte den USB-Stick für die Internetverbindung in den dafür vorgesehenen Anschluss. Der einsame Balken, der auf dem Bildschirm erschien, gab ihr deutlich zu verstehen, dass sie hier nicht mit einem guten Draht in die Stuttgarter Redaktion rechnen konnte. Aber das war jetzt nicht wichtig. Die Arbeit konnte erst einmal warten.

Antonia öffnete die Tür zu dem kleinen Balkon, der zu ihrem Zimmer gehörte. Von hier aus konnte sie sehen, wie die Wipfel der Bäume am gegenüberliegenden Hang in der Abendsonne farbig leuchteten. Sie schloss die Augen und ließ die ungewohnte Stille auf sich wirken. Jedes einzelne Auto, das unten auf der Straße im Lautertal vorbeifuhr, kam ihr plötzlich wie ein Fremdkörper in dieser Jahrhunderte alten Kulturlandschaft vor. Aber auch sie selbst fühlte sich fehl am Platz und ihr wurde bewusst, dass ihr die ständigen Grundgeräusche der Großstadt fehlten, die für sie Heimat und Geborgenheit bedeuteten. Hier war es dagegen beunruhigend ruhig, so ruhig, dass sie ihrem Gehirn beim Denken zuhören konnte.

Mit der Ruhe war es schlagartig vorbei, als das Läuten der Glocke im Türmchen auf dem Stallgebäude die volle Stunde verkündete und sie aus ihren Gedanken riss. Bevor Armbanduhren allgemein verbreitet waren, mussten sich die Mitarbeiter des Gestüts an ihrem Klang orientieren.

Antonia zählte mit, so wie die Menschen damals es auch getan haben mochten. Fünf Schläge, fünf Uhr. Für einen Augenblick war sie wieder fünf Jahre alt und steckte in der Haut des kleinen Mädchens, das mit nackten Füßen auf dem Holzboden zum Schlafzimmer ihrer Eltern tappte, um sich dort an ihre schlafwarmen Körper zu schmiegen. Das hatte sie als Kind oft getan, wenn sie in der Wohnung im Gestütshof wach in ihrem Bett lag, Angst vor dem Nachtgrabb hatte und nicht einschlafen konnte. Damals war das Gestüt Antonias Zuhause gewesen und die Familie war so vollständig, wie es sich gehörte in einer ländlichen Gegend: Vater, Mutter und die kleine Antonia. So sehr sie sich auch bemühte, konnte sie sich später nicht daran erinnern, ob sie damals glücklich gewesen waren, und ihr Vater beantwortete keine ihrer diesbezüglichen Fragen.

Ob sie die ehemalige Wohnung wiedererkennen würde? Antonia hätte gerne gewusst, wer jetzt wohl darin wohnte, ob sich viel verändert hatte und an was sie sich noch erinnern konnte. Dabei hatte sie das seltsame Gefühl, dass sie im Begriff war, etwas Verbotenes zu tun, und ihr wurde bewusst, dass sie es bisher viel zu sehr ihrem Vater überlassen hatte zu bestimmen, was sie wissen durfte und was nicht. Aber jetzt war er nicht da und sie würde sich selbst ein Bild machen.

Sie kramte ihre Wanderstiefel aus der Reisetasche und trug sie in den Schuhraum. Hier tauschte sie sie gegen ihre Birkenstocks aus und stellte diese in einem der dafür vorgesehenen Fächer ab, ließ dann das Wohnheim hinter sich und ging zur Straße hinunter. Fünf Minuten später stand sie vor dem schmiedeeisernen Tor zum Gestütshof. In der Mitte prangte goldfarben das Marbacher Wahrzeichen, ein »M«, das von einer Hirschstange gekrönt wird. Dieses Zeichen wurde bis vor kurzem allen in Marbach geborenen Pferden noch vor dem Absetzen von den Mutterstuten im Alter von etwa sechs Monaten mit einem rotglühenden Eisen in den rechten Schenkel eingebrannt. Mittlerweile ersetzt ein moderner Mikrochip diese uralte Methode der Pferdekennzeichnung.

Auch der Stutenbrunnen im Gestütshof, ein weiteres Wahrzeichen Marbachs, erschien ihr vertraut. Das Plätschern seines Wassers weckte flüchtige Erinnerungen an heiße Sommertage, als sie sich im eiskalten Wasser der beiden Metalltröge abgekühlt hatte.

Die bronzene Mutterstute mit ihrem saugenden Fohlen blickte schon seit 170 Jahren von ihrer grünen Säule aus über den Hof und die Gebäude, während ihr Schöpfer mit ihren leiblichen Vorbildern schon lange in den ewigen Jagdgründen oder im Paradies herumgaloppierte. Vielleicht war das Paradies ja für Pferde auch weniger paradiesisch und sie mussten dort dem Württemberger König Wilhelm I, unter dessen Regentschaft der Brunnen entstanden war, als Reittiere dienen. Er hatte Marbach zum Landgestüt gemacht und ihm die Gestütshöfe Offenhausen, St. Johann und Güterstein angeschlossen. Außerdem hatte der Herrscher im Jahr 1817 mit der Weil-Marbacher Vollblutaraberherde die erste Araberzucht in Europa begründet.

Antonia wunderte sich darüber, wie stark der Stutenbrunnen und der Hof mit dem Verwaltungsgebäude, den Wohnungen der Gestütsangehörigen, dem kleinen Laden und dem Stallgebäude in den vergangenen Jahrzehnten geschrumpft waren. Als Kind war ihr alles viel größer vorgekommen. Sie blieb vor dem Rundbogen am Eingang des Verwaltungsgebäudes aus dem 16. Jahrhundert stehen, legte den Kopf in den Nacken und sah zu den Fenstern im ersten Stock hinauf. Dort irgendwo hatte sie damals gelebt. Vielleicht war es auch hinter dem malerischen Fachwerk in einem der anderen Häuser gewesen. Antonia erkannte zwar nichts Bestimmtes wieder, spürte aber, wie sie der Charme der historischen Umgebung gefangen nahm.

Antonia ging auf das Besucherzentrum mit dem Gestütsladen zu, vor dessen Eingang ein bunter Aufsteller für die Hengstparade und einen Besuch im Offenhausener Gestütsmuseum warb. Neben dem Schild lag ein riesiger schwarzer Hund und versperrte mit hoch aufgerecktem Hals und gespitzten Ohren den Eingang. Über seinen Augen bemühten sich gleichmäßige braune Farbtupfer vergeblich um eine Aufhellung des Gesichtsausdrucks.

Antonia zögerte. Sie mochte Hunde zwar, aber in diesem Fall schien ihr Vorsicht angebracht, besonders bei einem Hund, in dessen Rassebeschreibung steht, dass er sich nicht für Orte mit Publikumsverkehr eignet. Rottweiler sind definitiv nicht für ihre Familienfreundlichkeit bekannt, sondern werden eher als Wach- und Polizeihunde eingesetzt. Dieser hier schien seine Aufgabe besonders ernst zu nehmen. Mit seinem stechenden Blick erinnerte er Antonia an ihre Sekretärin Frau Schmidtke-Sonnenfroh, die sie genauso ansah, wenn Antonia sie kurz vor siebzehn Uhr noch um eine Briefmarke bat und das den pünktlichen Dienstschluss der Sekretärin gefährdete. Antonia wusste nicht genau, was der Hund für seine Hauptaufgabe hielt: dass keiner hier hineinkam oder dass niemand mit seiner Beute aus Wollsocken und Alblinsen wieder herauskam.

Vorsichtig trat sie näher. Dass das ein Fehler war, wurde ihr sofort klar. Der Hund senkte den Kopf, was jedoch nicht zu ihrer Beruhigung beitrug, denn dabei entblößte er eine eindrucksvolle Zahnreihe. Das dumpfe Grollen, das er dabei ausstieß, schien direkt aus der Hölle oder zumindest aus den Tiefen seiner Eingeweide zu kommen. Antonia hoffte, dass er mit seiner heutigen Futterration zufrieden gewesen war. Langsam erhob er sich und machte zwei Schritte in ihre Richtung. Dazu senkte er den Kopf, sträubte die Nackenhaare und knurrte erneut, wobei er langsam mit dem Schwanz durch die Luft fuhr. Das war eindeutig nicht freundlich gemeint. Antonia sah sich Hilfe suchend um. Weglaufen war keine gute Idee, denn dies würde wahrscheinlich den Jagdtrieb in ihm wachrufen.

Sie öffnete den Mund, um um Hilfe zu rufen. Vielleicht würde es das Letzte sein, was sie in diesem Leben tat, denn die Bestie machte zwei weitere Schritte auf sie zu und verharrte lauernd. Mit etwas Geschick würde jetzt ein einziger Sprung ausreichen, um Antonia von den Füßen zu holen. Der Hund duckte sich. Bevor er sich jedoch vom Boden abstoßen konnte, hörte Antonia eine energische weibliche Stimme aus der Eingangstür des Ladens.

»Der tut nichts!«

Antonia war nicht überzeugt, der Hund auch nicht.

»Der will nur spielen!«

Es hatte tatsächlich etwas Spielerisches, als das Monster ein weiteres Mal zum Sprung ansetzte. Mit seinen rund 50 Kilo Lebendgewicht würde es Antonia von den Beinen reißen und ihr schneller die Kehle durchbeißen, als sie das Wort »sitz« aussprechen konnte.

»Wotan, sitz«, rief die Frau von hinten.

Die gerade noch rechtzeitig hingeschleuderten Worte waren überraschend effektiv. Im Ansatz zum Sprung brach Wotan sein Vorhaben ab, klemmte den Schwanz zwischen die Hinterbeine und lief winselnd auf die hagere ältere Frau zu, die jetzt am Eingang aufgetaucht war und ihm über den massigen Kopf tätschelte. Sie sah nicht so aus, als ob sie darüber hinausgehende Zärtlichkeit zu verteilen hatte. Ihr grauer Rock und ihre graue Strickjacke harmonisierten farblich und inhaltlich mit ihrem silbergrauen, straff frisierten Dutt und der markanten Hakennase.

»Kommscht du wohl doher, du Sauviech, du elendes«, schimpfte sie. Bei den Worten »Das hat er ja noch nie getan« war sie glücklicherweise schnell genug und bekam den schon wieder in Richtung Antonia drängenden Hund am Halsband zu fassen, bevor er sein Vorhaben zu Ende führen konnte.

Als die Frau den Hund endlich im Griff hatte und aufsah, riss sie entsetzt die Augen auf und starrte Antonia an, wobei sie Wotans Halsband fast wieder losgelassen hätte. In ihrem Gesicht spiegelten sich gut siebzig Jahre harter Arbeit im rauen Klima der Alb wider, das auf ihren Wangen eine Landkarte aus bläulichen Äderchen eingezeichnet hatte. Antonia war überrascht. Der Stimme nach hätte sie die Frau für jünger gehalten. Aber in ihrem Fall schien das Klima wohl eine konservierende Wirkung zu haben. Überrascht war Antonia auch, weil sie das Gefühl hatte, die Frau irgendwoher zu kennen, und das schien dieser genauso zu gehen.

Wotan knurrte, diesmal zwar etwas leiser, aber die Frau sah nicht so aus, als ob ihre Körperkraft ausreichte, um den Burschen im Notfall zu bändigen. Jedenfalls war sie kaum schwerer als ihr Hund und jetzt lehnte sie sich Halt suchend gegen dessen muskulösen schwarzen Körper.

»Wotan, sitz, und aus«, kommandierte die Frau, woraufhin der Hund artig seine Hinterbeine abknickte und das Knurren zu Antonias Überraschung tatsächlich einstellte.

»Ich weiß wirklich nicht, was er heute hat«, sagte die Frau entschuldigend zu Antonia. Im Gegensatz zu vorher zitterte ihre Stimme jetzt deutlich. »Er denkt, er muss mich beschützen. Aber schließlich soll er die Kunden ja nicht verjagen. Kommen Sie doch herein«, lud sie Antonia ein, während sie Wotan am Halsband zur Seite zog und dieser den Weg widerstrebend freigab.

Antonia beschloss, ihr zu glauben, und hoffte, dass sich Wotans Schutzreflex durch einen Einkauf besänftigen lassen würde. Während der Hund sich wieder auf seine Decke vor der Tür legte, folgte die Frau Antonia durch den Vorraum mit der bronzenen Statue des Araberhengstes Hadban Enzahi in den Laden und beobachtete sie, während Antonia ein Paar Schafwollsocken aus heimischer Produktion begutachtete.

»Wo kommen Sie her?«, fragte die Frau. Dem Dialekt nach stammte sie von der Alb, bemühte sich aber um eine verständliche Aussprache. »Sie machen sicher einen Reitkurs auf dem Gestüt.«

»Ja«, antwortete Antonia einsilbig, in Gedanken noch bei dem Hund, »und ich hoffe, die Pferde sind hier freundlicher als die Hunde.«

»Wotan gehört nicht zum Gestüt«, sagte die Frau. »Er ist mein eigener Hund. Ich kann ihn nicht alleine lassen, denn er vertraut nur mir. Deswegen begleitet er mich immer, wenn ich hier im Laden arbeite. Wo er ist, bin ich also auch nicht weit. Wenn Sie ihn noch einmal treffen, bleiben Sie einfach stehen und warten auf mich. Vor allem dürfen Sie ihm nicht in die Augen schauen, denn das fasst er als aggressives Verhalten auf. Und dann muss er sich natürlich verteidigen.«

Dafür, dass das Vieh sie fast getötet hätte, war das Wort »Verteidigung« der blanke Hohn.

»Sie sind sicher im Wohnheim untergebracht«, versuchte die Frau, Antonia weiter auszufragen.

Antonia wunderte sich. Normalerweise standen die Älbler nicht im Verdacht, geschwätzig zu sein. Heute hielt sich aber auch ihr eigenes Mitteilungsbedürfnis in Grenzen. Sie antwortete höflich, bezahlte einen Reiseführer, zwei Paar Wollsocken und eine hautberuhigende Seife mit echtem Alb-Honig, packte alles in ihren Rucksack und verließ den Laden. Ihr Nacken begann zu kribbeln. Sie verspürte jedoch keine Lust, sich umzudrehen und Wotans stechendem Blick zu begegnen, der sie vermutlich mit den Augen verfolgte.

Antonias Weg führte sie an der Infostation für Besucher vorbei und weiter bergauf zu den historischen Ställen. Dazwischen beherbergte ein moderner Stall mit großen Fenstern Schwarzwälder Füchse und Araberhengste. An der ersten Pferdekoppel bemerkte Antonia etwas außer Atem, wie sehr ihre Kondition unter der Büroarbeit gelitten hatte. Sie hätte sich auf der Bank etwas ausruhen können, aber sie konnte dem Impuls nicht widerstehen, ein paar Grashalme zu pflücken, um die braunen Fohlen zu sich zu locken und ihre weichen Nüstern zwischen den weißen Latten hindurch zu berühren.

Die Fohlen waren im Frühjahr zur Welt gekommen und würden bald von ihren Müttern getrennt werden. Dann hatten sie noch mindestens drei unbeschwerte Jahre auf den ausgedehnten Koppeln des Landgestüts vor sich, bevor sie an Sattel und Reiter gewöhnt und im Frühjahr im Alter von vier Jahren verkauft wurden. Mit vier Jahren ist ein Pferd etwa so alt wie ein Mensch mit fünfzehn, also im besten Teenageralter. Antonia wehrte die übermütigen Zähnchen des kleinen Braunen mit der weißen Schnippe ab und wünschte ihm, dass er bei der Versteigerung freundliche Besitzer finden möge.

Vielleicht hatte Schönle doch nicht so unrecht gehabt, als er von den Schönheiten der Alb geschwärmt hatte, dachte sie, während sie ihre Schritte nach der kurzen Verschnaufpause weiter den Berg hinauf lenkte. Die Straße führte steil an den Pferdekoppeln entlang, auf denen in weiter Entfernung schneeweiße Pferde zu erkennen waren, die in kleinen Grüppchen zusammenstanden, wahrscheinlich die Araberstuten der berühmten silbernen Marbacher Herde.

Nach weiteren zehn Minuten lief Antonia trotz der Kälte der Schweiß den Rücken hinab, während etwas sie unaufhaltsam den Berg hinaufzog und sie ihre Erschöpfung vergessen ließ. Antonia zog ihre Jacke aus, legte sie über die Schulter und ging etwas langsamer. Auf der Straße lagen tatsächlich immer wieder Flechten, die von der sauberen Luft zeugten. Schönle hatte recht gehabt, dachte Antonia, als sie bei einer Baumgruppe angelangt war und über die sanft geschwungenen grünen Hügel blickte. In der Entfernung verteilten sich die kugeligen Wacholderbüsche gleichmäßig über eine Wiese, typisch für die von Menschen geprägte Kulturlandschaft der Schwäbischen Alb.

Erst als Antonia den Blick wieder auf den Boden zu ihren Füßen richtete, wurde ihr bewusst, dass sie am Grab von Julmond stand. Die große rechteckige Fläche vor ihr wurde von weißen Kalksteinen umrahmt. Fast hätte sie den braunen Stein mit der Bronzetafel übersehen, dessen verwittertes Grau in der Abenddämmerung mit dem erdigen Boden des Grabs verschmolz. Als sie sich darüber beugte, um im Dämmerlicht unter den dichten Baumkronen die Inschrift zu entziffern, kam ein leichter Wind auf.

Antonia musste genau hinsehen, um die reliefartig hervorgehobenen Buchstaben unter Julmonds Namen und Lebensdaten zu erkennen: »Aus seiner ostpreußischen Heimat vom Landgestüt Georgenburg kam der Hengst in den Wirren der Nachkriegszeit hierher und leitete eine neue Epoche in der württembergischen Pferdezucht ein.«

Vor den Stein hatte jemand ein frisches Sträußchen mit Wiesenblumen gelegt. Neugierig bückte sich Antonia und hob es auf. Die weißen Blüten der wilden Möhre, der lila Klee und die roten Flockenblumen waren bereits leicht verwelkt. Sie wurden von ein paar bunten Eichenblättern und mehreren Stängeln trockenem Gras zusammengehalten, das als Bindfaden diente.

Der Wind wurde stärker. Antonia zog ihre Jacke wieder an und sah beunruhigt nach oben. Der ruhige Abendhimmel mit den wenigen verstreuten Wolken ließ jedoch keine Anzeichen für ein aufziehendes Unwetter erkennen. Dennoch hatte es auf einmal begonnen, nach Schnee zu riechen. Nachdem sie nach Stuttgart gezogen waren, hatte der Geruch für Antonia bedeutet, dass ihr Vater den Schlitten aus dem Keller hervorholen würde, um an den Sonntagen mit ihr die Schlittenbahn am Kräherwald hinunter zu rodeln. Bei dem Gedanken an Schnee drängte sich auch eine ältere Erinnerung in ihr Bewusstsein, gleichzeitig mit den Fetzen eines schwäbischen Kinderlieds, das der Wind an ihre Ohren trug. Antonia verharrte regungslos und versuchte, die Worte zu verstehen, die von einer jungen Frauenstimme gesungen wurden:

»Es schneielet, es beielet, ...«

Antonia fröstelte und zog den Reißverschluss an ihrer Jacke hoch, als unvermittelt ein paar Schneeflöckchen durch die Luft tanzten. Sie kannte das Lied. Sogar an die Bedeutung von »beielet« konnte sie sich erinnern, mit dem das Stöbern der Schneeflocken beschrieben wurde. Der Eindruck war so real, dass sie sich fragte, woher die Stimme kam. Sie drehte sich um, um der Sängerin entgegenzugehen, doch schon beim ersten Schritt stemmte sich eine riesenhafte unsichtbare Hand gegen ihre Brust und hinderte sie daran. Mit aller Kraft spannte sie die Muskeln an, konnte jedoch die Beine nicht vom Boden lösen.

»... Es goht an kalder Wend.
Mädla ziaget Handschua o
Ond Buaba laufed gschwend.«

Antonia hielt den Atem an. Die Zeit schien stillzustehen. Zum zweiten Mal an diesem Nachmittag fühlte Antonia sich wie ein kleines Mädchen. Gebannt hörte sie, wie die Stimme im Wind immer weiter sang.

»... Hosch du a Schdiggle Brot em Sack,
No gib's ma arme Kend ....«

Als die letzte Strophe verklungen war, wurde auch das Wirbeln der Schneeflöckchen schwächer. Erst jetzt fiel ihr auf, dass das Krah-Krah der Krähen und das Keckern der Eichelhäher schon seit einigen Minuten verstummt waren.

Erschrocken duckte sie sich, als eine Fledermaus in der anbrechenden Dämmerung dicht über ihren Kopf hinwegflatterte. Mit dieser Bewegung schien auch der Bann von ihr abzufallen. Zu ihrer Verwunderung spürte sie dabei ein leises Bedauern. Antonia verschränkte die Arme vor der Brust, schloss die Augen und gab sich dem leichten Wind hin, der ihr durchs Haar strich. Plötzlich fühlte er sich gar nicht mehr kalt an, sondern schien ihre Wangen zärtlich zu berühren.

Als sie die Augen öffnete, war die Dunkelheit bereits heraufgezogen. Dennoch war die Straße zum Gestüt hinunter auch in der nebligen Dämmerung gut zu erkennen. Antonia sah sich noch einmal um. Sie fragte sich, wohin die Sängerin wohl gegangen war, die wie vom Erdboden verschluckt zu sein schien, und machte sich auf den Rückweg.

Die Gestalt, die ihr auf der Straße entgegenkam, hatte sicher nichts mit dem Gesang zu tun. Aus der Entfernung schätzte sie, dass der Mann über siebzig Jahre alt sein musste. Anscheinend waren seine Augen weniger gut als seine Beine, denn er schien Antonia erst wahrzunehmen, als sie kurz vor ihm stand. Und im Oberstübchen schien auch nicht mehr alles zu stimmen, denn er riss entsetzt die Augen auf und starrte sie an wie einen Geist. Er war so erschrocken, dass er nicht einmal ihr freundliches »Grüß Gott« erwiderte. Als der alte Mann den Mund öffnete und mehrmals zum Sprechen ansetzte, nickt sie ihm vorsichtig zu und trat zur Seite, um ihn vorbeizulassen. Jetzt lag der Weg ins Tal frei vor ihr. Sie beschleunigte ihre Schritte. Wenn er ihr hinterherkam, würde sie einfach losrennen und hoffen, dass er zu langsam war, um sie einzuholen.

Sie drehte sich auch nicht um, als sie seine Stimme hinter sich hörte. Er stammelte etwas, das wie »Ka-Ka-tha-rina«

klang, aber Antonia verspürte in der nebligen Einsamkeit nicht das Bedürfnis herauszufinden, ob sie sich das nur einbildete. Es hätte genauso gut das Krah-Krah der Krähen sein können.

Dennoch ließ sie die seltsame Begegnung nicht los. Auf dem gesamten Rückweg grübelte sie darüber nach, wo sie das Gesicht schon einmal gesehen hatte. Als sie nach einer Viertelstunde ihren Schlüssel in das Türschloss des Wohnheims steckte, hätte sie schwören können, dass der alte Mann ein frisches Sträußchen mit Herbstblumen in seinen abgearbeiteten Händen getragen hatte.

Und wer da scheuet Spat und Gall,
sucht Männer ohne Mängel,
hat nie ein gutes Ross im Stall,
im Bett nie einen Engel.

Frauenfreundliche Abwandlung eines alten Sprichworts

Später Montagnachmittag

Viertel vor fünf, gleich Feierabend. Während Paula saubere Bechergläser und Erlenmeyerkolben in die Laborschränke räumte, summte sie fröhlich die Melodie des altmodischen deutschen Schlagers mit. Der Radiosender durfte nicht verstellt werden, auch das gehörte zu den ungeschriebenen Xenia-Gesetzen. »Ein Bett im Kornfeld« war zwar gefühlte hundert Jahre alt, aber der Inhalt des Schlagers war für Paula immer noch durchaus nachvollziehbar, selbst jetzt, mitten im Herbst.

Sie spähte in den Hof, wo Xenia mit einem der Pferdepfleger zusammenstand und rauchte. Er war etwa in Xenias Alter und wurde von allen nur Köbi genannt. Köbi stammte aus Münsingen, war mittelgroß und breitschultrig. Paula mochte seine besonnene Art, mit Pferden umzugehen. So verliebt, wie sie selbst gerade war, gönnte sie auch Xenia den kleinen Flirt. Dennoch wünschte sie sich, Xenia würde endlich aufhören, mit Köbi und seinem älteren Kollegen Schorsch zu schwatzen, der jetzt auch noch hinzugekommen war, und endlich mit ihnen abziehen. Je länger das dauerte, desto mehr nervte sie das laut über den Hof schallende Lachen der drei. Paula hoffte, dass wenigstens einer von ihnen endlich auf die Idee käme, zum allabendlichen Feierabendbier in den Offenhausener Gestütsgasthof zu verschwinden. Wie um Paula zu ärgern, gab heute noch dazu der Oktober sein Bestes und tauchte den Innenhof der Hengststation in warmes Gold.

Paula sah auf die Uhr. Sie hatte noch fast eine Stunde Zeit. Patrick würde erst um sechs an der Lauterquelle sein. »Die Hölle morgen früh ist mir egal«, sang Paula nun im Duett mit Helene Fischer laut mit. »Egal wie oft ich noch zu Boden knall'. Für eine Nacht mit dir im Himmel sterb ich noch tausend Mal.«

Mittlerweile hatte sie alle Glasgefäße an ihren Platz gestellt und die Kunststoffoberflächen der Labortische zum wiederholten Mal gründlich abgewischt. Vier Herz-Schmerz-Schlager später machten die drei immer noch keine Anstalten zu gehen. Als Paula sah, dass sich Xenia schon wieder eine Zigarette anzündete, zog sie lustlos den Ordner mit den Absamprotokollen heraus und begann, in den Papieren zu blättern. Plötzlich stand Xenia in der Tür.

»Was ist denn in dich gefahren«, frotzelte sie gut gelaunt und sah demonstrativ auf ihre Armbanduhr. »Ist ja toll, dass du dich endlich auch mal um die Bürokratie kümmerst. Aber das hätte doch auch bis morgen Zeit.«

»Ich mach das lieber schon heute«, improvisierte Paula. »Morgen muss ich früher weg. Meine Mama kommt zu Besuch.«

»Ach ja, deine Mutter«, sagte Xenia und runzelte die Stirn. »Die Pressetante vom ›Schwäbischen Landpferd‹. Davon habe ich auch schon gehört. Aber die ist doch nie im Leben nur deinetwegen hier.«

Paula war dieser Verdacht zwar auch schon gekommen, aber sie war trotzdem beleidigt.

»Die will rumschnüffeln und mal wieder schlechte Stimmung gegen uns machen«, vermutete Xenia.

Paula bekam nicht zum ersten Mal zu spüren, wie das »Schwäbische Landpferd« und das »Schwabenross« in einen Topf geworfen wurden. Seit einem negativen Bericht über das Gestüt und die angebliche Verschwendung von Steuermitteln für dessen Erhaltung waren hier nicht mehr alle gut auf beide Zeitungen zu sprechen, obwohl der Bericht nur im »Landpferd« erschienen war.

»Meine Mutter ist erstens nicht beim ›Landpferd‹ sondern beim ›Schwabenross‹«, sagte Paula, »und zweitens liebt sie Marbach, das Gestüt und die Pferde hier und würde niemals negativ darüber schreiben.« Paula war selbst überrascht, wie sehr sie sich für ihre Mutter einsetzte. »... und drittens hat sie die ersten fünf Jahre ihres Lebens hier verbracht. Und jetzt macht sie eben Urlaub, hier auf der Alb.«

Xenia verzog beim Wort »Urlaub« neidisch ihr Gesicht.

»Bei der Presse müsste man sein«, sagte sie spitz.

»Meine Mutter kann jedenfalls nicht dauernd um fünf Uhr Feierabend machen, so wie wir«, pampte Paula. »Und jetzt ist sie völlig privat hier.«

»Glaub dem Fuchs nicht, wenn er sagt, dass er keine Hühner mag«, gab Xenia zurück und griff nach dem Ordner. »Du kannst trotzdem verschwinden«, brummte sie dann. »Ich erledige das hier für dich.«

Zögernd ließ sich Paula die Unterlagen aus der Hand nehmen. Sie wollte sich auf keinen Fall durch Übereifer verdächtig machen.

»Wolltest du nicht auch gehen?«, machte Paula einen letzten Versuch, ihre Kollegin loszuwerden.

Zum Glück war jetzt auch Köbi aufgetaucht, stand in

der Tür und grinste breit. Verwundert stellte Paula fest, dass Xenia zartrosa anlief, was in eigenartigem Kontrast zu ihrer derben roten Gesichtshaut stand. Als Köbi ihr ein Feierabendbier vorschlug, kicherte Xenia albern. Ihr Arbeitseifer schien mit einem Mal wie weggeblasen zu sein. Sie machte sich beim Zurückstellen des Ordners nicht einmal die Mühe, diesen wie sonst penibel an den anderen auszurichten, sondern verabschiedete sich hastig und verschwand in Richtung Garderobe.

Paula sah ihr nach, wartete einen Moment und ging dann zu ihrem eigenen Garderobenschrank. Dort nahm sie den Rucksack samt Thermoskanne heraus und huschte damit ins Labor, um endlich die sechs abgezweigten Spermaportionen einzupacken und damit zu verschwinden.

Der Verlust des Samens würde dem Landgestüt weder auffallen noch wehtun. Selbst bei der üblichen Decktaxe für einen Marbacher Warmbluthengst, die zwischen 300 und 1000 Euro lag, wurden ohnehin oft mehrere Portionen gebraucht, bis eine Stute trächtig war.

Die moderaten Preise kann das Landgestüt als Ergebnis der staatlichen Finanzierung anbieten. Diese Jahrhunderte alte Tradition reicht bis ins Mittelalter zurück. Schon damals konnten Pferdezüchter ihre Stuten von den ausgesuchten Hengsten der württembergischen Landesherren decken lassen. Die Landgestüte setzen diese Tradition bis heute fort.

Private Züchter, die einen sehr gefragten Hengst im Stall stehen haben, können dagegen auch schon mal mehrere 1000 Euro für das Decken einer Stute verlangen. Trotz hoher Preise kommen aber manche Züchter mit der Lieferung von Tiefkühlsperma nicht nach, denn auch bei den männlichsten Hengsten gibt es eine natürliche Grenze der

Leistungsfähigkeit. In diesen Fällen ist die Verlockung groß, einen anderen als den bestellten Samen auszuliefern. Das fällt später meistens nicht weiter auf, wenn das vierbeinige Ergebnis den Erwartungen an Körperbau und Fellfarbe entspricht.

Patrick hatte mit dem neunzehnjährigen Just Magic einen Spitzenhengst im Stall, dessen Ejakulat Gold wert gewesen wäre, wenn er es denn willig produziert hätte. Ihm verdankte Patrick die olympische Silbermedaille, die er seit dem Jahr 2004 nach dem Springen im griechischen Markopoulo Olympic Equestrian Centre stolz in einer eigens dafür angefertigten Vitrine in seinem Büro präsentierte.

Aber leider hatte sich Just Magic inzwischen zum Problemhengst entwickelt. Wie Paula von Patrick wusste, hatte dessen Zeugungsfähigkeit in den letzten Monaten als Folge einer schweren Virusinfektion der Hoden stark nachgelassen. Paula würde ihrem Liebhaber dabei helfen, seine Zucht trotzdem weiterzuführen. Sie würde ihm Tiefkühlsperma der Marbacher Gestütshengste beschaffen, die mit Just Magic verwandt waren, sozusagen seiner Onkel, Großonkel, Neffen und Großneffen. Damit konnte Patrick dann seine eigenen Stuten besamen und deren Fohlen als Nachkommen des begehrten Just Magic ausgeben. Pferdeliebhaber würden für die Tiere einen hohen Preis bezahlen. Und vielleicht würde auf Patricks Hof sogar einmal ein neuer Just Magic heranwachsen. Schließlich lag es nicht allein an Just Magic, wenn die Fohlen Erfolg hatten, denn Patricks Zuchtstuten gaben ihnen die andere Hälfte ihrer Gene mit.

Paula hatte dabei kein schlechtes Gewissen, denn das Wichtigste war doch, dass die Fohlen gesund und leistungsfähig waren. Die meisten der Reiter schafften es ohnehin nur auf kleinere regionale Turniere, wollten sich aber wenigstens ein Schild an die Stalltür heften, das aussah wie ein Who-is-Who der Springpferdeszene. Und wenn die Pferde Just Magic ausreichend ähnlich sahen, würde der Schwindel nicht auffallen. Und sie konnte Patrick so ihre tiefe Liebe beweisen.

Paula ging ins Labor, beugte sich über eine Schublade und kramte nach Schutzbrille und Handschuhen, um sich beim Befüllen der Thermoskanne mit Stickstoff vor Hautschäden durch die eiskalte Flüssigkeit zu schützen.

»Glaub ja nicht, dass das niemand merkt.«

Paula zuckte zusammen, als Xenia plötzlich unerwartet hinter ihr auftauchte und sich suchend umsah. Paula ärgerte sich, dass sie das Zigarettenpäckchen auf dem Labortisch übersehen hatte.

»Was soll niemand merken?«, fragte Paula, während sie versuchte, die Schublade unauffällig wieder zuzuschieben.

Leider konnte sie nicht verhindern, dass Xenia ihren khakifarbenen Rucksack entdeckte. Die Röte in Xenias Gesicht kam diesmal definitiv nicht von freudiger Erregung.

»Du weißt genau, wovon ich rede«, sagte Xenia. »Ich kenne die Tour.« Sie lachte bitter. »Mit mir hat er das damals genauso gemacht. Aber ich war ihm wohl auf Dauer nicht exotisch genug.«

»Was soll das denn heißen?«, fragte Paula. »Ich bin hier geboren, in Stuttgart. Im Gegensatz zu dir.«

Normalerweise wäre sie zu Xenia nicht so biestig gewesen, aber Paula konnte Sticheleien wegen ihrer Hautfarbe nicht ausstehen. Und außerdem gefiel ihr ganz und gar nicht, dass Patricks Vorleben ausgerechnet ihre unattraktive Kollegin einschloss. Was er damals mit Xenia gemacht hatte, wollte sie jetzt lieber nicht so genau wissen. Vielleicht war Xenia auch einfach nur eifersüchtig.

»Du glaubst mir nicht«, stellte Xenia fest und sah ihr ins Gesicht. »Wahrscheinlich hältst mich für eine eifersüchtige alte Zicke. Aber du irrst dich. Ich gönne ihn dir. Zwischen Patrick und mir ist längst alles aus – und das ist auch besser so. Und du solltest aufpassen, was du tust. Männer wie er taugen nicht fürs Leben, sondern höchstens für ein paar Nächte.«

Die sich aber durchaus lohnen, dachte Paula, wollte dieses Thema vor Xenia jedoch nicht weiter vertiefen.

»Ich will ihn schließlich nicht heiraten«, sagte Paula und warf den Kopf zurück. »Er ist mir ohnehin viel zu alt.«

»Tu nicht so. Du bist doch auch scharf auf seinen Hof, wie alle Weiber, die hinter ihm her sind. Da ist das Alter dann schnell völlig egal.«

Statt einer Antwort zuckte Paula mit den Schultern. Sie sah auf die Uhr. In fünf Minuten würde Patrick an der Lauterquelle auf sie warten. Paula schob die Schublade zu und griff nach ihrem Rucksack. Den Samenraub musste sie wohl auf morgen verschieben. Aber Xenia wollte sie nicht gehen lassen. Sie stellte sich Paula in den Weg und streckte fordernd die Hand aus.

»Was ist in deinem Rucksack?«

»Das geht dich gar nichts an.«

Paula versuchte, sich an Xenia vorbeizuzwängen. Doch durch die jahrelange Erfahrung mit weitaus kräftigeren Lebewesen konnte Xenia es mit Leichtigkeit mit Paula aufnehmen, bremste sie aus und riss ihr den schäbigen Rucksack aus den Händen. Dabei gab dessen Verschluss nach und öffnete sich, während der Rucksack in hohem Bogen auf den gegenüberliegenden Tisch flog. Blitzschnell versuchte Xenia, die Thermoskanne aufzufangen, doch sie glitt ihr aus den Händen, fiel scheppernd zu Boden und rollte davon. Xenia hechtete hinterher, packte die Kanne, bevor sie unter einem Laborschrank verschwinden konnte, stand auf und presste sie wie eine kostbare Beute an sich. Paula zuckte mit den Schultern.

»Die ist leer«, sagte sie. »Du kannst ja reinschauen, wenn du mir nicht glaubst.«

Xenia sah zwischen Kanne und Paula hin und her. Dann gab sie diese widerwillig an Paula zurück, nicht ohne noch einmal ein verächtliches Schnauben auszustoßen, schnappte sich das Päckchen Zigaretten von ihrem Arbeitstisch im Labor und zog ab.

Paula nahm Kanne und Rucksack und machte sich auf den Weg zur Lauterquelle. Patrick würde noch etwas auf seine Samenlieferung warten müssen. Aber schließlich wollte er sie, Paula, ja vor allem deshalb sehen, weil er mit ihr zusammen sein wollte.

»Die ist leer«, erklärte sie ihm, als sie ihm kurze Zeit später ihre Thermoskanne vor die Nase hielt und ihn erwartungsvoll ansah. »Xenia macht Probleme.«

Patrick nahm sie kurz in den Arm und küsste sie, aber er schien nicht bei der Sache zu sein. Rasch ließ er Paula wieder los und deutete in Richtung Hengststation.

»Ist sie noch da?«

Paula schüttelte den Kopf.

»Xenia ist mit Köbi weg, ein Bier trinken«, antwortete sie, »wahrscheinlich im Gestütsgasthof.«

»Ich werde mich darum kümmern«, sagte Patrick und wandte sich zum Gehen.

Enttäuscht sah Paula ihm hinterher, als er über die Holzbrücke wegging, ohne sich noch einmal nach ihr umzudrehen. Vielleicht hatte Xenia doch recht gehabt. Paula spürte, wie die Flammen der Hölle bereits über ihre Füße züngelten.

Ich glaube an das Pferd.
Das Automobil ist eine vorübergehende Erscheinung.
Kaiser Wilhelm II (1849–1941)

Montagabend

»Hallo, kommst du voran? Was hast du erreicht? Erwarte deinen Zwischenbericht bis spätestens morgen früh! Gruß, Doro.«

Bei der Aktualisierung ihrer E-Mails sprang Antonia als erstes das aufdringliche rote Ausrufezeichen ins Auge. Doro. Punkt. Ohne Emoticon. Keine Zeit für einen freundlichen Gruß, nicht mal für ein winziges Smiley, dafür aber umso mehr für eine umfangreiche To-do-Liste mit ausführlichen Interview-Wünschen. Pferdezüchter, Verbandsfunktionäre, Gestütsleiterin. Dazu hatte sie eine Übersicht der Ansprechpartner angefügt.

Antonia spürte, wie ihr Magen seine Säureproduktion ankurbelte. Das war ja wie im Kindergarten. Die Adressen der Ansprechpartner hatte sie sich schon längst selbst bei Frau Schmidtke-Sonnenfroh im Sekretariat besorgt. Und auf Doros Wunschliste konnte sie dankend verzichten. Wenn sie deren zahlreichen Punkte bis Ende der Woche abhaken wollte, konnte sie die Schönheiten der Alb samt Silberdistel und Kuhröhrling vergessen, und das mit dem Reiten ohnehin.

Antonia war zwar bewusst, dass sie keinen Urlaub hatte, sondern in ihrer Arbeitszeit auf Verlagskosten unterwegs war. Auf der anderen Seite war das aber nur ein gerechter Ausgleich für die vielen unbezahlten Überstunden in den vergangenen Jahren. Hinzu kam, dass das Abarbeiten der Liste den ursprünglichen Sinn ihrer Undercover-Mission zunichtemachen würde. Wenn erst einmal bekannt wurde, warum sie hier war, würde sie sicher keine vertraulichen Informationen mehr erhalten.

Bei dem Gedanken fühlte Antonia, wie das Jagdfieber sie packte. Endlich mal was anderes. Nach fast zwanzig Jahren im Verlag kannte sie die kleinen Orte rund um Stuttgart in- und auswendig, wo sie an unzähligen Sommerwochenenden bei jedem Wetter über ewig gleiche Turniere berichten musste. Und die zahllosen Currywurst-Pommes-Kombis mit matschigem Salat aus Plastikeimern, den die Frauen der jeweiligen Vereine verkauften, hatten im Lauf der Jahre weniger ihren Geschmack als vielmehr Antonias Hüften weiter entwickelt.

Antonia scrollte weiter und löschte mehrere Spams, außerdem die Mail eines Futtermittelherstellers, in der für einen leistungsfördernden Zusatz geworben wurde. Dann klickte sie mit der Maus auf das Papierkorb-Symbol neben der Mail von Doro. Mehr als ein Balken war in dieser ländlichen Gegend einfach nicht drin. Außerdem arbeiteten die modernen Spamfilter auch nicht immer fehlerfrei.

Antonia klappte den Laptop zu, schob ihn an den Rand des Schreibtischs, stand auf, öffnete die Balkontür und ging hinaus. Unten auf der Landstraße leuchteten in der Dunkelheit in unregelmäßigen Abständen die Scheinwerfer der vorbeifahrenden Wagen auf. Über ihr leuchteten nur die Sterne. Sie versuchte, sich auf ihre Mission zu konzentrieren und die nächsten Schritte zu planen.

Dabei gingen ihr die seltsamen Begegnungen des Nachmittags nicht mehr aus dem Kopf. Wotan wollte sie lieber nicht wiedersehen, vor allem nicht ohne sein Frauchen.

Immerhin schien die alte Dame das Vieh gut im Griff zu haben. Was Antonia jedoch weit mehr beschäftigte, war der Gedanke an den alten Mann, der ihr auf dem Rückweg von Julmonds Grab entgegengekommen war. Sie hatte das unbestimmte Gefühl, dass sie ihn schon einmal gesehen hatte, konnte sein Gesicht jedoch nirgends einordnen.

Es fiel ihr hingegen überraschend leicht, sich an das alte Kinderlied zu erinnern.

»Es schneielet, es beielet« – Antonia schloss die Augen, summte die vertraute Melodie, die tief in ihrem Inneren abgespeichert zu sein schien, und wunderte sich darüber, dass sie beim Gedanken an den angekündigten Schneefall das Gefühl hatte, jemand lege ihr eine warme Decke um die Schultern.

Als sie hörte, wie das Glöckchen auf dem Engländerstall siebenmal schlug, fiel ihr auf, wie kalt es mittlerweile geworden war und dass sie seit der Banane zum Frühstück und drei Schokoriegeln nichts mehr gegessen hatte. Gesunde Ernährung sah anders aus. Jetzt war ihr nach bodenständiger Kost »wie bei Großmutter« und regionalen Produkten. Genau das versprachen die Broschüren des Marbacher Gestütsgasthofs und eines regionalen Winzers, die im Zimmer auslagen. Lamm aus der Gomadinger Schäferei klang jedenfalls schon mal ziemlich regional.

Die Kochkünste ihrer Großmutter hatte sie nie erlebt und an die ihrer Mutter konnte sie sich nicht mehr erinnern. Wahrscheinlich hatte sie wie damals die meisten Hausfrauen auf der Alb Pfeffer für das einzige akzeptable Gewürz gehalten und von so gewagten Verfeinerungen wie Majoran oder gar Ingwer weitgehend abgesehen. Antonia hoffte, dass sich das mittlerweile geändert hatte und freute sich auf den in der Broschüre versprochenen schwäbischen Zwiebelrostbraten mit handgeschabten Spätzle und Salat.

»Schlemmen wie in der guten alten Zeit« stand verheißungsvoll als Motto über der beigelegten Speisekarte. »Ein Gedicht von einem Bier« bewarb zudem ein weiterer Prospekt mit dem Emblem des Zwiefaltener Klosterbräus und informierte gleichzeitig darüber, dass dieses Bier seit 1521 von Benediktinermönchen gebraut wurde.

Antonia hatte zwar schon lange kein Bier mehr getrunken, aber sie wollte bei regionalen Produkten bleiben und Weine aus dem Vorland der Schwäbischen Alb galten wegen ihrer Säure als ungenießbar bis gesundheitsgefährdend. Böse Zungen behaupteten, dass vier Personen nötig waren, um einen solchen Wein zu trinken: das Opfer selbst, zwei, die es festhielten, und eine, die ihm den Wein einflößte.

Auf der Karte des Gestütsgasthofs stand ein Bergwein, der unterhalb der Burg Hohenneuffen auf 520 Höhenmetern angebaut wurde. Laut Werbeprospekt des Winzers konnte man bei diesem edlen Tropfen die »klirrende Frische der Bergluft und die würzige Note der verwitternden Juraböden« schmecken. Angeblich sorgten die kühlen Nächte für die Bildung besonders ausgeprägter und frischer Fruchtaromen. Antonia bezweifelte, dass sie die angepriesene spannende Verbindung von Klima und Bodenformation schätzen würde, und vermutete, dass ihr die gemütlichen Weine der Stuttgarter Talregion dann doch lieber waren. Immerhin gab sogar der Winzer zu, dass sich seine säurebetonten Cool-Climate-Weine nicht an den Gaumen schmiegten, sondern ein entsprechend trainierter Geschmackssinn erforderlich war, um sie zu schätzen.

Antonia zog ihre Daunenjacke an und beschloss, zum Gasthof zu spazieren. Sie ging den Hang hinunter und folgte der Straße am Tor zum Gestütshof vorbei bis zur Abzweigung, an der die Straße hoch in den Wald zum Schloss Grafeneck führte. Die Herzöge von Württemberg hatten es um 1560 als Jagdschloss auf den Ruinen einer mittelalterlichen Burganlage errichtet. In der Mitte des 18. Jahrhunderts ließ Herzog Carl Eugen es zu einer barocken Sommerresidenz umbauen, die sogar ein Opernhaus hatte. Später wurden viele der herzoglichen Prunkbauten wieder abgerissen. Im Jahr 1940 nutzten es die Nazis, um in seiner Abgeschiedenheit mehr als 10 000 Menschen mit physischen und psychischen Erkrankungen zu ermorden. Heute erinnert eine Gedenkstätte an dieses finsterste Jahr in der Geschichte des Schlosses.

Antonia überquerte die Brücke über den Dolderbach. Links lag die Reitschule mit Halle und den Ställen im Dunkeln. Als sie auf den unbeleuchteten Gasthof zuging, ahnte sie bereits, dass ihr die verheißenen regionalen Geschmackserlebnisse für heute verwehrt bleiben würden. »Warme Küche 12 bis 18 Uhr« verkündete das große Schild, das an der Eingangstür der Gaststätte baumelte. Antonia seufzte. Das verstand man hier also unter der »guten alten Zeit«. Der viertelstündige Fußmarsch in stockdunkler Nacht hatte ihre Laune auch nicht unbedingt verbessert. Zudem hatte jetzt noch ein leichter Nieselregen eingesetzt. Antonia zog die Schultern hoch, machte sich mit knurrendem Magen auf den Rückweg und sann über die Vorteile des Stuttgarter Stadtlebens nach, während ein paar wenige Autos in der Dunkelheit an ihr vorbeirauschten.

Mit gleichmäßig durchfeuchteter Jacke und Jeans kam Antonia wieder am Wohnheim an. Ohne große Hoffnung durchwühlte sie den Kofferraum ihres Golfs. Nachdem sie ihren Pferde-Notfallkoffer zur Seite geschoben hatte, stieß sie auf mehrere kleine Sprudelflaschen und eine Vorratspackung mit Schokoriegeln. Zu ihrem Bedauern stellte sie fest, dass die Dinger weniger aktuell waren als der Inhalt des Notfallkoffers. Davon zeugte ihre ausgebleichte, ehemals rote Umhüllung und offensichtlich hatten sie ihre Form durch die wechselnde Einwirkung von heißer Sommersonne und eisiger Winterkälte schon mehrmals verändert.

Mittlerweile war es acht Uhr abends. Antonias Magen knurrte immer lauter. Wegfahren wollte sie nicht mehr, denn sie war etwas nachtblind und kam im Dunkeln nicht gut zurecht. Zudem kannte sie sich hier in der Umgebung nicht aus. Paula wohnte zwar nebenan, hatte sie jedoch nicht um ein Treffen gebeten und Antonia wollte sich ihrer Tochter nicht aufdrängen. Es war noch nicht lange her, dass Paula derartige Annäherungsversuche mit »Mama, du bist peinlich!« kommentiert hatte. Antonia war heute nicht danach auszuprobieren, inwieweit sich das geändert hatte. Also blieb ihr nichts anderes übrig, als ins Wohnheim zurückzugehen.

Dort tauschte sie die robusten Sportschuhe gegen ihre geliebten roten Birkenstocks und sah sich dann im Gemeinschaftsraum um. Momentan schien sie hier die Einzige zu sein. Der Anzahl an Haus- und Hüttenschuhen nach zu schließen, mussten hier derzeit aber mindestens weitere zehn Personen wohnen und die hatten erfreulicherweise alle möglichen Esswaren in der Küche verteilt. Auf der hellgrauen Kunststofffläche der Theke neben der Spüle langweilte sich eine einzelne Packung Leicht-und-Vital-Knusperbrot. Antonia erlöste sie aus ihrem traurigen Dasein und nahm gut die Hälfte der Scheiben heraus.

Dann öffnete sie den Kühlschrank. In einem der Abteile

stapelten sich sechs Packungen mit Heringssalat zu zwei roten Türmchen. Antonia konnte das Zeug zwar nicht ausstehen, aber in ihrer derzeitigen Lage war übertriebene Schleckigkeit keine Option. Außerdem würde der Besitzer des Heringssalates eine Packung sicherlich verschmerzen können. Schließlich konnte kein Mensch sechs Packungen von dem Zeug an einem einzigen Abend verdrücken. Morgen würde sie den Salat ersetzen, bevor der Verlust jemandem auffiel.

Antonia sah sich um, nahm ein Plastikschälchen heraus und legte es auf einen Teller. Dann brühte sie einen ebenfalls geliehenen Teebeutel »Ruhe und Gelassenheit« auf, holte Messer und Gabel und begann hastig, ihre Beute zu verschlingen, als plötzlich die Haustür klappte und sich eine grüne Bommel in den Aufenthaltsraum schob, gefolgt von den karierten Pantoffeln und ihrem Besitzer, der etwa in Antonias Alter war.

»Heilandsack, welchem Grasdackel gehört die verbeulte rote Stuttgarter Roschtlaube da draußen? An dem Karren kommt ja koi Mensch vorbei.«

So wie der Typ aussah, hatte er sich tatsächlich auf dem schmalen Weg an den geparkten Autos zum Wohnheim ziemlich vorbeiquetschen müssen. Seine Füße füllten die riesigen Pantoffeln komplett aus. Auf ihnen ruhte ein Körper, der mindestens einen Meter neunzig groß war. Dazu hatte der Mann Schultern wie Meister Proper und konnte problemlos sechs Packungen Heringssalat am Stück verschlingen. Im Gegensatz zu dem freundlichen Putzhelfer aus der Werbung war dieser hier jedoch eher schlecht gelaunt.

»Das ist mein Golf. Warum fragen Sie?«, antwortete Antonia. »Haben Sie ihn angefahren? Vorhin hatte er jedenfalls noch keine Beule.« Wenn man von der kleinen Schramme auf der rechten Seite absieht, dachte sie. Aber da an der Stelle noch nicht einmal der Lack abgeplatzt war, zählte das eigentlich nicht. Und, verflixt noch mal, wer ein Parkhaus in der Innenstadt benutzte, durfte nicht so pingelig sein.

»War ja klar. Das konnte nur ein Weib sein«, sagte Meister Proper. »Ohne Witz.«

Offensichtlich gehörte er zu der Sorte von Männern, die eine Beleidigung für die richtige Art hielten, ein Gespräch zu eröffnen. Seinen Dialekt ordnete Antonia südlich von der Alb ein. Er schien viel Sorgfalt auf sein Äußeres zu verwenden, wovon der kahlrasierte Kopf und sein überdimensionaler Schnurrbart zeugten. Antonia vermutete, dass er allmorgendlich ziemlich viel Zeit darauf verwendete, dessen Enden hochzuzwirbeln und mit einer ordentlichen Portion Festiger auf ihren Platz zu kleben.

»Sie sollten eine Einparkautomatik nachrüsten«, meinte der Typ. »Am besten Sie warten mit dem Ausparken, bis es wieder hell ist. Und dann müssen Sie Ihre Glotzbebbl weit genug aufsperren, damit mein Moped das überlebt. Ohne Witz.«

»Sie sprechen von der dicken 1000er-BMW da draußen?«, fragte Antonia. »Dann passen Sie aber auf, dass Sie beim Aufsitzen mit Ihren Füßchen mein Autole nicht touchieren.«

Vorsichtig schob sie eine Scheibe Knäckebrot über den rosafarbenen Heringssalat auf ihrem Teller, was aber nichts nützte, denn Meister Proper kam direkt auf sie zu.

»Sie mögen mein Essen«, stellte er mit einem Blick auf ihren Teller fest. Antonia konnte nicht verhindern, dass ihr die Röte heiß ins Gesicht stieg, und zog es vor, zu schweigen und zu lächeln. Geheimnisvoll kam immer gut, vor allem mit vollem Mund. Sie kaute weiter und schluckte dann unauffällig einen Bissen hinunter.

»Passt schon«, meinte Meister Propper dann großzügig und streckte ihr seine Pranke hin. »Ich heiße übrigens Norbert. Norbert Waldvögele. Ohne Witz«, fügte er hinzu, als Antonia sich ein Schmunzeln nicht verkneifen konnte.

Nachdem auch Antonia sich vorgestellt hatte, ging Norbert zum Kühlschrank, nahm die übrigen fünf Packungen heraus und stellte sie so weit von ihr entfernt auf den Tisch, dass kein Zweifel aufkommen konnte, für wen sie bestimmt waren. Dann holte er sich Teller und Besteck, sah sie abschätzend an und säbelte von einem großen Laib Brot, das auf der Anrichte lag, eine etwa zwei Zentimeter dicke Scheibe ab.

»Feines Brot, von daheim, aus dem Schwarzwald«, sagte er und hielt ihr die Scheibe hin. Antonia fand, dass sie mit etwas Butter auch als Hauptmahlzeit durchgegangen wäre. »Viel besser als das trockene Zeug auf deinem Teller. Ohne Witz.«

Er säbelte eine weitere, noch dickere Scheibe für sich selber ab, setzte sich ihr gegenüber an den Tisch und begann, andächtig eine ganze Packung Heringssalat auf dem Brot zu verteilen. Antonia sah ihm gebannt dabei zu. Offensichtlich war der Mann genussfähig. Einige Minuten lang kauten sie schweigend, wobei Norbert es tatsächlich schaffte, die gewagte Konstruktion unfallfrei in Mund und Magen zu bugsieren.

Dann ging er zum Kühlschrank, nahm zwei Flaschen Bier heraus und öffnete beide mit einem herumliegenden Feuerzeug.

»Magst du ein Bier?«, fragte er und hielt ihr eine Flasche

hin. »Tannenzäpfle, aus dem Schwarzwald. Habe ich auch von daheim mitgebracht. Besser als das Hahnewasser, das du da trinkst.« Er prostete ihr zu und trank direkt aus der Flasche. »Kein Zwiefalter, den Soich kaschd ja ned saufe. Ohne Witz.«

Antonia hatte keine Meinung zu diesem Thema. Aber sie hatte ja auch noch nie in einem Wohnheim gewohnt, jedenfalls nicht in den letzten dreißig Jahren. Mit dem Kondenswasser, das sich auf der kühlen Flasche gebildet hatte, sah das Bier so appetitlich aus wie in einer Fernsehwerbung. Vor ihrem inneren Auge erschienen die klaren Wasser des Titisees. Sie nahm das Bier, bedankte sich, legte den Kopf zurück und ließ die kalte Flüssigkeit direkt aus der Flasche in die Kehle rinnen. Der bittere Geschmack im Mund erinnerte sie an früher, an Jugendherberge, Feten mit der Clique in verrauchten Partykellern und Rumknutschen im Dunkeln. Sie lümmelte sich in den Stuhl, lächelte entspannt und fragte sich, wie man beim Küssen an Norberts Schnäuzer vorbeikam, ohne die kunstvolle Bartfrisur zu ruinieren.

»Morgen geht mein Fahrkurs los«, holte Norberts Stimme sie wieder in die nüchterne Wirklichkeit zurück.

»Und was hast du so vor?«, fragte er und maß sie mit einem abschätzenden Blick. »Ich tippe auf Dressurreiten, das ist so ein Frauending, und du bist der Wendy-Typ.«

»Wohl eher Heike, die Mutter von Wendy«, meinte Antonia, die die Jungmädchen-Pferdezeitschrift von Paula kannte. »Ich nehme ein paar Reitstunden und außerdem besuche ich meine Tochter. Sie macht hier eine Lehre als Bereiterin.«

»Mei Jonge reitet auch«, sagte Norbert. »Meine Tochter ist neunzehn und hat mir den Fahrkurs im Landgestüt zum Geburtstag geschenkt. Sie fand, das müsse sein, nachdem ich mit der Kutsche vor unserem Haus in St. Märgen eine Beule in ihren Karren gefahren habe.«

»Wenn der Lack nicht abgeplatzt ist, zählt das nicht«, grinste Antonia und griff nach einer zweiten Flasche Tannenzäpfle. »Ich empfehle den Einbau eines Parkassistenten, den gibt es doch sicher auch für Kutschen.«

»Das wäre vielleicht praktisch«, gab Norbert zu. »Ist leider ziemlich unhandlich, so eine Kutsche. Eigentlich würde ich lieber reiten. Ich habe mir zwei Schwarzwälder Kaltblut-Wallache gekauft. Die werden bei uns schon seit dem Mittelalter gezüchtet. Ich sehe sie immer auf der jährlichen Hengstkörung bei uns im Ort und finde sie saumäßig gut. Aber meine Tochter hält das mit dem Reiten für keine so gute Idee. Sie meint, ich sei viel zu schwer für die beiden, selbst wenn ich mich immer nur abwechselnd auf Donnergroll und Maximus setze. Dabei haben Schwarzwälder Kaltblüter im Mittelalter sogar Ritter mitsamt der Rüstung geschleppt.«

»Diese Zeiten sind zum Glück vorbei. Deine Tochter hat völlig recht«, kicherte Antonia, die die Wirkung des Bieres spürte. »Ab 100 Kilo Lebendgewicht empfehle ich einen Elefanten.«

Antonia mochte die Schwarzwälder Füchse mit ihrem dunkelbraunen Fell, der hellen Mähne und dem hellen Schweif. Sie hatte sie auf der Hengstparade bewundert, als sie die festlich geschmückten Kutschen gezogen hatten. Mit einem Stockmaß von 150 bis 160 Zentimetern waren die Pferde nur mittelgroß und damit trotz ihrer muskulösen breiten Kaltblutkruppen für Norbert viel zu klein. Auch auf dem Landgestüt gab es ein paar Hengste dieser Rasse. Die gutmütigen Tiere zogen neben ihrem Hauptberuf als Landbeschäler auch die Kutschen der Fahrschüler.

»Aber Kutsche zu fahren ist wahrscheinlich besser als Elefanten zu reiten«, sagte Antonia. »Vor allem gibt es die hier nicht. Vielleicht könnte ich das mit dem Fahren ja auch einmal versuchen«, meinte sie dann bei dem Gedanken an die hübschen Kohlfüchse. Norbert schüttelte den Kopf.

»Bleib du lieber beim Reiten. Fahren ist nichts für Frauen, selbst für die, die kein Problem mit dem Einparken haben.« Er grinste. »Man braucht Muskeln in den Armen. Ohne Witz. Die Leinen haben ziemlich viel Gewicht. Da muss man manchmal ganz schön dagegenhalten, vor allem wenn Pferde wie die schweren Altwürttemberger dann noch mit aller Kraft in die Zügel knallen. Und du siehst ohnehin nicht so aus, als wenn du täglich Mistkarren vor dir her schubst. Ich tippe eher auf Hausfrau oder Bürojob.«

»Ich arbeite als Redakteurin für eine Pferdezeitschrift«, sagte Antonia.

»Also doch Wendy? Ohne Witz jetzt.«

»›Das Schwabenross‹«, antwortete Antonia und hätte sich sofort danach die Zunge abbeißen können.

»Und jetzt berichtest du über die Sache mit Jupiters gefälschten Papieren«, stellte er fest.

Antonia wunderte sich, wie er darauf kam, und sah ihn erstaunt an. Er schien seine voreilige Frage zu bereuen und wechselte hastig das Thema.

»Über Donnergroll und Maximus müsstest du mal berichten«, schwärmte Norbert, während seine Schnurrbartspitzen erregt zuckten. »Die sind etwas ganz Besonderes. Ohne Witz. Ich kann mit ihnen sogar Felder bearbeiten.«

Norbert schien bei seinem Lieblingsthema angekommen zu sein und ließ sich, durch Antonias freundliches Interesse ermuntert, zu weiteren Ausführungen hinreißen. Bisher hatte sie Schwarzwälder für eher schweigsam gehalten.

»Ich gewöhne sie langsam ans Schaffen. Neben meinem Haus habe ich ein Feld gepachtet, das ich mit ihnen bearbeite. Vor drei Wochen habe ich noch einen Dreijährigen dazugekauft. Er heißt Wälderbub. Für den Anfang habe ich ihn nur nebendran gehängt. Aber wenn ich nächste Woche zurückkomme, kann der auch schon eine kleine Egge hinter sich herziehen und einen Teil der Saatbeetbereitung übernehmen.«

»Und was pflanzt du auf dem gepflügten Feld an? Was kann man denn dort Ende Oktober noch aussäen?« Antonia nahm ihre Chance war, das Thema zu wechseln und Norberts Interesse auf Feldfrüchte zu lenken. Von hier aus könnte sie dann vielleicht einen eleganten Schlenker zur Schwarzwaldküche machen, denn das war eines ihrer eigenen Lieblingsthemen.

»Nichts«, antwortete er ernsthaft. »Ohne Witz«, fügte er hinzu, als er ihren verblüfften Gesichtsausdruck bemerkte. »Ich trainiere die Gäule dort nur. Bisher habe ich mit ihnen pflügen geübt. Nach dem Kurs kann ich auch mähen, das ist was für Fortgeschrittene. Ich habe mir sogar schon eine kleine alte Einspänner-Haumaschine angeschafft. So etwas kriegt man gar nicht mehr neu.«

Antonia lehnte sich zurück und genoss die wohlige Wärme, die die zweite Bierflasche in ihrem Kopf verbreitete, während sie sich geduldig Norberts Ausführungen anhörte.

»Meine habe ich gebraucht gekauft«, fuhr er fort, »und auf ein Doppelmessermähwerk umgerüstet.«

»Aber wenn du jetzt erst gepflügt hast, kannst du doch noch gar nichts mähen«, meinte Antonia, die sich zwar nicht für die technischen Details interessierte, aber doch den Gesamtzusammenhang verstand.

Norbert sah sie so entgeistert an, als käme ihm dieser Gedanke eben zum ersten Mal. Nach einer mittellangen Denkpause erhellte sich sein Gesicht.

»Mein Nachbar hat noch eine ungenutzte Wiese. Der ist bestimmt froh, wenn ich da mal drüber mähe«, meinte er dann.

»Da stehen Pflaumenbäume drauf, die seltenen Zibarten. Aus den Früchten macht mein Nachbar dann den Zibärtle, einen Zibartenbrand. Schmeckt klasse, leicht herb nach Marzipan, eine ganz besondere Schwarzwälder Spezialität. Vielleicht besuchst du mich mal und berichtest darüber. Ohne Witz.«

»Mhm«, machte Antonia und überlegte, was der Nachbar und seine Bäume wohl dazu sagen würden, wenn Norbert die Abmessungen der Kutsche falsch einschätzte.

Sie beschloss, vorerst nicht auf das Angebot einzugehen. Schließlich hatte sie eine Mission – und diese wollte sie zum jetzigen Zeitpunkt nicht aus den Augen verlieren.

Dein Kissen ist weiß-blau gewürfelt:
ein Würfel Wolke ein Würfel Himmel
und wenn du die Augen schließt,
ist es ein Schimmel!
Und wenn du ihn fest um den Hals fasst
und schmiegst dich an sein Fell
und wartest bis ein Traum kommt
trägt er dich von der Stell.

Reiner Kunze (*1933), deutscher Schriftsteller

Montagnacht

Unter der Dusche ließ sich Antonia minutenlang den heißen Wasserstrahl in den Nacken prasseln. Dann seifte sie sich mit einer reichlichen Portion hautberuhigender Honigseife aus dem Gestütsladen ein. Nachdem sie ihren alten rosafarbenen Pyjama mit dem Häschenmuster und die neuen Wollsocken angezogen hatte und unter die frisch bezogene Bettdecke geschlüpft war, fühlte sie sich warm und durch die zwei Tannenzäpfle hinreichend entspannt.

Bevor sie vollständig ins Reich der Träume abglitt, verwirbelten in ihrem Kopf die Bilder von klaren Schwarzwaldseen, beschlagenen, eiskalten Bierflaschen, blondmähnigen Pferden und Norberts zuckenden Schnurrbartspitzen, an deren Enden Heringsstückchen baumelten. Beim Gedanken daran, wie Norbert mit vornübergeneigtem Kopf mit seinem Schnurrbart durch ein Feld pflügte, während die drei Kaltblüter entspannt ihre schweren Köpfe zu Boden senkten, schlief sie ein.

Sie hörte nicht mehr, wie die Glocke auf dem Engländerstall zwölfmal schlug. Bevor sie sich dagegen wehren konnte, hatte ein Traum sie gefangen genommen.

»Antonia!« Die weichen Lippen des Pferdes, über die sich ein absurd großer Schnurrbart zog, öffneten sich schmatzend und wieherten ihren Namen. Mit dem »t« schien das Tier Probleme zu haben, es klang wie »Anonia«.

Antonia wälzte sich unruhig im Bett hin und her und versuchte, den zunehmenden Druck auf ihrem Brustkorb abzuschütteln. Trotz größter Willensanstrengung gelang es ihr weder die Augen zu öffnen noch Arme und Beine zu bewegen. Gebannt und hilflos lag sie im Bett. Von innen trommelte das Herz schmerzhaft gegen die Brust.

»Antonia!« flüsterte die Stimme durch die fahle Nacht.

Schlief sie oder war sie wach? Antonia hob den Kopf und wusste nicht, ob die Stimme wirklich da war oder nur zu ihrem Traum gehörte. Dass Antonia Albträume hatte, kam zuweilen vor, aber die Zeiten, in denen sie an den Nachtgrabb und seine Gefährten geglaubt hatte, waren schon lange vorbei. Wenn sie jetzt in das Dunkel lauschte, war sie sich da aber auf einmal gar nicht mehr so sicher. Am Fenster des Wohnheims huschte etwas vorbei. Mit einem lang gezogenen »Schuhuuh« kündete ein Käuzchen Unheil an. Nach schier endlosen Minuten gelang es Antonia, sich aus der Erstarrung zu lösen. Sie begann um sich zu schlagen, rang verzweifelt nach Luft und fuhr schließlich mit klopfendem Herzen hoch.

»Antonia!« Erneut hörte sie das eindringliche Flüstern.

Obwohl sie das Fenster wegen der nächtlichen Kälte geschlossen hatte, spürte sie, wie ein kühler Lufthauch ihre Stirn berührte und von dort in ihre Erinnerungen eindrang, die tief im Verborgenen lagen und tagsüber nie zum Vorschein kamen.

»Mama«, wimmerte sie und starrte angsterfüllt in die Dunkelheit. Durch den Spalt unter der Tür drang ein schwacher Lichtschimmer, der heute aber keine tröstliche Wirkung hatte. Hilfe suchend tastete sie nach dem Plüschpony mit dem abgewetzten Fell, das ihr als Schlaftier diente, und nahm es in den Arm. Dann ergriff sie einen Zipfel ihrer Bettwäsche und steckte den Daumen so in den Mund, dass sie den Stoff mit der Hand an die Nase pressen und ihr eigener Geruch die Geister vertreiben konnte. Da, in der Zimmerecke, der Schatten, war das jetzt etwa der Nachtgrabb? Der die kleinen Kinder holte? Vielleicht steckte der ja auch unter dem Bett und wartete nur darauf, herauszukrabbeln, wenn sie wieder eingeschlafen war. Sie riss die Augen auf. Wahrscheinlich war es sicherer, wenn sie wach blieb. Nicht wieder einschlafen, nahm sie sich vor.

»Mama?« Sie versuchte es ein weiteres Mal und begann, leise zu schluchzen. Nichts rührte sich. Vielleicht musste sie lauter rufen.

»Mama?« Ihr Jammern steigerte sich zu einem verzweifelten Geschrei. Tränen strömten ihr aus den Augen, vermischten sich mit dem Sabber, der ihr aus dem Mund lief, und tropften auf ihren Frottee-Schlafanzug.

Immer noch keine Antwort. Ihr Herz hämmerte wie verrückt. Hier konnte sie nicht bleiben. Sie schlug das dicke Federbett zurück, in dem die Daunen immer nach unten verrutschten, setzte sich auf und lauschte in die Dunkelheit. Dann drehte sie sich langsam um und begann, aus dem Bett zu klettern, wobei sie es sorgsam vermied, den Boden mit den Füßen zu berühren. Schließlich konnte sie von hier oben nicht erkennen, ob der Nachtgrabb unter dem Bett lauerte. Bevor sie das Gleichgewicht verlor und stürzen konnte, sprang sie mit einem Satz herunter. Fort von der Schwärze, die unter der Matratze lauerte, immer darauf gefasst, dass Hände unter dem Bett hervorschießen und sie an den Füßen packen könnten. Erst als sie auf den knarzenden Holzdielen des Flurs stand, merkte sie, dass sie vergessen hatte, ihre Hausschuhe anzuziehen.

Als Antonia erwachte, stand sie mit bloßen Füßen auf dem Steinboden im Zimmer des Wohnheims, dessen Eiseskälte selbst durch die dicken Schafwollsocken drang, und klapperte mit den Zähnen. Ihr Herz hämmerte wild und ihr Schlafanzug klebte schweißfeucht und eiskalt auf der Haut. Antonia rieb sich die Stirn, konnte sich aber nicht an Einzelheiten des Traums erinnern. Sie wusste nur, dass ihr die Bilder beängstigend real vorgekommen waren. Sie hatte mit ihrer Zungenspitze sogar am losen Zahn des kleinen fünfjährigen Mädchens wackeln können. Was sie aber am meisten beunruhigte, war der gelbliche, feuchte Schlamm, der an ihren Socken klebte. Die Spuren der Schlammsocken zogen sich von der Tür bis zu ihrem Platz in der Mitte des Raums.

Die Glocke schlug ein Uhr. Wo war sie in der letzten Stunde gewesen? Sie war noch nie zuvor genachtwandelt, zumindest wusste sie nichts davon. Zitternd zog Antonia die Socken aus, rieb sich die Füße warm und hüllte sie in das andere Paar aus dem Shop.

Am liebsten hätte sie sich jetzt in die starken Arme eines Mannes wie Norbert gerettet, aber das war definitiv keine Option. Also schlich sie im nächtlichen Wohnheim die Treppe hinunter, stellte den Wasserkocher an und braute sich eine riesige Tasse »Ruhe und Gelassenheit«. Dann ging sie mit dem dampfenden Tee wieder in ihr Zimmer und legte sich ins Bett, wobei sie die Deckenlampe brennen ließ. Nicht einschlafen, ermahnte sich Antonia, besser nicht wieder einschlafen.

Was immer das auch war, es hatte gerade erst begonnen.

Von hinten ein »Krawumm«,
der Hals geht dann schön krumm.
Mit den Händen fleißig wippen
und die Sporen in die Rippen.
Ein Ruck im Maul,
schon steht der Gaul.
Ein Hieb mit dem Stab,
schneller geht es im Trab.
Ein Reiter mit diesen Methoden,
gehört mit »Krawumm« auf den Boden!

Alte Reiterweisheit

Dienstagmorgen

Natürlich war Antonia dann doch eingeschlafen. Als ihr das Piepsen des Weckers ins Bewusstsein drang, leuchtete ihr die Deckenlampe mitten ins Gesicht. Benommen rappelte sie sich hoch, zog die Übergardine zurück und sah aus dem Fenster. Draußen beschien der Mond die mit Raureif bedeckten Wiesen. Die Zeit, in der man die Autoscheiben morgens freikratzen musste, begann hier auf der Alb offensichtlich früher als in Stuttgart.

Im Zimmer war es zum Glück mollig warm. Kühl war nur der Steinboden, selbst unter ihren bestrumpften Füßen. Antonia schlüpfte in ihre Schlappen, putzte sich die Zähne, zog Unterwäsche, Sport-BH, Polohemd und Wollpullover an und quetschte sich in ihre alte Reithose. Darüber zog sie ein weiteres Paar dicker Wollsocken. Hunger hatte sie noch keinen, und selbst wenn sie etwas zu essen gehabt hätte, bekam sie morgens um halb sieben ohnehin nichts herunter, deshalb fiel es ihr nicht schwer, auf ein Frühstück zu verzichten. Stattdessen trank sie ein großes Glas des kalkhaltigen Leitungswassers, das direkt aus den tiefen Höhlen der Alb stammte.

Dann zog sie ihre derben Winterstiefel an, packte Reitstiefel, Helm und Gerte in einen Rucksack und lief die zwanzig Minuten zur Reitschule an der Straße entlang, während es immer heller wurde. Jetzt am Morgen waren mehr Autos unterwegs als vergangene Nacht. Es schien sogar schon gekracht zu haben, denn zwei Polizeiwagen und ein weißer Krankentransporter rasten mit Blaulicht und Martinshorn in Richtung Offenhausen an ihr vorbei.

Antonia überquerte den Dolderbach, um gemeinsam mit den vierzehn anderen Reitern des Kurses mit militärischer Pünktlichkeit den Stalldienst um sieben Uhr morgens anzutreten. Zum Glück war wenigstens der Ton nicht militärisch. Alle waren sofort per Du, auch mit dem Reitlehrer Patrick Pfefferle.

Er sah seinem Foto im Internet ziemlich ähnlich. Wie Antonia vermutet hatte, war er um die vierzig Jahre alt. Als er jetzt live vor ihr stand, überragte er sie mit einem Meter fünfundachtzig um einen halben Kopf. Er war schlank und trug graue Reithosen zu seinen schwarzen Stiefeln. Sie betonten die typischen Säbelbeine des langjährigen Reiters, was jedoch seiner Attraktivität keinen Abbruch tat.

Trotz der frühen Morgenstunde fand Patrick genügend Zeit, um Antonia aus seinen graublauen Augen schelmisch zuzuzwinkern. Obwohl sie vermutete, dass das zu seinem Standardprogramm für weibliche Reitschüler gehörte, konnte sie nicht verhindern, dass ein wohliges Gefühl in ihr hochstieg. Ihr kam es so vor, als würde sie ihn schon lange kennen, und sie bedauerte, dass sie mit ihren dreiundfünfzig Jahren vermutlich zu alt war, um sein ernsthaftes Interesse zu erregen. Ein Mann wie er würde eher mit ihrer Tochter Paula anbandeln.

Sie selbst würde seine Aufmerksamkeit höchstens mit ihrer Berichterstattung zum Thema »gefälschte Pferde-Abstammung« auf sich lenken und das konnte für ihn äußerst unangenehm werden, besonders, wenn sich die Vorwürfe als wahr herausstellen sollten.

Antonia ertappte sich bei dem Wunsch, dass das nicht der Fall sein möge. Wäre sie in einer Gerichtsverhandlung, müsste sie sich jetzt für befangen erklären. Glücklicherweise galten für Journalisten andere Spielregeln. Antonia war froh, dass das Interview, das sie vergangene Woche telefonisch mit Patrick vereinbart hatte, ihr morgen eine gute Gelegenheit dazu bieten würde, ihn besser kennenzulernen. Sie würde über ihn als ehemaligen Olympiateilnehmer berichten, hatte Antonia ihm erklärt. Das würde ihr genügend Möglichkeiten geben, sich auf dem Sonnenhof umzusehen und auch Patricks Hengst Just Magic einzubeziehen.

Während Patrick die Pferde verteilte, zwang sie sich dazu, ihm ins Gesicht oder wenigstens auf die Liste auf seinem Klemmbrett zu sehen und nicht auf die gut sitzende Reithose zu starren, die Paula wahrscheinlich als TMI-Hose, als Too-Much-Information-Hose bezeichnet hätte. Antonia hatte gegen diese Art der Information ganz und gar nichts einzuwenden.

Leider würde auch die äußerst attraktive Frau in bordeauxfarbenen Reitstiefeln Antonia beim Rennen um Patrick vermutlich um Längen hinter sich lassen. Sie hatte sich als Gabi vorgestellt und Antonia schätzte sie auf etwas über dreißig. Gabi trug eine perfekt sitzende helle Reithose, deren brauner Vollbesatz den weichen Schwung ihrer Hüften nachzeichnete. Mit ihren langen Beinen und den offenen blonden hüftlangen Haaren sah Gabi aus wie eine fleischgewordene Barbiepuppe. Dass unter ihrem rosafarbenen Flauschpullover die Kragenecken eines rosafarbenen Polohemdes hervorlugten, machte das Klischee perfekt.

»Cornett soll ich reiten? Das ist doch ein Warmblut und noch dazu ein Wallach.« Gabi-Barbie sah enttäuscht aus. »Gibt es hier keine echten Hengste, ich meine die schönen weißen Araberhengste? Die aus der silbernen Herde.«

Nicht noch ein Klischee, stöhnte Antonia innerlich. Barbie auf einem weißen Hengst, das war nun echt zu viel des Guten.

»Die silberne Herde besteht aus Araberstuten«, sagte Patrick. »Deswegen heißt es ja auch Hauptgestüt, weil wir hier in Marbach Stuten halten. In der Reitschule gibt es nur Warmblüter, meistens Wallache, aber ein paar Hengste sind auch dabei.« Patrick löste den Blick von ihren Hüften und sah ihr ins Gesicht. »Die sind eigentlich nur für die Reiter mit sehr viel Erfahrung gedacht. Normalerweise werden sie nicht im allgemeinen Reitkurs eingesetzt.«

»Aber ich kann sehr gut reiten«, maulte Barbie. »Ich war schon auf Turnieren der Klasse M.«

Antonia war erstaunt. Das hätte sie der Frau nicht zugetraut. Patrick ging es offensichtlich genauso, denn er sah ebenfalls überrascht aus.

»Das ist natürlich etwas anderes.« Er überlegte kurz. »Möchtest du es mit Vivaldi probieren? Das ist ein Fuchshengst. Er ist bis S, also bis zur schweren Klasse, ausgebildet. Du kannst mit ihm sogar fliegende Galoppwechsel und Pirouetten reiten.«

Barbies Miene hellte sich auf.

»Gerne«, sagte sie und schwebte als rosafarbenes Wölkchen in Richtung Stallungen davon.

Das restliche Pferdeverteilen ging ohne weiteren Widerspruch vonstatten. Als Antonia sich vorgestellt hatte, teilte Patrick ihr Trollinger zu.

»Unser Sicherheitspferd«, sagte er, »damit mit dem Interview morgen nichts schief gehen kann.«

Nachdem Patrick jeden Kursteilnehmer mit einem passenden Pferd versorgt hatte, übernahm Victoria die Gruppe. Sie trug den blauen Pullover der Auszubildenden mit dem gelben »M« und sah wie die jüngere Schwester von Barbie aus. Jetzt führte sie die Reiter zu den zwanzig grünen Schubkarren, die hinter dem Stall exakt ausgerichtet auf ihren Einsatz warteten. Wie alle nahm sich auch Antonia eine davon und legte eine Mistgabel dazu.

Sie beschloss, bei der Box von Trollinger anzufangen. Antonia schob die Tür auf und betrachtete mit klopfendem Herzen »ihr« Pferd. Trollinger war mindestens einen Meter siebzig groß. Er sei sehr gutmütig, hatte Patrick ihr noch versichert, und werde deshalb auch gerne mal »Das Viertele« gerufen. Beim Blick in das Pferdegesicht mit den freundlich aufgestellten Ohren war Antonia beruhigt. »Das Viertele« war sicher eine gute Wahl für ihre erste Reitstunde nach so vielen Jahren. Sie hielt Trollinger ihre Hand zum Beschnuppern hin, strich ihm vorsichtig über die Nase und die sternförmige Blesse und machte sich dann an die Arbeit.

Gabel für Gabel hob sie das durchnässte, stinkende Stroh auf die Karre, auf der sich rasch ein kleiner Haufen türmte. Trotz des frühen Morgens und der Kälte machte ihr das Ausmisten Spaß. Schon nach wenigen Minuten wurde ihr angenehm warm. Vergnügt summend arbeitete sie sich Gabel für Gabel voran und machte dann bei der nächsten Box weiter. Es gab nur das schmutzige Stroh, die Pferde und sie selbst, Gabel für Gabel. In dem gleichmäßigen Arbeitsrhythmus war für andere Gedanken kein Platz. Antonia war von sich selbst überrascht, wie gut ihr das tat. Meditatives Misten – das wäre mal ein völlig neuer Ansatz für das Kursangebot des Gestüts, dachte sie. Karre für Karre reihte sie sich in die disziplinierte Prozession der Reiter mit den voll beladenen Schubkarren ein, die zum Misthaufen hinter dem Stall zog.

Zum Abschluss verteilten die Kursteilnehmer das duftende frische Stroh. Antonia fand einen scharfkantigen Kalkstein und klaubte ihn heraus, damit er sich nicht im Huf von Trollinger verklemmen konnte. Dann versprengten sie gemeinsam in beiden Stallgassen aus mehreren großen Gießkannen Wasser, das den Staub beim abschließenden Besenballett binden sollte.

Pünktlich um acht Uhr dreißig standen die Schubkarren wieder in Reih und Glied und kein Hälmchen hätte es jetzt noch gewagt, die blitzblank gefegte Stallgasse zu verschandeln. Alle Besen und Mistgabeln hingen ordentlich aufgereiht an den dafür vorgesehenen Haken in den Nebenräumen des Stalls. Zu hören war nur noch das gleichmäßige Mahlen der Pferdezähne, die die morgendliche Portion Heu zerkleinerten. Ab und zu schnaubte ein Pferd zufrieden.

Den rosafarbenen Pullover von Barbie hatte Antonia allerdings weder beim Misten noch beim Fegen entdecken können. Wahrscheinlich war sie jetzt wie die anderen vier Teilnehmer der ersten Gruppe damit beschäftigt, ihr Pferd zu putzen. Antonia, die noch etwas Zeit bis zu ihrer eigenen Reitstunde hatte, ging zu den hölzernen Zuschauerbänken in die Reithalle, wo Patrick die Pause nutzte, um eine große fuchsfarbene Stute zu trainieren. Sie war gut gebaut und schien begabt zu sein. Antonia bewunderte die Leichtigkeit, mit der sie unter Patrick wie selbstverständlich über die rund einen Meter hohen bunten Stangen flog. Hinter dem letzten Oxer gab Patrick der Stute mit leichter Hand die Zügel hin. Es schien ihm nichts auszumachen, dass diese dabei ausschlug, übermütig bockte, im Galopp davonstob und kräftig abschnaubte. Als sie sich ausgetobt hatte, nahm Patrick lachend die Zügel auf, ritt zur Bande und sah sich suchend um. Antonia nahm eine glänzend grüne Pikeur-Jacke von der Bande und gab sie ihm. Mit einer lässigen Bewegung streifte er die Jacke über sein Polohemd mit dem ebenfalls teuer aussehenden Emblem. Als er noch auf dem Pferd sitzend den Helm abnahm und sich durchs Haar fuhr, bemerkte Antonia, dass an seinem Handgelenk eine goldene Rolex blitzte. Sie war bisher noch niemandem begegnet, der so im Pferdestall auftrat. Irgendwie indiskutabel, fand sie. Patrick war ihrem Blick gefolgt.

»Ist nur 'ne Fälschung«, grinste er und zwinkerte ihr zu. »Die echte liegt bei mir im Tresor, ein Andenken an Olympia. Die nehme ich nicht zum Reiten.«

Nach vier Schrittrunden stieg er ab und drückte die Zügel einer kurzhaarigen jungen Frau im blauen Pullover in die Hand, die die Stute in den Stall führte. Drei andere Auszubildende bauten die Hindernisse in wenigen Minuten ab und trugen die Stangen hinaus, während auch schon die ersten fünf Kursteilnehmer mit ihren Pferden die Halle betraten, unter ihnen auch Barbie, die einen mächtigen dunklen Fuchshengst in die Bahn führte. Der rötliche Schimmer seines Fells biss sich unvorteilhaft mit dem Rosa von Barbies Pullover.

Als alle Reiter aufgesessen waren und die zehnminütige Aufwärmphase im Schritt absolviert hatten, begann Patrick mit dem Unterricht. In diese Gruppe hatte er die besten Reiter eingeteilt, wie Antonia von der Zuschauertribüne aus an den vorschriftsmäßig gerundeten Pferdehälse und den schaumigen kauenden Mäulern unschwer erkennen konnte.

Barbie schien das allgemeine Leistungsniveau aber leider mühelos zu unterschreiten. Antonia hätte wetten können, dass das mit der M-Dressur gelogen war, und sehr musikalisch schien sie auch nicht zu sein. Jedenfalls wollte Vivaldi im Trab nicht so recht vorwärtsgehen. Barbie versuchte, das Problem zu beheben, indem sie ihre lange Dressurgerte über seine Flanke zischen ließ. Der Dunkelfuchs quittierte das mit einem unwilligen Schweifschlagen und beschleunigte seine Tritte. Diesen Trab konnte Barbie jedoch offensichtlich nicht mehr aussitzen. Ihr wohlgeformtes Hinterteil ließ bei jedem Tritt so viel Raum zwischen Hose und Sattel, dass man mühelos eine Hand hätte hindurchschieben können. Bei jeder Abwärtsbewegung stieß der Hintern das Pferd in den Rücken, wodurch es sich offensichtlich dazu ermuntert fühlte, noch rascher zu traben. Weil Barbie sich ängstlich zurücklehnte und dabei versuchte, mit den Oberschenkeln Halt zu finden, machte sie alles noch schlimmer. Obwohl sie nicht verhindern konnte, dass ihr die Kontrolle zunehmend entglitt, bemühte sie sich im Bewusstsein der Zuschauer auch weiterhin um ein verkrampftes Lächeln. Patrick beobachtete sie misstrauisch. Als sie mit der Gerte erneut auf Vivaldi eindrosch und dabei grob an den Zügeln zerrte, worauf dieser den Kopf hochriss, schritt er ein.

»Nicht am Zügel ziehen«, schrie er sie an.

»Aber wie soll ich dann anhalten?«, keuchte Barbie verzweifelt, während der Hengst immer schneller wurde und sich jetzt sogar in Galopp setzte.

Offensichtlich hatte sie Karl May gelesen und erinnerte sich an die Sache mit Old Shatterhands muskulösen Schenkeln, die er kräftig zupresste und damit so edle Pferde wie seinen Hatatitla und auch das Maultier von Sam Hawkins bezwang, indem er ihnen die Rippen verbog, die Eingeweide zusammendrückte und den Atem raubte. Aber Karl May konnte nicht reiten, sondern hatte seine Bücher im Gefängnis geschrieben. Also konnte er nicht wissen, dass diese Art von Reiten schon aus rein anatomischen Gründen unmöglich ist und außerhalb von Abenteuerbüchern nicht funktioniert.

Letzteres wurde jetzt auch gerade Barbie klar, als sie nämlich beim Anklammern mit den Beinen die Absätze ihrer bordeauxfarbenen Reitstiefel so verdrehte, dass die daran befestigten Sporen tief in die Flanken des Pferdes stachen. Antonia konnte Vivaldi verstehen, als er plötzlich zu bocken begann.

»Sitzenbleiben! Tief reinsetzen!«

Obwohl Patrick das sehr laut durch die Halle brüllte, hatten seine Kommandos in diesem Stadium der reiterlichen Verzweiflung wenig Aussicht auf Erfolg.

Ein Vulkanausbruch war nichts gegen den Unmut Vivaldis. Nie im Leben hätte Antonia jetzt an der Stelle von Barbie sein wollen. Diese versuchte verzweifelt, sich auf dem Pferd zu halten, und krallte sich panisch an dem Mariahilf-Riemen am Vorderzwiesel fest. Widerwillig zollte Antonia ihr Respekt, denn immerhin hielt sie sich mehr oder weniger elegant etwa drei Bocksprünge lang oben. Länger hätte wohl nur ein Rodeoreiter durchgehalten. Aber dann war es mit ihren Reitkünsten vorbei. Als die Kruppe sie das nächste Mal hochkatapultierte, flog Barbie mit einem Salto über den Kopf des Dunkelfuchses durch die Luft und landete flach auf dem Rücken auf dem braunen Hallenboden, genau in einem Haufen Rossbollen. Antonia war gespannt, wie die sich auf dem rosa Flausch machen würden.

Der um seine Reiterin erleichterte Vivaldi bockte noch ein paar Mal und lief dann mit schlackernden Steigbügeln und hängenden Zügeln auf die anderen vier Reiter mit ihren Pferden zu, die sich in einer Ecke der Reithalle zusammengedrängt hatten und das Drama aus sicherer Entfernung beobachteten. Dort blieb der Hengst schnaubend stehen und wieherte mit kraftvoll gerundetem Hals seinen etwas weniger männlichen Kumpels zu. Bevor die es ihm gleichtun konnten, war Patrick schon da und fasste den Aufrührer am Zügel.

Am anderen Hallenende beugte sich eine der Auszubildenden über den rosafarbenen Haufen. Als Barbie sich stöhnend wieder aufrappelte und mit einem Winken des Arms signalisierte, dass ihr nichts weiter passiert war, lösten sich die anderen Reiter aus ihrer Erstarrung und setzen ihre Pferde wieder in Bewegung.

Antonia beobachtete Patrick gespannt. Als sie damals mit dem Reiten anfing, hätte man ein Pferd, das es wagte, seinen Reiter auf diese Weise abzusetzen, brutal verprügelt, meistens allerdings nur mit dem Ergebnis, dass das Pferd bei nächster Gelegenheit noch heftiger bockte, weil es das Vertrauen zum Menschen verloren hatte.

Patrick stand mit der Reitpeitsche in der Hand neben dem Hengst und sah ihn an. Vivaldi tänzelte, blähte die Nüstern, rollte wild mit den Augen und warf ängstlich den Kopf zurück. Patrick hob den Arm. Antonia machte sich auf einen unkontrollierten Wutausbruch gefasst. Doch Patrick tat nichts dergleichen. Er ließ die Peitsche fallen und sprach langsam und ruhig auf das Tier ein. Dann ließ er seine Hand an der Flanke des Pferdes hinuntergleiten, wobei sich der zitternde Hengst langsam wieder beruhigte.

»Du hast zu stark mit dem Schenkel geklammert«, sagte Patrick zu Barbie, die herbeigehumpelt kam, um ihr Pferd wieder in Empfang zu nehmen. »Das kann Vivaldi nicht ertragen.«

Der Hengst drehte ihm den Kopf zu und prustete, so als ob er Patrick verstanden hätte. Auf Patricks Empfehlung hin schnallte Barbie die Sporen ab und saß wieder auf, was Antonia zum zweiten Mal an diesem Morgen Respekt abnötigte. Den Rest der Stunde, die ohne weitere Zwischenfälle verlief, bewegte sie den Hengst im ruhigen Schritt.

Anschließend führte die zweite Fünfergruppe ihre Pferde in die Reithalle. Damit hatte Antonia jetzt noch eine Dreiviertelstunde Zeit, um ihr eigenes Pferd, Trollinger, zu putzen und aufzusatteln. Sie zwängte sich in ihre maßgeschneiderten dunkelbraunen Lederreitstiefel, ein Geschenk ihres Vaters, und ärgerte sich, dass die teuren Dinger an der Wade kniffen. Das letzte Mal hatte sie die Stiefel vor zehn Jahren getragen und da hatten sie sich noch perfekt an ihre Unterschenkel geschmiegt. Wenn sie wieder mit dem Reiten beginnen wollte, würde sie sich wohl oder übel zwischen einer Diät und neuen Stiefeln entscheiden müssen.

Antonia ging in den Stall und holte Trollingers Putzzeug. Mit der Stofftasche in der Hand schob sie die Tür seiner Box auf, als ihr Handy wieherte. Sie stöhnte. Bloß nicht die Redaktion! Wenn das Doro war, würde sie das Klingeln ignorieren. Von der würde sie sich ihre erste Reitstunde seit Jahren nicht verderben lassen.

Antonia legte das Putzzeug auf den Boden, tastete in ihrer Jackentasche nach dem wiehernden Gerät, zog es heraus und blickte auf das Display. Aber es war nicht Doro. Stattdessen erschien Paulas fröhliches Gesicht.

Die Stimme, die aus dem kleinen Lautsprecher tönte, klang hingegen alles andere als fröhlich. Antonia hatte Mühe, zwischen den aufgeregten Schluchzern die Worte zu verstehen.

»Xenia«, stammelte Paula, »Xenia ist …«

In böser Vorahnung überzogen sich Antonias Arme mit einer Gänsehaut. Plötzlich fielen ihr die alarmierten Einsatzwagen von vorhin wieder ein.

»Geht es dir gut?«, fragte sie aufgeregt und brauchte eine Weile, um die Antwort zu verstehen.

»Ja, … mir schon. Aber Xenia ist tot«, kam es aus dem Handy, »ertrunken, letzte Nacht, an der Lauterquelle.«

Antonia erstarrte. Das konnte kein Zufall sein. Nicht nach dem gestrigen Auftritt von Xenia.

»Luise hat sie heute früh gefunden«, fuhr Paula fort, »als sie mit Wotan spazieren war. Sie hat mit Wotans Hilfe noch versucht, sie aus dem Wasser zu ziehen. Aber es war zu spät.«

Als sich plötzlich eine Hand auf ihre linke Schulter legte, hätte Antonia das Handy fast fallengelassen.

»Wo bleibst du denn?«, fragte Patrick und deutete vorwurfsvoll auf das ungesattelte Pferd.

»Wir wollen anfangen. Die anderen sind bereits alle in der Bahn.«

Antonia sah ihn mit offenem Mund an. Nach wenigen Sekunden hatte sie sich wieder gefasst.

»Ich komme zu dir«, sagte sie in das Handy. Dann sah sie Patrick an und schüttelte den Kopf.

»Ich komme nicht, ich muss weg, zu meiner Tochter. Ein Unfall, auf der Hengststation!«

Als Patrick langsam nickte, hatte Antonia nicht das Gefühl, dass er sonderlich überrascht war.

Man befiehlt einem Pferd, bittet einen Esel und verhandelt mit einem Maultier.

Sprichwort

Dienstagvormittag

Antonia hatte sich nicht einmal die Zeit genommen, um sich umzuziehen, sondern sich noch in Reithose und Stiefeln in Richtung Offenhausen hinter das Steuer ihres Wagens gesetzt. Xenias Tod zu diesem Zeitpunkt mochte ein Zufall sein, aber sie hielt es für wahrscheinlicher, dass er mit dem mysteriösen Treffen vom Vortag zusammenhing. Möglicherweise war ihr Auftrag gefährlicher, als sie bisher gedacht hatte, und möglicherweise war auch Paula in Gefahr.

In Offenhausen bog Antonia von der Straße ab und fuhr auf die blitzenden Blaulichter auf dem Parkplatz vor der kleinen gotischen Kirche aus dem Jahr 1350 zu.

Jetzt lenkte sie den Golf nach links und stellte ihn auf dem Parkplatz neben einem Polizeiauto und einer dunkelgrünen 1000er-BMW ab, an deren Seite ein Helm in passendem Grün baumelte.

Antonia stieg aus und zog den Reißverschluss an ihrer Daunenjacke zu, denn auch jetzt am Vormittag war es immer noch so kühl, dass ihr Atem kleine Wölkchen vor Mund und Nase bildete. Es roch klar und frisch und die goldene Oktobersonne versprach heute erst gegen Mittag etwas Wärme.

Auch von den Gesichtern der Polizisten, die hier überall herumliefen, stieg nebliger Atem auf. Vor dem Krankenwagen verdeckte eine dunkelgraue Plastikplane einen menschlichen Körper, der auf einer weißen Bahre lag und um den sich momentan niemand kümmerte. Antonia schauderte bei dem Gedanken, dass das Xenia sein musste. Gleichzeitig war sie froh, dass Paula wohlbehalten war.

Antonia kaute nachdenklich auf ihrer Unterlippe, während sie über ihr kurzes Zusammentreffen mit Xenia am Montagabend und deren rätselhafte Bemerkungen nachdachte. Nun würde sie nicht mehr erfahren, was sie ihr hatte sagen und zeigen wollen. Bisher hatte Antonia mit niemandem über die Begegnung vom Vorabend gesprochen und würde es auch jetzt weder Paula noch der Polizei mitteilen. Sie würde so lange schweigen, bis sie wusste, ob und inwieweit Paula in den Betrug verwickelt war.

Antonia ging um die Ecke in Richtung Lauterquelle, wo ihr ein rotweißes Plastikband den Weg versperrte. Ein junger uniformierter Beamter mit blondem Spießerbärtchen verwehrte ihr den Zutritt und ließ sich nicht einmal durch das Zücken ihres Presseausweises umstimmen.

»Fragen Sie später nach, dann gibt es offizielle Informationen«, schnauzte er Antonia an.

Aber er konnte sie nicht daran hindern, den Hals neugierig über die Absperrung zu recken und zwei Männer in Zivil zu beobachten, die zwischen den uniformierten Beamten umherliefen. Sie trugen Halbschuhe und versuchten angestrengt, auf dem matschigen Boden nicht auszurutschen und wie Xenia im Quellteich zu landen. Was die Männer dort machten, konnte Antonia allerdings nicht erkennen.

Hingegen konnte sie deutlich hören, dass hinter den Mauern des Gestütshofs Xenias tragischer Tod die Betriebsamkeit nicht sonderlich beeinträchtigt zu haben schien.

Jedenfalls drangen die Stimmen von Menschen und Hufgeklapper herüber und zeugten von einem normalen Arbeitstag auf der Hengststation. Sie sah auf die Uhr. In einer halben Stunde würde sie Paula zum Mittagessen abholen und ihr dabei helfen, den tragischen Tod ihrer Kollegin zu verkraften.

Als sie auf dem schlammigen Weg umdrehte, versperrte ihr Norberts massige Gestalt den Rückweg.

»Was machst du denn hier?«, fragte sie verblüfft. »Ich dachte, du lernst Kutsche fahren?«

»In etwa genauso, wie du gerade reiten lernst«, antwortete Norbert, dessen Schnurrbart über dem schwarzen Kragen der Motorradjacke leicht zerzaust wirkte. »Ein kleiner Morgenspaziergang, genauso wie du. Ohne Witz.«

»Und was machst du wirklich hier?«, insistierte Antonia.

»Ich wollte mich mal etwas umsehen.«

Seine vage Handbewegung schloss die Quelle und die Hengststation ein. Plötzlich kam Antonia ein Verdacht. Sie runzelte die Stirn.

»Du bist doch nicht etwa vom ›Landpferd‹? Ein neuer Kollege der Konkurrenz?«

Norbert lachte.

»›Landpferd‹ contra ›Wendy‹, ach nein, sorry, ›Schwabenross‹? Läuft das so bei Euch? Ohne Witz?« Er grinste breit. »Nein, Schreiben ist nicht mein Ding. Ich bin eher ein Mann der Tat.« Er senkte die Stimme. »Kann ich dir vertrauen? Kannst du schweigen?«

Das war genau die Frage, mit der man Gerüchte in die Welt setzte, dachte Antonia misstrauisch und nickte. Neugier war schließlich die wichtigste berufliche Eigenschaft einer Journalistin. Und dann war da noch ihre Mission.

»Ohne Witz jetzt«, sagte Norbert und zwirbelte sich

seine Schnurrbartspitzen wieder in Form. »Ich glaube nicht an einen Unfall oder Selbstmord.« Dann raunte er ihr verschwörerisch zu: »Xenia wurde ermordet! Ohne Witz.«

Antonia erschrak. Sie sah ihn an und versuchte, in seinen Augen das typische übermütige Blitzen zu entdecken. Sein ernster Blick machte ihr jedoch klar, dass er eine harmlose Erklärung für Xenias Tod tatsächlich für unwahrscheinlich hielt. Antonias Herz kam aus dem Takt. Mord! Und noch dazu eine Kollegin von Paula.

»Und was hast du damit zu tun?«, fragte Antonia.

Norbert blickte ihr in die Augen, atmete tief ein und schien dann einen Entschluss zu fassen.

»Okay«, antwortete er und seufzte. »Ich bin aus demselben Grund hier wie du. Ich gehe der Sache mit Jupiters gefälschten Papieren nach.«

»Du kommst also doch vom ›Landpferd‹«, stellte Antonia fest. »Ich habe mich gestern schon gefragt, woher du das mit der Fälschung weißt.«

»Nix ›Landpferd‹. Pferdezuchtverband. Ohne Witz«, sagte Norbert. »Ich bin Privatdetektiv. Die wollen herausbekommen, was an der Sache dran ist, bevor sie es an die große Glocke hängen, und haben mich damit beauftragt. Wenn Pfefferles tatsächlich Hengste mit gefälschten Papieren verkauft haben und es bekannt wird, dürften sie ruiniert sein. Das will der Zuchtverband vermeiden. Jupiter ist heute fünf Jahre alt. Der Betrug müsste also schon mindestens sechs Jahre zurückliegen. Wer weiß, wie viele Pferde noch betroffen sind. Bei den Schadenersatzklagen, die auf Pfefferles zukommen, wenn das stimmt, hätte ich gerne Prozente. Das können die sich niemals leisten.«

»Und auch nicht jeder Besitzer eines Pferdes mit gefälschtem Stammbaum hat ein Interesse daran, dass das publik wird«, überlegte Antonia, »vor allem nicht, wenn er mit seinem teuer bezahlten Pferd zufrieden ist und vielleicht sogar Erfolge erzielt. Wenn sich die Fälschung herausstellt, ist der Gaul weniger wert. Bei Pfefferles ist dann nichts mehr zu holen. Also habe ich doch lieber ein teures Pferd mit gefälschten Papieren als eines, das nichts mehr wert ist.«

»Natürlich will das Landgestüt möglichst nicht in die Betrugsaffäre hineingezogen werden«, sagte Norbert. »Immerhin arbeitet der berühmte Patrick Pfefferle hier als Gastreitlehrer. Deshalb arbeite ich undercover, so wie du, auch wenn es bei dir wohl eher nicht geklappt hat. Aber jetzt weißt du es und ich bin auch enttarnt. Ich hoffe, dass du schweigen kannst. Ohne Witz.«

Antonia nickte. So etwas in der Art hatte sie vom Pferdezuchtverband erwartet. Dass es aber ausgerechnet ein Mann wie Norbert war, der in deren Auftrag unterwegs war, enttäuschte sie. Hoffentlich stimmte wenigstens die Sache mit den Pferden.

»Was ist mit dem Fahrkurs?«, fragte sie. »War das mit deinen Pferden gelogen?«

»Am besten ist man als verdeckter Ermittler, wenn man so nah wie möglich an der Wahrheit bleibt«, grinste Norbert. »Meine Schwarzwälder Füchse sind ziemlich echt. Und Schulungsbedarf besteht auch. Das sagt zumindest meine Tochter.«

Antonia war beruhigt. Also doch kein Bürohengst und die Sache mit den Pferden schien ausbaufähig zu sein.

»Vielleicht können wir zusammenarbeiten«, schlug sie vor.

»Ich und eine Journalistin? Damit ich mich dann in einer Zeitung mit vielen Bildern und wenig Buchstaben wiederfinde?«, sagte Norbert und schüttelte den Kopf. »Nein, das ist mir viel zu riskant. Leider willst du genau das, was meine Auftraggeber nicht wollen.«

»Schade«, sagte Antonia und wandte sich zum Gehen. »Wir könnten voneinander profitieren. Vielleicht überlegst du es dir noch einmal.«

»Vielleicht«, gab Norbert zurück, »wenn du mir heute Abend erzählst, was du herausgefunden hast. Du hast doch mit deiner Tochter einen guten Draht zur Hengststation. Pass bloß gut auf sie auf. Ich sehe mich hier noch ein bisschen um.«

Wir haben kleine Pferde für kleine Leute,
kräftige Pferde für kräftige Leute,
schlanke Pferde für schlanke Leute,
große Pferde für große Leute.
Und für alle, die noch nie geritten sind,
haben wir Pferde, die noch niemand geritten hat.

Aushang eines Reiterhotels auf der Schwäbischen Alb

Dienstagnachmittag

Antonia führte Paula ins Landgasthaus »Gulewitsch«. Der »Gulle«, wie ihn hier der Einfachheit halber alle liebevoll nannten, kam aus dem Sudetenland und hatte sich nach dem Krieg in Gomadingen-Offenhausen niedergelassen. Im Verlauf der vergangenen 50 Jahre hatte er aus einer kleinen Kneipe ein ansehnliches Landhotel der Drei-Sterne-plus-Kategorie gemacht.

Mit den Gestütlern verband Gulewitsch die Leidenschaft für ein Metier, in dem man hart arbeiten musste, es weder Feierabend noch ein Wochenende gab und die Aussicht gering war, dabei reich zu werden.

»Man muss schon ein bissele verrückt sein, um das zu mögen«, sagte er, als er einen Teller mit köstlich duftendem Zwiebelrostbraten vor Antonia auf den Tisch stellte.

Paula stocherte lustlos in ihrem Salat und den Maultaschen und hatte keinen Blick für die gegenüberliegenden Wiesen und den bunten Herbstwald. Sie war schweigsam und beantwortete keine von Antonias Fragen. Nicht einmal Feuerstern war heute ein Thema, das sie gesprächig machen konnte.

Als ein Bus mit fröhlichen Rentnern vor der Tür des Gasthofs hielt und die grauhaarigen Damen die Toiletten stürmten, zahlte Antonia und brachte Paula zu ihrem Dienst zur Hengststation zurück.

Dann nutzte sie die Zeit, um dem Gestütsmuseum in der Kirche einen Besuch abzustatten. Die Kirche gehörte zum ehemaligen Dominikanerinnenkloster »Maria Gnadenzell« und war im Gegensatz zu den anderen Gebäuden des Klosters bis heute erhalten geblieben.

Heute konnte sich Antonia hier über 500 Jahre Gestütsgeschichte informieren, angefangen mit dem Jahr 1491, als Graf Eberhard im Bart in Oberfeld bei Marbach ein Gestüt einrichtete. Damals galoppierten hier Pferde verschiedenster Farben und Rassen Seite an Seite über die weitläufigen Koppeln. Wiehern und Schnauben wurden universell verstanden, sodass es keine Sprachprobleme gab, und so paarten sich die etwas schwerfälligen einheimischen Tiere vorurteilsfrei mit ihren feurigeren Artgenossen aus Ungarn, Böhmen und der Türkei, die es durch Pilgerreisen und Kriegszüge auf die Alb verschlagen hatte.

Das Marbacher Gestüt wurde etwas später von Herzog Ulrich gegründet. Als Datum für die Gestütsgründung hatte man sich auf das Jahr 1514 festgelegt, denn in diesem Jahr wurde das Gestüt erstmals in einer Gerichtsurkunde schriftlich erwähnt. 1573 wurde es offiziell zum Hof- und Landgestüt ernannt.

Antonia taten die Nonnen leid, die früher hier im Kloster leben mussten, denn der Eintritt in den Bettelorden war alles andere als freiwillig gewesen. Das Kloster wurde 1258 von den Grafen von Lupfen gestiftet, um die unverheirateten weiblichen Angehörigen des regionalen Adels hier verschwinden lassen zu können. In machen Fällen mochten

Gebete und Stillschweigen für die Frauen sogar angenehmer gewesen sein als die Gesellschaft eines herrischen Ehemanns. Lustig war das Leben im Kloster aber gewiss nicht. Ungläubig entzifferte Antonia die Kopie einer alten Bußordnung, nach der Lachen verboten war.

Vermutlich war es für viele der Nonnen eine Befreiung gewesen, als das Kloster während der Reformation im 16. Jahrhundert aufgelöst wurde. In den folgenden Jahrhunderten wurden seine Gebäude fast vollständig zerstört. Als die letzte Nonne im Jahr 1613 starb, war aus dem Kloster ein herzogliches Gestüt geworden. Um 1760 förderte Herzog Carl Eugen hier vor allem die Zucht der geduldigen und starken Maultiere, einer Kreuzung aus Pferdestute und Eselhengst.

Anschließend fuhr Antonia nach Gomadingen, kaufte Brezeln in der Albkorn-Bäckerei und deckte sich in den anderen Geschäften mit »Ruhe und Gelassenheit«, Käse, Butter und regionalen Äpfeln aus neuer Ernte ein. Im Kühlregal des Alb-Feinkostladens standen acht Packungen des untypischen Heringssalats. Sie packte sie entschlossen in ihren Einkaufskorb. Schließlich war sie Norbert noch etwas schuldig. Dann griff sie nach einem Sixpack Zwiefalter Bier. Dieses würde zwar nicht Norberts Geschmack treffen, war aber die einzige Sorte im Angebot. Eine Packung Schokoriegel und eine Tüte Kartoffelchips landeten ebenfalls in ihrem Korb. Sie erfüllten zwar nicht die Kriterien für eine gesunde Ernährung, waren aber die bestmögliche Ergänzung zu Tee und Bier.

»Neuerdings geht das Zeug weg wie warme Weggle«, meinte die Frau an der Kasse kopfschüttelnd, als sie den Heringssalat über den Scanner zog. »Bisher hat das hier kaum jemand gekauft. Welled Se a Guck?«

Antonia dankte, nahm die angebotene Plastiktüte, packte ihre Einkäufe hinein und fuhr ins Wohnheim zurück, wo sie ihre Beute in der Gemeinschaftsküche deponierte.

Dann machte sie sich zu einem Spaziergang auf. Als sie über den Hof lief und am Gestütsladen vorbeikam, war Antonia froh, dass Wotan samt Frauchen offensichtlich schon Feierabend hatte. Wie von selbst fanden ihre Beine den Weg zu Julmonds Grab hinauf. Sie freute sich über die kurze Anstrengung, denn so erarbeitete sie sich das Anrecht auf zumindest einen Schokoriegel.

Wie am Vortag genoss sie die Bewegung an der frischen Luft und die schöne Alblandschaft. Seltsame Begegnungen und wehmütige Gesänge blieben ihr dagegen heute erspart. Nur am Grab hatte sie für einen Moment wieder das Gefühl, als wolle eine unbekannte Stimme ihr etwas zuflüstern. Auch konnte sie nicht verhindern, dass ihr beim Anblick des frischen Blumensträußchens auf dem Grab Tränen in die Augen stiegen. Unwillig schüttelte sie den Kopf. Das lag sicher am kühlen Wind, den sie hier spürte. Oder an den Hormonen. Sentimentalitäten waren normalerweise nicht so ihr Ding.

Zurück im Wohnheim braute sich Antonia eine Kanne »Ruhe und Gelassenheit« und ging in ihr Zimmer hinauf. Schließlich war sie ja nicht zum Vergnügen hier, sondern hatte eine Mission. Und die brachte sich beim Aktualisieren ihrer E-Mails mit einem roten Ausrufezeichen in Erinnerung.

»Hallo, vielleicht hast du meine Nachricht ja nicht bekommen. Also noch mal: Wo bleibt der Zwischenbericht? Was hast du erreicht? Ich plane deine Reportage für kommende Woche ein. Gruß, Doro.«

Nach einem weiteren großen Schluck »Ruhe und Gelassenheit« führte Antonia den Cursor auf das Papierkorb-Symbol und klickte. Der Empfang war schließlich seit gestern nicht besser geworden.

Dann ging sie zum Abendessen in den Gemeinschaftsraum, wo Barbie in einem rosafarbenen T-Shirt saß und ihr freundlich zunickte. Ihr rosafarbener Pullover hing kunstvoll ausgebreitet zum Trocknen über der Heizung. Auf Barbies Teller leisteten drei Cocktailtomaten einer figurfreundlichen Packung Hüttenkäse Gesellschaft. Anscheinend hatte sie sich der Abends-keine-Kohlenhydrate-Methode verschworen.

Antonia drehte ihr den Rücken zu und breitete ihre Einkäufe auf dem Tisch aus, um sie dann in den Kühlschrank einzusortieren.

»Ich hatte noch eine ganze Packung Knäckebrot, aber irgend ein Trottel hat sie mir weggefressen«, sagte Barbie dann plötzlich zu Antonia. »Das ist hier schlimmer als der Möhrenklau im Reitverein. Da bedient sich im Karottenkeller auch immer irgendwer heimlich an meinen Vorräten, die ich jede Woche für teures Geld kaufe, um sie an die Schulpferde zu verteilen.«

Ihr Engagement für die Schulpferde machte sie nun direkt sympathisch, fand Antonia und bot ihr großzügig eine ihrer Brezeln an, was Barbie dankend annahm.

»Sah ja gefährlich aus, heute morgen«, sagte Antonia, »Hast du den Sturz gut überstanden?«

»Die Flecken gehen nicht ganz aus dem Pullover raus«, meinte Barbie und deutete zur Heizung, »und meine eigenen blauen Flecken werden auch ein Weilchen brauchen.« Sie massierte sich den Rücken. »Aber irgendwann reite ich auch mal fliegende Wechsel. Das schwöre ich.«

Antonia sah sie überrascht an.

»Ich dachte, du warst schon auf Turnieren der Klasse M? Da gehören Wechsel doch dazu«, meinte Antonia.

Barbies Wangen begannen, mit dem Zartrosa ihres T-Shirts zu harmonieren.

»Das stimmt ja auch«, sagte Barbie verlegen, »aber geritten bin ich dort nicht. Ich habe nur zugeschaut. Und es sah so leicht aus, dass ich dachte, mit einem guten Pferd bekomme ich das auch hin.«

»Das hätte mir genauso passieren können«, gab sich Antonia großmütig, während sie ihr eigenes Mahl aus Brezeln, Butter und Käse verspeiste. Aus weiblicher Solidarität und wegen der Antioxidanzien aß sie dazu ebenfalls drei Kirschtomaten. Das ganze krönten die beiden Frauen mit Zwiefalter Bier, wobei Antonia keinen Unterschied zu Norberts gepriesenem Tannenzäpfle feststellen konnte. Angenehm bitter schmeckten beide.

Herz zum Herzen ist nicht weit
unter lichten Sternen
und das Aug', von Tau geweiht,
blickt zu lieben Fernen.
Unterm Hufschlag klingt die Welt,
und die Himmel schweigen.
Zwischen beiden mir gesellt
will der Mond sich zeigen.

Achim von Arnim (1781–1831), deutscher Schriftsteller

Dienstagnacht

Wieder auf dem Zimmer ging Antonia ihre restlichen Mails durch, schaute noch kurz bei Facebook vorbei, klappte den Deckel des Laptops zu und öffnete das Fenster.

Draußen schlug die Glocke elf Uhr. Antonia fröstelte bei dem Gedanken an die vergangene Nacht. Sie nahm die verschmutzten Wollsocken von der Heizung und fragte sich zum wiederholten Mal, wo sie in die Erde getreten sein mochte, die in gelben Krümeln zwischen den Fasern getrocknet war.

In Stuttgart hatte sie so gut wie nie Albträume gehabt. Ihr war auch nicht bewusst, dass sie vorher schon einmal geschlafwandelt wäre.

Antonia schloss das Fenster und drehte den Regler an der Heizung auf. Sie sah sich um. Am Schreibtisch klemmte eine Lampe, die sie auch in der Nacht anlassen konnte. Dann schleppte sie nacheinander beide Schreibtischstühle vor die Tür. Schlafend würde sie an dieser Barrikade sicherlich nicht vorbeikommen. Anschließend zog sie sich aus, duschte, putzte sich die Zähne, schlüpfte in Pyjama und saubere Wollsocken und ging ins Bett.

Als die Glocke Mitternacht schlug, war sie trotz der beiden Flaschen Bier immer noch nicht eingeschlafen. Sie traute sich aber nicht, die Lampe am Schreibtisch auszuschalten, in deren Lichtkegel ein tänzelnder Nachtfalter Schatten an die Decke warf. Ein Käuzchen schuhute. War das nun Unheil verkündend oder ein Zeichen für Naturnähe, überlegte sie schläfrig und war, ohne es zu bemerken, schließlich doch ins Reich der Träume geglitten.

Antonia riss die Augen auf und starrte in die Dunkelheit. Kein Lichtstrahl, der sie trösten konnte.

»Mama«, wimmerte sie, schlug ihre Decke zurück und krabbelte aus dem Bett, immer im Bewusstsein der gefährlichen Dunkelheit von unten.

Sie verließ den Raum, wobei sie heute gegen einen erheblichen Widerstand ankämpfen musste. Auf den knarzenden Holzdielen des Flurs merkte sie, dass sie vergessen hatte, ihre Hausschuhe anzuziehen, aber zurückzugehen wagte sie nicht.

Sie lief weiter durch den schwach beleuchteten Flur zum Zimmer ihrer Eltern und drückte die Tür auf, die wie immer nur angelehnt war. Im Dämmerlicht zeichneten sich die Konturen eines Körpers auf der Seite ihrer Mutter ab. Doch da war nichts. Unter ihren Händen gab das Federbett ohne Widerstand nach. Hier war ihre Mutter nicht. Das Bett war leer. Sie tastete weiter. Ihr Herz blieb fast stehen.

»Papa«, schluchzte sie verzweifelt.

Aber auch ihr Vater war nicht da.

Als Antonia erwachte, stand sie mit durchnässten Socken in ihrem Zimmer und starrte fassungslos auf die beiden Stühle mitten im Raum.

Keine Stunde im Leben, die man im Sattel verbringt, ist verloren.

Winston Churchill (1874–1965), britischer Premier und passionierter Reiter, der noch als über Siebzigjähriger an Fuchsjagden teilnahm

Mittwochmorgen

»Nach 300 Metern rechts abbiegen«, schlug das Navigationsgerät mit der dunklen Frauenstimme vor, nachdem Antonia dem Lauf der Lauter folgend das Ortsschild »Offenhausen« passiert hatte. Der Weiler mit seinen 160 Einwohnern gehörte wie das noch kleinere Marbach mit den 43 Einwohnern zu Gomadingen.

Rechts ging es zum Sonnenhof der Pfefferles, Patricks Heimat. Das Hinweisschild gegenüber vom Gestütsmuseum hätte Antonia auch ohne Navi nicht verfehlt. Ein Pfeil und die Silhouetten von zwei steigenden Pferden vor dem Strahlenkranz einer Sonne versprachen dem Besucher besondere Erlebnisse. Die Sonne war leuchtend gelb. Gelb wie Gold, die Farbe der Sieger.

Antonia fand die Symbolik etwas übertrieben, vor allem wenn man bedachte, dass Patrick keine Gold-, sondern eine Silbermedaille gewonnen hatte. Und das war außerdem schon zehn Jahre her. Der Name seines Spitzenhengstes Just Magic war aber immer noch weit über die Landesgrenzen hinweg so bekannt, dass Patrick seine Nachkommen zu beachtlichen Preisen bis in die USA verkaufen konnte.

Antonia konnte sich nicht entscheiden, ob sie hoffen sollte, dass die Vorwürfe gegen Patrick berechtigt waren oder nicht. Wenn sich der Verdacht bewahrheiten würde und Feuerstern ebenfalls gefälschte Papiere hatte, konnte ihr das nur recht sein, denn dann hätte sie wenigstens eine kleine Chance, Paulas Wunschpferd bezahlen zu können. Auf der anderen Seite hielt sich irgendwo tief in ihr drin hartnäckig der hässliche Verdacht, dass Xenia ermordet worden war und dass Patrick etwas damit zu tun haben könnte.

Nachdem Antonia Patrick persönlich kennengelernt hatte, konnte sie es allerdings noch weniger glauben, dass ein erfahrener Reiter und erfolgreicher Züchter wie er es riskieren würde, die Abstammung in den Papieren seiner Pferde zu fälschen. Und einen Mord traute sie ihm auf keinen Fall zu.

Bei dem Gedanken an Patrick beschleunigte sich ihr Herzschlag. Antonia mochte Männer, die aussahen, als würde ihr Pferd vor der Tür des Saloons auf sie warten, um mit ihnen in ein Abenteuer zu galoppieren, und hier hatte sie mit Patrick und Norbert sogar zwei Exemplare dieser Art getroffen. Vielleicht lag es an der guten Luft auf der Alb. In Stuttgart hatte sie in den vergangenen Jahren jedenfalls wahlweise blässliche oder solariengebräunte Bürohengste kennengelernt, die sich vor einem wartenden Pferd höchstens erschreckt hätten. Das größte Abenteuer von Daniel, ihrem letzten Verflossenen, bestand darin, seine Kleidung wieder sauber zu bekommen, nachdem er den Stuttgarter Kräherwald auf einem Mountainbike ohne Schutzbleche durchquert hatte.

Was Patrick anbelangte, so war ihr durchaus klar, dass jüngere Frauen ihm scharenweise nachliefen und er sich seine Gespielinnen aussuchen konnte. Dennoch konnte sie nicht verhindern, dass ein spöttischer Blick seiner graublauen Augen ihre Knie weich werden ließ. Immerhin hatte sie genügend Verstand, um ihm das nicht allzu deutlich zu zeigen, auch wenn sie in manchen Augenblicken den Eindruck hatte, dass es ihm mit ihr genauso ging. Aber vielleicht war das ja genau seine Masche, dass er jeder Frau, mit der er es zu tun bekam, genau diesen Eindruck vermittelte.

Manchmal wünschte sich Antonia, sie könnte sich noch einmal verlieben, das ganze Komplettprogramm mit rosa Brille und flatternden Insekten im Bauch.

Immerhin lag Seelenverwandtschaft unter Pferdeliebhabern durchaus im Rahmen des Möglichen und sollte rein theoretisch auch über Altersgrenzen hinweg denkbar sein. Zumindest galt das ja immer für ältere Männer, bei denen die verwandten Seelen immer auf wundersame Weise in die Körper von deutlich jüngeren Frauen schlüpften, die höchsten ästhetischen Ansprüchen genügen konnten. Nur leider war Antonia kein Mann und besonders reich war sie auch nicht, sodass die Option Toyboy leider entfiel, auch wenn Patrick ihren ästhetischen Ansprüchen mehr als gerecht wurde. Sie wagte nicht, daran zu glauben, dass das Wunder einmal umgekehrt passieren und dass Patrick sich tatsächlich in sie verlieben würde.

Also blieb Antonia vorerst nichts anderes übrig, als den Bauch einzuziehen, was das Flattern der Schmetterlinge aus rein anatomischen Gründen etwas eingrenzte. Außerdem nahm sie sich vor abzunehmen, schon allein, damit die schicken Lederreitstiefel nicht mehr an der Wade zwickten.

Zum Glück hatte sie auch heute wieder nur eine Banane gefrühstückt, sodass sie zwar keine wohldefinierte Bauchmuskulatur unter ihrem Fleecepullover vorweisen konnte, aber auch nicht so aussah, als sei sie mit dem Inhalt einer halben Kuchentheke schwanger.

Antonia lenkte ihren Golf dem Pfeil auf dem Hinweisschild folgend auf die Straße, die in Richtung Sonnenhof zwischen den Häusern den Hang hinaufführte. Sie fuhr an mehreren Bauerhäusern vorbei und hatte nach wenigen hundert Metern das Landgasthaus »Gulewitsch«, in dem sie gestern mit Paula zu Mittag gegessen hatte, und die gepflegten Einfamilienhäuser des Wohngebiets hinter sich gelassen.

Links und rechts der asphaltierten Straße befanden sich jetzt nur noch Koppeln, auf denen zwischen weißen Elektrobändern mehrere Pferde in Gruppen ihre Nasen ins Gras steckten. Dahinter konnte Antonia eine Reithalle und einen Sandplatz mit bunten Hindernissen erkennen.

Die Einfahrt zum Hof wurde von zwei gemauerten Pfosten mit leeren Blumentöpfen eingerahmt und von den beiden steigenden Pferden bewacht, die Antonia schon vom Hinweisschild auf der Landstraße kannte. An zwei Seiten erstreckten sich die Flügel eines L-förmigen Stallgebäudes. Links von Antonia wurde der gepflasterte Hof durch ein nüchternes Wohnhaus mit beigegrauer Fassade begrenzt, in der kleine Fenster griesgrämig blinzelten. Alles sah aus, als hätte es eine Renovierung nötig, war aber so sauber, wie man es von einer schwäbischen Hausfrau erwartete. Antonia hatte keine Zweifel daran, dass Frau Pfefferle ihren Job gewissenhaft versah.

Antonia parkte ihren Golf neben einem relativ neuen grünen Traktor und stellte den Motor aus. Bevor sie die Autotür öffnete, hielt sie Ausschau nach einem Hofhund. Aus ihrer Zeit als praktische Tierärztin wusste sie, dass manche davon ihren Job sehr ernst nahmen. In diesen Fällen war es in der Regel besser zu warten, bis Herrchen oder Frauchen die Begrüßung übernahmen und den Eifer des Tieres bremsten.

Momentan schienen allerdings weder Herr noch Hund Zeit zu haben, sich um Besucher zu kümmern. Die krachenden Tritte von Pferdehufen, die gegen hölzerne Wände schlugen, waren schon durch die geschlossene Autotür deutlich zu hören und klangen nach gewaltigem Ärger. Antonia stieg aus und ging über den Hof auf zwei Frauen in Reitkleidung und einen Mann mit einer blauen Wollmütze und dicker Jacke zu, die ihr den Rücken zudrehten. Sie standen wie angewurzelt vor dem Stallgebäude, während eine dritte Frau in Richtung der dahinter liegenden Reithalle davonrannte.

Niemand kümmerte sich um Antonia, die dem Lärm folgte und sich an den drei Menschen vorbei auf die Stallgasse drängte, wo sie der vertraute Geruch nach Pferdemist und Stroh empfing. Ein erneuter Schlag ließ die Stangen einer Boxentür laut scheppern. Als Verursacher des Aufruhrs konnte Antonia einen großen Braunen ausmachen, der in seiner geräumigen Innenbox wild tobte, sich abwechselnd selbst gegen den Bauch und dann wieder gegen die Wand trat und dabei heftig bockte. Sein Fell war völlig durchnässt, er bleckte die Zähne und Antonia konnte das Weiße in seine Augen blitzen sehen.

»Der nimmt gleich die Box auseinander«, sagte der Mann mit der Mütze sachverständig, ohne sich jedoch von der Stelle zu rühren. Antonia schätzte ihn auf Anfang zwanzig. Seine dicke Jacke verdeckte die beiden gleichaltrigen Frauen, die sich hinter seinem Rücken verkrochen hatten. Eine davon hatte ihre blonden Haare zu einem Pferdeschwanz zusammengebunden und ihr Gesicht war von unregelmäßig verteilten, hektischen roten Flecken übersät. Im Normalzustand war sie wahrscheinlich ziemlich hübsch, stellte Antonia fest, während sie den Dreierpack beiseiteschob.

»Ich bin Tierärztin«, sagte sie bestimmt, »lassen Sie mich durch.«

Antonia wusste, dass dieser Satz nicht nur bei Humanmedizinern oft wie ein Zauberspruch wirkte. Viele Menschen fühlten sich schon allein durch die Anwesenheit eines Arztes besser. Diese Wirkung war auch bei Tierärzten elementar, denn hier mussten in der Regel vor allem zunächst die Besitzer beruhigt werden. Auch jetzt schien Antonias ärztliche Autorität so weit zu wirken, dass die Frau mit dem Pferdeschwanz auf ihre Frage halbwegs vernünftig antworten konnte.

»Bis gerade eben war er völlig okay«, stammelte die Blonde mit Augen, die fast so weit aufgerissen waren wie die des Pferdes. »Ich bin vom Ausritt aus dem Wald gekommen und hatte ihn gerade abgesattelt. Da ging es plötzlich los, wie aus heiterem Himmel.«

Antonia ging einen Schritt auf das tobende Pferd zu und musterte es aufmerksam.

»Vielleicht eine Kolik?«, schlug der Mann vor und kratzte sich am Kopf.

Antonia schüttelte den Kopf. Für diese Diagnose war keine besondere Expertise erforderlich, denn die Chance, richtig zu liegen, war ziemlich groß. Jedem Reiter war bekannt, wie empfindlich der Verdauungstrakt von Pferden war und dass Störungen für das Pferd lebensgefährlich sein konnten. Antonia hatte schon viele Koliken erlebt, aber das hier war keine Kolik. Das Pferd flehmte nicht und zeigte auch keine anderen Anzeichen von starken Schmerzen.

Aufmerksam beobachtete sie den schwitzenden Braunen, der sich wild an der Boxenwand schubberte und erneut ausschlug. Plötzlich begann das Pferd zu steigen und versuchte panisch, über die Aussparung in den Gitterstäben in die Stallgasse zu klettern. Antonia wusste, wie gefährlich das war, denn dabei konnte das Tier hängen bleiben und sich schwer verletzen. Noch heute schmerzte sie die Erinnerung, wie sie nach einem solchen schrecklichen Unfall ein vorher gesundes junges Pferd hatte einschläfern müssen.

Sie ging einen weiteren Schritt auf die Box des Pferdes zu, was den Wollmützenträger dazu veranlasste, sich auf seine männliche Autorität zu besinnen.

»Sie können da nicht rein, das ist viel zu gefährlich«, sagte er und vertrat Antonia den Weg.

Antonia sah das Pferd an, das kurz stillstand und sie mit seinen dunklen Augen um Hilfe anzuflehen schien.

»Für ihn aber auch«, sagte Antonia und griff nach der Türverriegelung. »Wir müssen ihm helfen.«

In einem weiteren Versuch, sie zu stoppen, fasste der Mann ihr Handgelenk und riss sie zurück.

»Sind sie wahnsinnig?«, schrie er sie an. Für den bestimmten Umgang mit Menschen reichte sein Mut offenbar aus, dachte Antonia.

»Tierärztin oder nicht – sehen Sie doch mal hin. Er wird sie töten!« Wie zur Bestätigung traf ein weiterer Hufschlag krachend auf die Holzwand.

Antonia schüttelte seine Hand energisch ab und entriegelte die Box, während der Mann und die beiden Frauen vorsichtig zurückwichen. Antonia machte einen weiteren Schritt und stand jetzt ohne die schützende Holzwand unmittelbar vor dem zitternden Tier.

»Hallo, mein Schöner«, murmelte sie halblaut, um ihn oder eher sich selbst zu beruhigen, verharrte regungslos, senkte den Blick, hob langsam ihre Hand und hielt dem Pferd ihren Handrücken hin.

Die große Nase näherte sich und für einen Moment schien die Zeit stillzustehen. Erst als der Braune die Ohren spitzte und vorsichtig begann, mit geweiteten Nüstern an ihrer Hand zu schnuppern, wurde Antonia bewusst, dass sie die Luft angehalten hatte. Erleichtert atmete sie auf.

Genauso erleichtert schien das Pferd zu sein. Durch ihre Anwesenheit schien es sich etwas zu beruhigen. Es verharrte angespannt zitternd, während es Antonia erlaubte, seinen Rücken und seine Flanken mit den Händen zu untersuchen. Antonia spürte, wie warm und schweißfeucht das Fell war, konnte aber keine schmerzenden Stellen erspüren. Ein Blick unter den Bauch zeigte ihr, dass sie im Irrtum war, als sie das Tier für einen Wallach gehalten hatte. Bei einem Hengst wäre sie vielleicht nicht ganz so mutig gewesen. Aber für Zweifel war es jetzt ohnehin zu spät.

Antonia strich immer noch prüfend über den Pferdekörper, als sie plötzlich ein kleines schwarzes Etwas blitzartig durch das braune Fell huschen sah. Ihre Reaktionen waren trotz der jahrelangen Schreibtischarbeit noch ganz gut. Sie griff zu, bevor sich das Insekt wieder im Fell verstecken konnte, und hielt triumphierend eine winzige Fliege hoch, die wie plattgedrückt aussah. Im selben Moment schien die Anspannung aus dem Pferd zu weichen. Der Hengst schnaubte erleichtert und senkte dankbar den Kopf.

»Eine Hirschlausfliege«, verkündete sie und zerdrückte das Insekt zwischen Daumen und Zeigefinger. »Schwer zu erkennen, die ist gerade mal einen halben Zentimeter lang. Kaum zu glauben, was so ein winziges Tier anrichten kann.«

Antonia stand in der offenen Boxentür und kam sich vor wie ein Zauberkünstler, der seinem staunenden Publikum einen besonders gelungenen Trick vorführt.

»Hirschlausfliegen sind vor allem im Herbst im Wald unterwegs«, fuhr sie fort. »Normalerweise sind sie auf das Blut von Rehen, Dachsen und Wildschweinen aus. Nach der Landung auf dem Tier werfen sie ihre Flügel ab, kriechen ins Fell und stechen ihren Rüssel in die Haut des Opfers. Bei Pferden krabbeln sie gezielt zu den dünnen Stellen an Schlauch, Euter und Schenkelinnenseiten.«

Antonia fuhr sanft über den Kopf des Hengstes, der ihr genauso aufmerksam zuzuhören schien wie der Mann und die beiden Frauen.

»Die Pferde wissen, dass ihr Stich saumäßig weh tut. Sie geraten bereits in Panik, wenn sie die Fliegen nur hören. Die Fliegen paaren sich auf dem Wirt.« Antonia sah, wie der Mann zusammenzuckte. »Dann bringen sie lebende Junge zur Welt. Die fallen zu Boden und entwickeln sich im nächsten Jahr zu vollständigen Hirschlausfliegen.« Sie wandte sich an die Frau in den Reitstiefeln. »Wenn Sie das nächste Mal ausreiten, können sie das Pferd vorher mit Wasser mit einem Schuss Essig einsprühen, das soll die Viecher vertreiben.«

Wie zur Bestätigung schob ihr der Braune von hinten seine Nüstern in den Nacken und prustete ihr seinen warmen Atem ins Genick.

»Just Magic mag dich«, hörte sie unvermutet eine bekannte Stimme in ihrem Rücken.

Sie drehte sich um und stand vor Patrick, der hinter der

dritten jungen Frau eilig herbeigelaufen war. Sein Auftreten ließ keinen Zweifel daran, wer hier das Sagen hatte.

»Das tut er längst nicht bei jedem«, fuhr er fort und sah ihr dankbar in die Augen. »Ich habe schon lange keine Frau mehr getroffen, die so gut mit Pferden umgehen kann.«

Antonia fragte sich, ob das jetzt mit dem Erkennen der Seelenverwandtschaft bei Patrick schneller gegangen war als erhofft.

»Zu dem Hengst hätte sich wirklich nicht jeder reingetraut.« Patrick warf einen vorwurfsvollen Blick in die Runde. »Mir scheint, du warst gerade rechtzeitig hier. Das hätte sonst böse ausgehen können.«

Der Mützenträger senkte den Blick und schob mit den Fußspitzen ein paar Strohhalme so inbrünstig auf dem Betonboden der Stallgasse hin und her, als wolle er ihn damit spiegelglatt polieren.

»Der Hengst spürte, dass ich ihm helfen wollte«, erklärte Antonia, »und hat deshalb stillgehalten.«

»Aber ein bisschen leichtsinnig war es doch«, antwortete Patrick und grinste.

Dieses Lächeln war doch schon mal ein guter Anfang, dachte Antonia und ließ augenblicklich sämtliche Verdächtigungen fallen.

»Wenn es schief gegangen wäre«, fuhr Patrick fort, »hätte ich eine Menge Schreibarbeit gehabt. Meine Tierhalter-Haftpflichtversicherung ist ziemlich anspruchsvoll.«

Er lächelte und tätschelte den Hals des Braunen, der mit den Lippen die Außentaschen seiner modisch glänzenden Pikeur-Reitjacke nach Leckerli durchpflügte. Dass der die schöne Jacke dabei von oben bis unten einsabberte, war Patrick offenbar völlig egal. Ob das an seiner übergroßen Tierliebe oder daran lag, dass ihm seine Mutter die Wäsche wusch, erschloss sich Antonia nicht auf den ersten Blick.

Patrick sah auf die Uhr. »Gleich Mittag. Meine Mutter macht gescheite geschmälzte Maultaschen«, sagte er dann und strahlte Antonia an. »Magschd Mauldasche?«

Antonias Magen knurrte und ließ ihr keine Wahl, als bei der Aussicht auf echte Hausmannskost begeistert zuzustimmen. Bei der endlosen Maultaschenparade in ihrer Kindheit war von Fertigprodukten über Curry-Maultaschen bis hin zu der von russischen Interimshaushälterinnen gefertigten Piroggenvariante alles dabei gewesen. Ihre Tochter Paula schwärmte neuerdings sogar für die Variationen »Maultaschen im Laugenweggen« und »Döner-Maultaschen«.

Antonia war mehr für die klassische schwäbische Variante mit lauwarmem Kartoffelsalat und gebratenen Zwiebeln. Am besten schmeckte das mit einem großen Schöpflöffel voll Bratensoße, die sich mit der Brühe aus den Maultaschen und dem unbedingt notwendigen Kartoffelsalat auf dem Teller zu einer seltsam gefärbten Pampe vermengte, die aber einfach nur köstlich war.

In ihrem Kopf breitete sich das Bild einer gemütlichen schwäbischen Hausfrau aus, die erst die Maultaschen sorgfältig von Hand wickelte und dann in die dampfende Rinderbrühe gleiten ließ, eine geblümte Kittelschürze über ihrem rundlichen Bauch, umhüllt vom aromatischen Dunst, der vom Topf auf dem Herd aufstieg.

Bei dem Gedanken seufzte Antonia sehnsüchtig. Patrick legte ihr kumpelhaft einen Arm um die Schultern und führte sie über den Hof auf die Tür des Wohnhauses zu, vor der ein großer dunkler Fellhaufen pflichtvergessen durch den Vormittag zu dösen schien. Professionell bleiben, ermahnte sie sich und bemühte sich, die Schmetterlinge im Bauch zu unterdrücken und sich nicht tiefer in Patricks Arm zu schmiegen, als es eine kameradschaftliche Annäherung offiziell zuließ. Immerhin war sie in erster Linie hier, um einen Betrugsfall aufzudecken.

Der nette schwarze Hund hob den Kopf und sah sie aus braun umränderten Augen an, die sie an etwas erinnerten. In diesem Moment erkannte sie Wotan. Leider erkannte Wotan sie auch. Augenblicklich vergaß er sein Nickerchen, sprang auf, duckte sich, sträubte das Nackenfell und ging knurrend mit bedrohlich langsamen Schritten direkt auf sie zu. Antonia blieb steif stehen und versuchte, auf den Boden zu schauen und nicht auf Wotans beeindruckende Zahnreihen, zwischen denen der Geifer lange Fäden zog. Unwillkürlich drängte sie sich näher an Patrick. Schließlich wollte sie auch nicht in einem Bericht an Wotans Versicherung vorkommen.

Aber Wotans Versicherung schien nicht in Patricks Ressort zu fallen. Jedenfalls nahm er seinen Arm von Antonias Schultern, ging einen Schritt zur Seite und rief nach seiner Mutter. Jetzt war Antonia nicht mehr überrascht, als sie die hagere Frau mit der Hakennase und dem grauen Dutt erkannte, die mit einer verfärbten Schürze und einem zerknitterten karierten Küchentuch in der Hand in der Haustür auftauchte. Als gemütliche Maultaschen wickelnde Hausfrau ging Patricks Mutter jedenfalls nicht durch.

»Kommscht du wohl doher, du Sauviech, du elendes«, schimpfte sie.

Das schien ihr Standardspruch zu sein, der glücklicherweise auch diesmal seine Wirkung nicht verfehlte. Erleichtert registrierte Antonia, dass der Hund den Schwanz einklemmte, den Kopf senkte und gehorsam auf die Frau zulief. Wenigstens sparte die sich jetzt das alberne »Das-hat-er-ja-noch-nie-getan«.

»Ich habe Besuch zum Essen mitgebracht«, sagte Patrick rasch und stellte Antonia vor.

»Wir kennen uns bereits«, sagte Luise und nickte Antonia schmallippig zu. Lächeln war in ihrer Gesichtsmuskulatur offensichtlich nicht angelegt.

»Ich bin Luise Pfefferle«, sagte sie und trat einen Schritt zur Seite, ohne das Geschirrtuch zur Seite zu legen. »Kommen Sie doch herein.«

Zögernd folgte Antonia der Aufforderung, wobei sie Wotan im Auge behielt, denn der schien sich nicht um Luises leise gezischten Befehl zu scheren und drängte jetzt wieder knurrend in ihre Richtung. Luise legte das Handtuch zur Seite und packte stattdessen Wotans Halsband. Antonia hoffte, dass das Leder halten würde.

»Mit dem bin sogar ich überfordert«, lachte Patrick, der die angespannte Stimmung nicht zu bemerken schien. »Mit Wotan kommt nur meine Mutter klar. Er war mal Polizeihund.«

»Wieso war?«, fragte Antonia, während sie Wotan misstrauisch beäugte. Seine Lefzen bedeckten die Zähne zwar fast vollständig, zuckten aber bei jedem knurrenden Atemstoß nervös hoch.

»Er hatte einen schweren Unfall.« Erst jetzt bemerkte Antonia die gezackten Narben an den Flanken des Tieres, die nur teilweise von schwarzem Fell überwachsen waren.

»Seitdem ist er manchmal unberechenbar«, fuhr Patrick fort. »Für den Polizeidienst ist er viel zu gefährlich. Wenn er sich einmal in etwas verbissen hat, lässt er nicht wieder los. Meine Mutter hat ihn gesund gepflegt. Seitdem ist er ihr treu ergeben, aber eben nur ihr. Wotan weiß, dass er Besucher, die tagsüber auf den Hof kommen, in Ruhe lassen muss. Nachts kann es für ungebetene Gäste kritisch werden.« Patrick grinste. »Das hat Vorteile. Wer einen Wotan hat, braucht keinen Schlüssel.«

»Klar doch.« Antonia nickte. Nachts würde sie den Hof ganz sicher nicht freiwillig betreten. Zumindest was sie betraf, schien Wotan den Unterschied von Tag und Nacht allerdings nicht verstanden zu haben.

Sie folgte Luise und dem knurrenden Hund in den Flur, wo an der Garderobe mehrere Steppjacken auf ihren Einsatz warteten. Darunter standen Gummi- und Lederstiefel in mehreren Größen und unterschiedlichen Stadien der Verschmutzung. Patrick griff nach dem hölzernen Stiefelknecht und zog seine Reitstiefel aus. Antonia tauschte unter den wachsamen Blicken von Luise und Wotan ihre groben, mit Mist und Stroh verklebten Wanderstiefel gegen bereitstehende Hausschlappen aus Filz.

Während Wotan sich neben der Garderobe auf eine Decke lagerte, folgte Antonia Luise und dem köstlichen Essensduft in Richtung Küche, die offensichtlich zuletzt in den Siebzigerjahren erneuert worden war. Die Oberflächen der Schränke waren blaugrau und abwischbar und über dem Herd ragte eine weiße Dunstabzugshaube in den Raum. Im Essbereich konnte Antonia durch den Ausschnitt des kleinen Fensters über der Eckbank eine Wäschespinne erkennen, an der ausgeleierte Herrenunterhosen und angegraute Büstenhalter festgeklammert waren. Ein Resopaltisch mit grauer Oberfläche und mehrere Stühle mit Metallbeinen gewährleisteten, dass sich hier niemand durch ein allzu gemütliches Ambiente länger als zur Nahrungsaufnahme nötig vom Schaffen abhalten ließ.

An den Wänden wurden sie durch Dürers betende Hände

und einen Kalender mit religiösen Sinnsprüchen unterstützt, bei denen Sinneslust nicht gerade im Vordergrund stand: Das Motto für den Monat Oktober lautete: »Unser Herz kann wie ein Giftlager sein und lässt sich tausend Sachen einfallen, die Gott beleidigen und anderen Menschen schaden. Trotzdem wartet Gott auf jeden Menschen, um ihm die Schuld abzunehmen und das Leben zu erleichtern.«

Anscheinend schien die karge Landschaft der Alb auch den Geist zu prägen. Antonia hoffte, dass Patrick nicht zu sehr nach seiner Mutter kam. Mittlerweile war ihr auch klar geworden, warum gemütliche Bauernmöbel hier fehl am Platz waren. Zum Glück entsprach wenigstens das Essen Antonias Vorstellungen von bodenständig. Aus einem großen Topf auf dem Elektroherd stiegen duftende Dampfschwaden auf. Daneben brutzelten in einer Pfanne in Fett schwimmende Zwiebeln ihrer goldbraunen kulinarischen Vollendung entgegen.

Auf der Eckbank am Fenster war ein alter Mann mit vollem weißen Haar und Schnurrbart in eine Ausgabe des »Schwäbischen Landpferds« vertieft. Sie hatte ihn gleich wiedererkannt, noch bevor er von seiner Lektüre aufsah. Das war der alte Mann, der ihr auf dem Weg bei Julmonds Grab begegnet war. Als er sie ansah, weiteten sich seine Augen vor Überraschung. Immerhin war er klar genug, um auch sie wiederzuerkennen.

»Ka-, Ka-«, stammelte er.

Resolut schnitt Luise ihm das Wort ab.

»Das ist Antonia Mickoleit«, sagte sie laut und betont und deutete auf Antonia. »Vom ›Schwabenross‹.«

Luise nahm ihm die Zeitschrift aus der Hand und räumte sie auf einen Stapel anderer Zeitungen.

»Sie ist wegen dem Interview mit unserem Patrick hier.

Wegen Just Magic und Olympia«, sagte Luise zu ihrem Mann. »Und das ist mein Mann«, sagte sie dann mit etwas leiserer Stimme zu Antonia. »Johannes Pfefferle. Sie haben ihn ja gestern schon auf seinem Spaziergang getroffen. Bei gutem Wetter kommt er gerne mit mir mit, wenn ich zum Gestüt fahre, um dort nachmittags im Laden zu arbeiten. Dann geht er spazieren, bis ich fertig bin, und fährt wieder mit mir zurück. Er selbst fährt nicht gern im Dunkeln. Sie müssen laut sprechen, er versteht sie sonst nicht. Er ist ein bisschen schwerhörig.«

Johannes Pfefferle erhob sich schwerfällig und ging langsam auf Antonia zu. Etwas an der Art, wie er sich bewegte, erschien ihr vertraut, aber das konnte auch daran liegen, dass er im selben Alter war wie ihr Vater. Wie dieser schien er im Gegensatz zu seiner Ehefrau mit zunehmendem Alter seine frühere Behändigkeit eingebüßt zu haben.

»Das ist alles schon so lange her«, nuschelte er und reichte ihr die Hand.

»Unsere Leser interessieren sich aber immer noch für den berühmten Patrick Pfefferle«, plapperte Antonia nervös drauflos, obwohl sie das Gefühl hatte, dass er nicht Patricks Olympiateilnahme meinte, während sie ihre Hand in seiner ruhen ließ. »Und sie wollen natürlich auch wissen, was aus seinem Pferd geworden ist.«

Ob das schwummerige Gefühl an dem intensiven Duft von Fleischbrühe, der plötzlichen Wärme in der Küche oder daran lag, dass ihr Magen leer war, konnte sie nicht feststellen. Bevor sie kraftlos zusammensinken konnte, fasste Johannes ihren Arm und stützte sie. Anscheinend war er kräftiger als er aussah. Auch nachdem sich Antonia wieder gefasst hatte, hielt er ihren Arm mehrere Sekunden lang fest umklammert. Unter seinem prüfenden Blick fühlte Antonia sich wie eine Schülerin, die eine falsche Antwort gegeben hatte. Ihr Herz schlug rasch und hart.

»Du hast ihr Lächeln«, sagte er dann unvermittelt.

Bei diesen Worten spürte sie, wie ein kühler Hauch ihr Gesicht berührte. Aufgeregt griff sie nach seinem Unterarm.

»Sie kannten meine Mutter?«

Johannes nickte langsam, wobei er den Blick unverwandt auf ihrem Gesicht ruhen ließ. Er öffnete den Mund, doch bevor er zu einer Antwort ansetzen konnte, hatte sich Luise energisch zwischen sie gedrängt.

»Setzt euch jetzt endlich hin«, forderte sie ihre beiden Männer auf und wies auch Antonia den ihr zugedachten Platz zu.

Dann ging sie zum Herd zurück, wo sie geräuschvoll mit den Töpfen klapperte, während Antonia und Johannes sich weiter unverwandt anstarrten. Antonia beugte sich vor, um ihre Frage zu wiederholen, als Luise auch schon eine Schüssel zwischen ihnen auf dem Tisch platzierte. Darin waren die Maultaschen unter einer dicken goldbraunen Zwiebelschicht kaum zu erkennen. Eine Schüssel mit Kartoffelsalat folgte. Antonia spürte einen Stich des Bedauerns, als ihr klar wurde, dass die erhoffte Schüssel mit der sämigen dunkelbraunen Bratensoße ausbleiben würde.

Luise band sich die Schürze ab, setzte sich an ihren Platz am Kopfende des Tisches und faltete die Hände. Unter ihrem strengen Blick taten Patrick und Johannes es ihr nach und auch Antonia beeilte sich, der Aufforderung zum Gebet Folge zu leisten, da dies die unabdingbare Voraussetzung für Maultaschen im Hause Pfefferle zu sein schien.

»Komm, Herr Jesus, sei unser Gast und segne, was du

uns bescheret hast«, leierte Luise leidenschaftslos herunter, während Antonia unruhig auf ihrem Sitz hin und her rutschte. Das »Amen« sprachen alle brav mit.

»Bedient Euch«, eröffnete Luise dann endlich die Mahlzeit. »Die Maultaschen sind von unserem Metzger. Ich hatte keine Zeit, selber welche zu machen. Heute muss es schnell gehen. Ich muss noch mal weg, nach Marbach.«

»Aber heute musst du doch gar nicht in den Laden«, sagte Patrick.

»Nein, heute möchte ich bei Feuersterns Geländetraining dabei sein«, erklärte Luise.

Antonia war der Unterhaltung nicht gefolgt, sondern beobachtete Johannes, der schweigend eine Maultasche verzehrte. Sie bemerkte, dass seine Hände zitterten. Als er den letzten Bissen hinuntergeschluckt hatte, schob er seinen Teller beiseite und dankte Luise.

»Ich werde mich etwas hinlegen«, sagte er dann, erhob sich, nickte ihnen zu und verließ den Raum.

Antonia sah ihm bedauernd nach. Sie hätte gerne länger mit Johannes gesprochen. In seiner wortkargen Art erinnerte er Antonia an ihren Vater Fritz. Offensichtlich hielt sich Johannes an die Regel, dass man auf der Alb nicht nur mit dem Geld, sondern auch mit Worten sparsam zu sein hatte, und erfüllte so mühelos die Erwartungen, die an einen schwäbischen Ehemann in dieser Gegend gestellt wurden.

Geistesabwesend schluckte Antonia Bissen für Bissen herunter, ohne das Essen wirklich zu genießen. Sie war damit beschäftigt, über eine Gelegenheit nachzudenken, sich ungestört mit Johannes zu unterhalten und etwas über ihre Mutter zu erfahren. Sie nahm sich vor, ihn an einem der nächsten Abende auf dem Weg zu Julmonds Grab abzupassen, der ja anscheinend zu seinen regelmäßigen Spazierwegen gehörte.

Dann konzentrierte sie sich wieder auf ihre aktuelle Aufgabe.

»Schlimme Sache, das mit dem Tod von der Gestütswartin«, begann sie.

»Ja, schrecklich«, antwortete Patrick. Seine Betroffenheit wirkte echt. »Ich habe sie sehr gemocht.«

Bevor Antonia weiter fragen konnte, mischte sich Luise ein.

»Das musste ja einmal so kommen«, schnitt sie Patrick schmallippig das Wort ab. »So, wie die gesoffen hat. Und dann hat die auch noch Drogen genommen, was weiß ich für welche. Die hätte sich mal besser einen ordentlichen Mann suchen sollen. Einen, der zu ihr passt. Man sieht ja mal wieder, wohin das führt. Eine Frau, ganz alleine, in ihrem Alter.«

Aus Luises Mund klang es, als hätte Xenia ein Verbrechen begangen. Antonia hatte Mühe, höflich zu bleiben. Ein Leben außerhalb der Norm schien in Luises Augen die Höchststrafe zu rechtfertigen. Langsam konnte Antonia verstehen, warum ihr Vater mit ihr nach Stuttgart gezogen war.

Mit ihrem abschließenden Statement schien für Luise Pfefferle das Thema erledigt zu sein. Sie stand auf und löffelte Kaffeepulver in den Filter einer herkömmlichen Kaffeemaschine. Luise wartete, bis der Kaffee durchgelaufen war und stellte zwei gefüllte Tassen vor Antonia und Patrick auf den Tisch. Wegen des unangenehm bitteren Geschmacks fiel es Antonia schwer, ihre Gesichtszüge höflich unter Kontrolle zu behalten. Ihr wäre das neumodische Zeug aus einer Spezialmaschine lieber gewesen. Den Rest des Kaffees schüttete Luise in eine Thermoskanne, die sie sorgfältig zuschraubte und in einem Rucksack verstaute.

»Ich gehe jetzt«, sagte sie dann und schulterte den Rucksack. »Schade, dass du Reitstunde hast und deinem Schützling Paula nicht zusehen kannst«, wandte sie sich an Patrick. »Was ist mit Ihnen?«, fragte sie Antonia. »Oder gehen Sie zu Patrick in die Reitstunde?«

Antonia nickte geistesabwesend, während ihre Gedanken um Johannes und seine ruhige und freundliche Art kreisten. Wie hatte er es mit dieser Beißzange von Frau nur all die Jahre ausgehalten? Leider würde sie heute nicht mehr mit ihm sprechen können.

Die Aussicht, Paula beim Geländeritt zuzusehen, war zwar verlockend, aber Antonia wollte vermeiden, dass sich Paula von ihrer Mutter kontrolliert fühlte. Wenn sie daran dachte, wie sie schon allein auf den Gedanken reagiert hatte, sie würde eine Woche lang nach Marbach kommen, schienen Antonia unangekündigte Auftritte nicht der richtige Weg zu sein, um das Verhältnis zu ihrer Tochter nachhaltig zu verbessern. Wenig verlockend erschien ihr auch die Gesellschaft von Luise, der Wotan nicht von der Seite wich.

»Danke, ich reite lieber selbst«, entschied sie. »Und außerdem muss ich auch noch arbeiten.« Sie sah Patrick an. »Vielleicht könnten wir das Interview heute Nachmittag nachholen. Nach der Reitstunde, wenn es dir passt?«

»Dann hoffe ich, dass Sie etwas wieder gut machen, nach dem miserablen Bericht über Feuerstern«, sagte Luise, bevor Patrick antworten konnte. »Sonst autorisieren wir das Interview nicht. Der Bericht der Körkommission war eine Zumutung, und auch, dass Sie den unkommentiert eins zu eins im ›Schwabenross‹ übernommen haben.« Ihre Stimme zitterte vor Wut. »Ein kleines Pferd mit unbedeutender Ausstrahlung. So stand es in dem Bericht. Eine Unverschämtheit.« Luise sah Antonia an, als wäre das alles ihre Schuld. »Und Sie haben das auch noch genauso veröffentlicht.« Sie deutete mit einem knochigen Zeigefinger auf Antonia. »Damit ruinieren Sie unseren Ruf. Aber das ist Ihnen wohl völlig egal. Hauptsache, die Auflage stimmt.«

»Mutter, lass doch«, mischte sich Patrick jetzt endlich ein. »Dafür kann Antonia nichts.«

Auch wenn er die schlanke Figur und die markante Nase mit Luise gemein hatte, schien Patrick seinen Charakter eher von seinem Vater geerbt zu haben.

»Mit der bisherigen Bewertung wird er jedenfalls nicht mehr gekört«, zeterte die Beißzange. »Wenn er wenigstens im Geländetest gut ist, können wir ihn als Reitpferd verkaufen. Dann bringt er uns auch so noch gutes Geld auf der Auktion.«

Paula hatte also offensichtlich Luise noch nichts von ihrem Vorhaben erzählt, Feuerstern zu kaufen. Und so, wie sie selbst Luise bisher kennengelernt hatte, war mit einem Entgegenkommen von deren Seite auch nicht zu rechnen. Wenn Feuerstern auf der Auktion versteigert wurde, würden Antonia und Paula gegen vermögende Mitbieter nur wenig Chancen haben.

Beim Blick auf Luises scharf geschnittene Adlernase poppte ein kleines Teufelchen in Antonias Hinterkopf hoch. Sie war sich der Macht des Wortes durchaus bewusst. Was wäre, wenn sie die Sache mit den negativen Berichten über Feuerstern etwas forcieren würde? So, dass andere potenzielle Käufer abgeschreckt würden? Schnell schüttelte sie den Kopf, um den hässlichen Gedanken zu vertreiben. Sie war schließlich nicht hier, um das »Schwabenross« zu ihren eigenen Gunsten auszunutzen. Andererseits… Antonia spürte, wie ihr journalistisches Berufsethos ein ganz klein wenig zu schlingern begann. Und dann war da ja noch ihr Auftrag.

Ein Pferd besticht mit seinem Äußeren, läuft mit seinen Beinen und gewinnt mit seinem Herzen.

Reiterweisheit

Mittwochmittag 13:00 Uhr

Obwohl Paula auf das Mittagessen verzichtet hatte, verspürte sie keinen Hunger, als sie sich in Reithosen und Stiefeln auf den Weg vom Wohnheim in den Gestütshof machte. Sie hätte vor dem Geländeritt ohnehin nichts herunterbekommen.

Der schmale Weg hinter dem Stallgebäude führte am Container für den Mist vorbei. Abends war es hier dunkel und etwas unheimlich und selbst jetzt, um ein Uhr mittags, verirrte sich kein Sonnenstrahl in den Durchgang zwischen den alten Stallmauern und dem Berghang.

Der Geländeritt gehört zur Vielseitigkeitsprüfung, die wegen ihrer militärischen Tradition auch als Military bezeichnet wird. Er ist Bestandteil des 70-Tage-Tests, in dem Hengste ihre Leistungsfähigkeit unter dem Reiter unter Beweis stellen müssen. Ein gutes Abschneiden erhöht den Wert eines gekörten Zuchthengstes.

Die strenge Auswahl der Zuchttiere hatte hier in Marbach eine lange Tradition. 1687 setzte der Gestütsleiter Lewin Freiherr von Kniestedt die erste »Wirtembergische Gestütsverordnung« in Kraft, nach der nur ausgewählte Hengste zur Zucht verwendet werden durften.

Paula kannte die Geländestrecke von zahllosen Trainingsritten mittlerweile in- und auswendig. Dabei träumte sie davon, Michael Jung nachzueifern, dem berühmten

Vielseitigkeitsreiter aus Horb. Er hatte mit seinem kernigen Württemberger Wallach Sam die internationale Marbacher Vielseitigkeitsprüfung im Mai schon mehrere Jahre hintereinander gewonnen.

Als Paula den engen Gang mit seinem modrigen Geruch hinter sich gelassen hatte, sog sie im Gestütshof gierig die kühle Herbstluft in ihre Lungen. Ein prüfender Blick zum Himmel bestätigte ihr, dass weiterhin stabiles Herbstwetter zu erwarten war. Paula war froh, dass es auch in den vergangenen Tagen kaum geregnet hatte, sodass der Boden nicht zu aufgeweicht war. Die mittägliche Herbstsonne würde ihn weiter abtrocknen lassen, er würde also gut zu bereiten sein.

Vor dem Stallgebäude der Hengste schlenderten Vanessa und Victoria betont lässig über den Hof, wobei ihre gleichmäßig blondierten offenen Haare ihre Köpfe seidig umhüllten und aussahen aus wie besonders edle Versionen des Behangs von Schwarzwälder Kaltblutpferden. Die beiden Frauen hatten sich untergehakt und kauten im Gleichtakt auf ihren Kaugummis, was ihnen ein etwas dümmliches Aussehen gab und ihre Ähnlichkeit verstärkte. Wenn nicht die unterschiedliche Sprachmelodie ihre Herkunft verraten hätte, hätte man sie für Zwillinge halten können. Die beiden schienen auf Paula gewartet zu haben und vertraten ihr jetzt zielgerichtet den Weg.

»Viel Glück« sagte Vanessa gedehnt und entblößte eine eindrucksvoll ebenmäßige Zahnreihe. Sie war so nah auf sie zugekommen, dass Paula zusehen konnte, wie der zerkaute und gelblich verfärbte Gummi zwischen rosa Zunge, Zahnfleisch und Zähnen hin- und her dümpelte. Sie nahm sogar das seltsam künstliche Fruchtaroma des Kaugummis wahr.

»Du wirst es brauchen«, ergänzte Victoria kauend, streckte die Nase in die Luft und wandte sich an Vanessa: »Ob sie wohl die hohen Erwartungen erfüllt?«

Vanessa griff sich geziert in die Mähne und warf sie hell auflachend zurück. »Patrick scheint jedenfalls vollstes Vertrauen in sie zu setzen«, antwortete sie über Paulas Kopf hinweg und kicherte höhnisch.

»Beneidenswert, wie manche hier schon im zweiten Lehrjahr voll durchstarten dürfen«, sagte Victoria und produzierte eine Kaugummiblase, die bis zu ihrer Nase anschwoll.

Fasziniert beobachtete Paula, wie sie zerplatzte und die Fetzen sich über das Gesicht verteilten, was nicht sehr vorteilhaft aussah. Irgendwie schaffte Victoria es dennoch, dass das Zeug nicht in ihren Haaren landete.

»Andere müssen sich beim Misten Schwielen an die Hände schuften«, stöhnte Vanessa theatralisch.

Paula empfand dies als weit übertrieben, weil die beiden so etwas wie Schuften in der Regel geschickt zu vermeiden wussten.

»Reiten ist natürlich viel besser«, befand auch Victoria. »Besonders wenn der Reitlehrer einen mag.« Sie machte eine Pause. »Sehr gerne mag«, ergänzte sie mit besonderer Betonung auf dem »sehr«.

»Ich bin auch schon im zweiten Lehrjahr«, meinte Vanessa, »und durfte bisher längst nicht so viel reiten wie unser Capuccino.«

Paula zuckte zusammen und hoffte, dass die beiden es nicht bemerkt hatten.

»Das könnte daran liegen, dass lange Fingernägel beim Satteln stören«, sagte Paula spitz. Immerhin hatte keine von ihnen es bis jetzt gewagt, ihr »Negerschlampe« offen ins Gesicht zu schleudern. Sie hatte schon mehrmals mitbekommen, dass das eines der Schimpfworte war, mit der die falschen Blondinen sie hinter ihrem Rücken bedachten.

»Aber meine Haut ist ja auch nicht so…« Victoria probierte es wieder mit einer Kunstpause. »… makellos.«.

»Versuchs doch mal mit Seife«, schlug Paula vor. »Dann geht vielleicht auch der Dreck unter den Fingernägeln weg.«

Sie drängte sich an den beiden vorbei.

»Manche tun eben alles für ihre Karriere«, rief Vanessa ihr hinterher. Es klang wie »mansche«, denn Vanessa kam im Gegensatz zu ihrer schwäbischen Freundin Victoria aus Sachsen.

Das alberne Gekicher der beiden Doofhühner verfolgte Paula bis zur Stallgasse. Aber sie ließ sich nicht weiter beirren, sondern holte das Putzzeug aus der Sattelkammer und ging zu Feuerstern, der ihr mit seinen schwarzen Augen erwartungsvoll entgegenblickte. Paula löste die Verriegelung und schob die Tür an seiner Box beiseite. Dann hielt sie ihm vorsichtig ihren Handrücken zur Begrüßung hin. Während der Hengst freundlich daran schnupperte, beobachtete sie ihn genau, denn selbst ein spielerisches Schnappen konnte wehtun.

»Hallo mein Schöner«, sagte sie und strich ihm über seine ebenmäßige weiße Blesse. »Gleich kommst du an die Sonne.«

Während der 70 Tage des Tests waren die Hengste in den Innenboxen des historischen Gebäudes untergebracht und kamen im Gegensatz zu den anderen Pferden auf dem Gestüt nicht in den Genuss eines regelmäßigen Weidegangs. Wie jeden Morgen hatte sich Feuerstern aber auch heute schon eine Dreiviertelstunde in der Führanlage im Schritt bewegt, um seinen ersten Bewegungsdrang zu befriedigen.

Paula legte ihm das Halfter an, führte ihn aus der Box und hakte es links und rechts an zwei Stricke in der Stallgasse ein. Dann sprühte sie Mähne und Schweif ein, bürstete die Mähne und verlas den Schweif mit gekonnten Griffen, bis sie fast so seidig glänzten wie Victorias und Vanessas Haare. Für die verklebten Stellen im Fell verwendete sie einen Nadelstriegel. Als sie begann, damit den Bauch zu bearbeiten, bleckte er die Zähne und schnappte nach einem der Stricke.

»Ich weiß, am Bauch bist du besonders kitzelig«, murmelte sie beruhigend, während sie Feuerstern dort weiter striegelte. »Aber es muss nun mal sein.«

Dann nahm sie die Kardätsche, bürstete den Staub aus dem dunkelbraunen Fell, strich ihn in regelmäßigen Abständen an einem Metallstriegel ab und entleerte den Inhalt scheppernd auf dem Betonboden des Stalls. Feuerstern sah ihr dabei mit gespitzten Ohren geduldig zu. Er wusste, dass das Beste zum Schluss kam: Paula nahm eine weiche Bürste aus Ziegenhaar und strich ihm sanft über die weiße Blesse auf der Stirn. Feuerstern senkte den Kopf und drehte ihn so, dass sie auch die empfindliche Haut hinter seinen Ohren beschmusen konnte, und schnaubte zufrieden.

»Wenn es nach dir geht, brauche ich damit gar nicht mehr aufzuhören«, murmelte sie zärtlich.

Anstelle einer Antwort senkte Feuerstern den Kopf noch etwas tiefer und schloss genießerisch die Augen. Auch Paula genoss den stillen Moment der Zweisamkeit, der plötzlich von einem zweistimmigen Kichern gestört wurde.

»Streicheln ist noch keine Kunst«, sagte Vanessa, »reiten muss man auch noch können.«

»Ob das der Reitlehrer genauso sieht?«, prustete Victoria los und hakte sich bei Vanessa ein, bevor sie wieder kichernd verschwanden.

Paula sah ihnen hinterher und fragte sich, wie lange die beiden hier schon in der Dämmerung der Stallgasse gestanden und sie heimlich beobachtet haben mochten und was sie mit dem albernen Auftritt bezwecken wollten.

Dann zuckte sie mit den Schultern und wandte sie sich wieder Feuerstern zu. Zum Abschluss nahm sie den Putzhandschuh aus Lammfell und wischte auch noch die letzten Staubkörnchen von seinem Rücken. Sie nahm ein Fläschchen mit Babyöl und verteilte es mit den Händen um das Maul und um die Nüstern herum, bis die schwarze Haut seidig glänzte. Zufrieden trat sie einen Schritt zurück und begutachtete ihr Werk.

»Toll sieht er aus«, sagte plötzlich eine Stimme in ihrem Rücken. Paula drehte sich um und erblickte eine schmale dunkelgraue schemenhafte Gestalt, die sich im Ausgang gegen den sonnigen Hof abhob.

»Eine bessere Reiterin als dich hätten wir für ihn nicht finden können.«

»Hallo, Frau Pfefferle«, sagte Paula freundlich. »Feuerstern macht sich bestens. Heute ist er in Topform.«

»Das scheint mir auch so«, sagte Luise.

Sie kam näher, stellte ihren Rucksack in der Stallgasse ab und strich Feuerstern über das Fell. Das Pferd legte die Ohren zurück und beobachtete sie so misstrauisch, als könnte sie ihm jederzeit ein Messer in die Flanke rammen. Als Paula den geduckten schwarzen Schatten erkannte, der Luise gefolgt war, verspannte sie sich auch. Sie traute dem Rottweiler nicht.

»Ich weiß, dass du es schaffst«, sagte Luise. »Du wirst Feuerstern heil ins Ziel bringen. Patrick, Johannes und ich setzen unser volles Vertrauen in dich. Hast du alles, was du brauchst?«, fragte sie dann und musterte Paula aufmerksam. »Hast du überhaupt schon etwas gegessen?«

Paula schüttelte den Kopf und wies den angebotenen Schokoriegel zurück. Nicht widerstehen konnte sie jedoch, als Luise eine Thermoskanne aus dem Rucksack zauberte, sie aufschraubte, einen mitgebrachten Pappbecher voll Kaffee goss und ihn ihr hinhielt. Dankbar nahm Paula den Becher entgegen. Sie schloss die Augen und genoss den würzigen Röstduft. Von dieser klassischen Art des Coffein-Dopings hielt sie mehr als von Red Bull und Co. Paula pustete auf die heiße dunkle Flüssigkeit, bevor sie den bitteren Trank durch die Kehle rinnen ließ.

Dann nahm sie ihre Vorbereitungen wieder auf, wobei ihr lieber gewesen wäre, wenn Luise sie dabei nicht beobachtet hätte.

Sorgfältig schmierte Paula Feuersterns Beine, Brust und Bauch mit einer Mischung aus Vaseline und einem speziellen Gel ein, damit das Pferd bei der Berührung mit feststehenden Hindernisteilen abgleiten und sich nicht so leicht verletzen konnte. Anschließend schraubte sie dicke Eisenstollen unter seine Hufeisen, die ihm auf dem lehmigen Untergrund Halt geben würden.

Nachdem sie den Sattel aufgelegt hatte, zog sie ihre Sturzweste über, ließ die Plastikverschlüsse einrasten und zog die Strippen fest. Wenn es nach ihr gegangen wäre, hätte sie auf diese einengende Sicherheitsmaßnahme verzichtet, aber das war nun mal leider Vorschrift. Die Vielseitigkeit gilt zwar als Königsdisziplin des Pferdesports, ist aber auch die unfallträchtigste. Tödliche Unfälle kommen hier häufiger vor als beim Springen oder beim Dressurreiten.

Die vornehmen Dressurreiter tragen Frack und Zylinder, sodass ihr Kopf bei einem Sturz ungeschützt ist. Vor allem in den unteren Klassen werden aber auch Helme getragen und sogar eine Dressur-Ikone wie Isabell Werth machte neuerdings Werbung für schicke Reithelme. Der Helm störte Paula ohnehin weniger, denn sein Schild verhinderte, dass die Sonne sie blendete. Über die Schutzweste zog sie heute eine leichte Stoffbahn mit ihrer Starternummer, mir der sie auf dem weitläufigen Gelände gut zu erkennen sein würde. Ihre Medical Card mit den wichtigsten Informationen für eine medizinische Notversorgung befestigte sie am Oberarm.

Dann schob sie Feuerstern, der willig seinen Kopf hinhielt und das Maul aufsperrte, die Trense zwischen die Zähne und befestigte die Riemchen, erst den Kehlriemen, dann den Nasenriemen, wobei sie darauf achtete, dass zwei Finger breit Platz zwischen dem Nasenrücken und dem Leder blieb, um das Pferd nicht unnötig einzuengen.

»Jetzt kann es losgehen«, sagte Paula und griff nach den Zügeln.

Man kann von zwei Seiten vom Pferd fallen.

Reiterweisheit

Mittwochmittag 13:30 Uhr

Um 13:30 Uhr holte Antonia die blaue Stofftasche mit Trollingers Namen aus der Sattelkammer, nahm Striegel und Kardätsche heraus und begann, den Braunen mit großen gleichmäßigen Bewegungen von Schmutz und Staub zu befreien. Dem schien die Behandlung zu gefallen, denn er senkte entspannt den Hals und schlappte mit den Lippen. Dann versuchte sich Antonia am »Muscheltouch« und der »leckenden Kuhzunge«, sanften Berührungen an Hals, Bauch und Kruppe, die sie aus ihren Reportagen über die Arbeitsweise von Linda Tellington-Jones kannte. Sie schien sich dabei ausreichend geschickt anzustellen, denn Trollinger schachtete entspannt aus und ließ seinen eindrucksvollen Penis heraushängen. Als er die Augenlider herabsinken und seine Unterlippe schlappern ließ, sah Antonia auf die Uhr und beschloss, Sattel und Trense zu holen, bevor ihr Reittier vollständig eingeschlafen war.

Fünf Minuten später zerrte sie einen schläfrig-entspannten Trollinger hinter sich her und stellte das Pferd in der Reithalle an der Mittellinie auf. Noch während Antonia überlegte, wie sie ihren linken Fuß in der engen Reithose vom Boden aus so hoch bekam, dass sie ihn in den Steigbügel fädeln konnte, stand Patrick mit einem Hocker neben ihr.

»Wie schön, eine Aufstiegshilfe«, sagte Antonia, »vielen Dank.«

Sportliche und junge Reiter konnten sich auch ohne dieses Hilfsmittel in den Sattel schwingen, aber in der Regel war das Aufsteigen auf den Pferderücken mit einer solchen Hilfe für alle Beteiligten angenehmer. Patrick lächelte und hielt den Steigbügel auf der anderen Seite des Sattels fest, damit dieser beim Aufsitzen nicht verrutschen konnte.

»Ich will doch, dass dir deine Reitstunde Spaß macht«, grinste er, als Antonia sich für die Hilfe bedankte.

Einen guten Reiter erkennt man am Stil, nicht am Erfolg.

Michael Jung (*1982), erfolgreicher deutscher Vielseitigkeitsreiter

Mittwochmittag 14:00 Uhr

Paula sah auf die Uhr. Laut Starterliste würde sie mit dem Trainingsritt in einer Viertelstunde dran sein. Für die Geländestrecke würde sie knapp zehn Minuten brauchen, zehn Minuten, in denen Feuerstern Höchstleistungen erbringen musste.

Luise und Wotan begleiteten sie, als sie Feuerstern in die Sonne auf den Hof führte. Im Freien begann der Hengst aufgeregt zu tänzeln, dazu hob er den Kopf, blähte die Nüstern und trompetete aufgeregt. Paula hatte Mühe, ihn zum Stehen zu bringen. Von irgendwoher waren Vanessa und Victoria wieder aufgetaucht und beobachteten sie aus sicherer Entfernung, ohne einen Finger zu rühren.

Aber Paula hatte keine Hilfe nötig. Geschmeidig setzte sie einen Fuß in den linken Bügel und schwang sich auf das tänzelnde Pferd. Dann setzte sie sich im Sattel auf und angelte nach dem anderen Steigbügel. Während sie ihre Finger um die Zügel schloss, genoss sie den magischen Moment, in dem es nur noch sie und das Pferd gab, dessen vibrierender Körper begierig darauf wartete, jeden ihrer Wünsche sofort zu erfüllen. Paula war klar, dass sie dazu mit dem Pferd zusammenarbeiten musste und es zu nichts zwingen durfte. Bei der Vielseitigkeit kommt es mehr als bei allen anderen Sparten der Reiterei darauf an, dass Pferd und Reiter eine Einheit bilden und sich blind aufeinander verlassen können.

Feuersterns Hufe klapperten über den gepflasterten Innenhof, als Paula ihn den Hang hinauf zur Asphaltstraße lenkte, die zum Eichengärtle führte, während Luise und Wotan ihr folgten. Hinter den Ställen, in denen die Hengste der Schwarzwälder Kaltblüter und die Araberhengste untergebracht waren, lenkte sie ihn auf den breiten Streifen Wiese neben der Straße. Beim Anblick der verlockenden Bergauf-Galoppstrecke zitterte Feuerstern aufgeregt. Paula tätschelte seinen Hals.

»Nicht wahr, mein Süßer, jetzt würdest du am liebsten galoppieren?«

Die Pferdeohren spielten nervös. Paula zügelte den Hengst mit leichter Hand, denn sie wollte ihn nicht schon jetzt erschöpfen. Ihr war bewusst, dass Feuerstern seine Kräfte noch brauchen würde.

Hinter Julmonds Grab lenkte sie ihn zum Startpunkt auf der markierten Strecke und stellte mit den Zügeln eine leichte Verbindung zum Pferdemaul her. Feuersterns Hals rundete sich willig, während er begann, eifrig auf dem Gebiss zu kauen.

Kaum hatte sie Feuerstern das Signal zum Angaloppieren gegeben und sich in die Steigbügel gestellt, flog das Pferd in seinem gleichmäßigen raumgreifenden Galopp über die Wiese, von der ein Duft nach gemähtem Gras aufstieg. Pada-bamm, pa-da-bamm trommelten die Hufe ihren gleichmäßigen Rhythmus auf den federnden Untergrund. Paula spannte die Oberschenkel an und bemühte sich, den Bewegungen des Pferdes zu folgen. Das Wichtigste war jetzt, Feuerstern nicht zu stören. Pa-da-bamm, pa-da-bamm ging es über den breiten Weg, auf dem sich grasüberwachsene saftig grüne Abschnitte mit lehmigen Bereichen abwechselten. Stellenweise war die feuchte Grasnarbe von Pferdehufen aufgerissen, sodass der gelblich braune Lehm freilag. Paula hoffte, dass die Stollen auf dem rutschigen Boden halten würden.

Sie beugte sich tiefer über Feuersterns Hals. Ganz frei konnte sie ihn nicht galoppieren lassen, denn sie musste seine Kräfte einteilen. Als er das erste Geländehindernis sah, das Modell eines kleinen Häuschens mit rotem Dach, beschleunigte er das Tempo, war jedoch so feinfühlig, dass Paula die Zügel kaum anziehen musste, sondern ihn nur mit einem leise gemurmelten »brr, brr« bremsen konnte. Als sie auf das Häuschen zuritt, schien sein Dach sich abzuheben, doch Feuerstern ließ sich nicht beirren und überwand das Hindernis problemlos.

Der kalte Wind trieb Paula Tränen in die Augen und nahm ihr die Sicht. Sie zwinkerte die Tränen weg und konzentrierte sich auf die vor ihr liegende, mit weißem Elektroband abgetrennte Strecke, weshalb sie die leuchtend orangefarbigen Westen der Helfer nur aus den Augenwinkeln wahrnahm.

Pa-da-bamm, pa-da-bamm. Feuerstern kam kaum aus dem Rhythmus, als er scheinbar mühelos über die mächtigen Baumstämme sprang. Paula lenkte ihn auf die spiegelnde Fläche des Wassersprungs zu, wobei sie für einen kurzen Moment die Orientierung verlor, weil ihr schwindelig wurde. Sie kniff die Augen zusammen und zwinkerte wieder die Tränen weg, um die folgenden schmalen Sprünge mit höchster Konzentration anreiten zu können. Pa-da-bamm, pa-da-bamm. An einer Stelle meinte sie, im Vorbeigaloppieren Luise und den schwarzen Wotan in einer Baumgruppe zu erkennen.

Hinter der sonnenüberstrahlten Wiese ging es über ein Stück Asphaltweg, bevor sie in den luftigen Schatten eines

Waldstücks eintauchte. Pa-da-bamm, Pa-da-bamm. Feuerstern galoppierte mit mächtigen Sprüngen bergauf. Paula zwinkerte wieder mit den Augen, konnte aber den Schwindel so nicht vertreiben.

Fast hatte sie das Gefühl, als flöge ihr eigener Körper und nicht der des Pferdes über die Wiese. Ihre Muskeln in den Oberschenkeln zogen sich schmerzhaft zusammen, während ihr Geist mit dem vor ihr liegenden Grün und dem Himmel über ihr verschmolz.

Pa-da-bamm, pa-da-bamm. Durchhalten und Feuerstern nicht stören, der mit gespitzten Ohren das nächste Hindernis anzog, eine mächtige Mauer. Pauls musste sie schräg anreiten, eine zusätzliche Schwierigkeit. Losgelöst von allem Irdischen flog sie wie mit dem Pferd verwachsen darüber. Jetzt würde sie mit Feuerstern in den Himmel schweben. Bei der Landung konnte sie einen Sturz jedoch nur verhindern, indem sie sich mit aller Kraft an Feuersterns Mähne festkrallte.

Pa-da-bamm, pa-da-bamm. Beim Schlussgalopp über die Wiese im Eichengärtle konnte sie sich nur mit Mühe auf dem Pferd halten, während Bäume, Menschen und das Gras in ihren Augenwinkeln zu einer ununterscheidbaren Masse verschmolzen.

Für die beiden letzten Bergaufsprünge musste sie alle ihre Reserven mobilisieren. Glücklicherweise nahm Feuerstern die beiden Sprünge vollkommen selbstständig und Paula konnte sich ausschließlich darauf konzentrieren, oben zu bleiben. Dann legte er die Ohren an und raste unter den Augen der Zuschauer auf das Ziel zu, ohne dass Paula ihn lenken musste. Sie hielt sich mit allerletzter Kraft oben. Ihr Herz raste.

Während Feuerstern locker schnaubend auf der Wiese

langsamer wurde, schossen ihr die Tränen in die Augen und ein schwarzer Schleier legte sich über ihr Bewusstsein. Das letzte, was sie nach dem seltsam schmerzlosen Aufprall bewusst wahrnahm, war die kühle, feuchte Erde an ihrer Wange.

Wenn dein Ross ist gescheiter,
als du selber, der Reiter,
so lasse dem Rosse die Zügel
und halte dich nur am Bügel.

Friedrich Rückert (1788–1866), deutscher Dichter

Mittwochmittag 14:15 Uhr

Trollinger machte seinem gemütlichen Spitznamen alle Ehre. Offensichtlich hatte er beschlossen, dass größere Anstrengungen jüngeren und sportlicheren Tieren vorbehalten sein sollten. »Das Viertele« schonte seine und Antonias Nerven, setzte sich nicht schneller als pflichtgemäß in Bewegung und vermied jede hastige Änderung seines Tempos, was auch den Galopp einschloss.

Immerhin rundete er den Hals und kaute willig auf dem Gebiss, sodass in der Maulspalte weißlicher Schaum zu sehen war. Dazwischen schnaubte er immer wieder zufrieden. Besser so als anders, fand Antonia. Sie hatte keine Lust, sich gegen das gutmütige Schulpferd mit Gerte und Sporengewalt durchzusetzen und passte sich freundlich seinem Tempo an, während sie die mehr oder weniger geschickten Versuche ihrer vier Mitreiter beobachtete.

In den folgenden Minuten, in denen sie mit Trollinger arbeitete, spürte sie, wie ihre Reitkenntnisse zurückkehrten. Auf einmal erinnerte sie sich. Was sie beim Dressurreiten am meisten fasziniert hatte, war der beglückende Moment, in dem das Pferd die Ohren nach hinten klappte, auf Empfang stellte und mit seiner Reiterin zu einer Einheit verschmolz. Dieser Idealzustand konnte manchmal nur wenige Minuten andauern, machte aber süchtig, sodass sie es immer und immer wieder versucht hatte. Antonia bedauerte es, wenn Reiter dieses Ideal zugunsten sportlicher Höchstleistungen verrieten und dem Pferd ihren Willen aufzwangen. statt sich um seine Mitarbeit zu bemühen.

Ihre heutige Leistung empfand sie als eher durchschnittlich. Sie war daher völlig überrascht, wie wohlwollend Patrick sie ansah, als sie glücklich wieder festen Boden unter ihren Füßen hatte.

»Alle Achtung«, sagte er. »Du reitest fantastisch. So schwungvoll ist Trollinger schon lange nicht mehr getrabt. Jetzt weiß ich auch, woher Paula ihre Begabung hat.«

»So gut war es nun auch wieder nicht«, meinte Antonia bescheiden. Sie hielt Tiefstapeln für die bessere Option. Schließlich wollte sie den Hallenboden nicht so genau kennenlernen wie Barbie. »Ich habe vieles vergessen.«

»Trollinger ist unser Sicherheitspferd, aber dafür lässt er sich gerne mal bitten. Wenn du möchtest, kannst du es morgen Nachmittag nach unserem Treffen mit Vivaldi versuchen«, schlug Patrick vor.

Antonia sah sich in hohem Bogen in einem Haufen Pferdeäpfeln landen, nur ohne rosa Flauschpullover. Sie bedankte sich für das Angebot, beschloss aber, doch lieber bei Trollinger zu bleiben.

Sie nahm Trollingers Zügel in die Hand und wandte sich zum Gehen. Noch bevor sie mit dem »Viertele« die Halle verlassen hatte, hörte sie die Sirenen eines Krankenwagens. Sie dachte an Paula und erschrak. Blitzartig zuckte die Vorstellung durch ihren Kopf, wie Paula mit verrenkten Gliedmaßen im Gras lag. Doch dann rief sie sich selbst wegen übertriebener Muttergefühle zur Ordnung. Auch wenn sie alleine für Paula verantwortlich war, hatte sie es doch bisher immer vermieden, zu einer überängstlichen Glucke zu werden. Meistens ließ ihr der Job auch gar keine Zeit für eine übertriebene Überwachung ihrer Tochter. Während Paulas Ausflügen in die Punker-Szene hatte sie sich oft gefragt, ob ihre entspannte Offenheit wohl ein Fehler gewesen war. Schließlich war sie aber mit der Hilfe ihres Vaters Fritz zum Schluss gekommen, dass man manche Dinge einfach akzeptieren musste.

Als sie Patricks Handy klingeln hörte, blieb sie stehen und drehte sich zu ihm um. Seine ernste Miene machte ihr klar, dass dies einer der Augenblicke war, den sie in ihrem Leben nie wieder vergessen würde. Ihr Herz schlug schnell und hart. Die Reithalle und das Pferd an ihrer Seite würden von nun an bis in alle Zeiten mit der nun folgenden Hiobsbotschaft verknüpft sein. Antonia hielt die Luft an und blickte Patrick, der noch immer telefonierte, ins Gesicht. Er schwieg und steckte das Handy wieder in die Innentasche seiner Jacke. Und dann kamen die Worte, die sie so sehr gefürchtet hatte.

»Paula hatte einen Unfall.«

Patrick sagte es ruhig und so leise, dass Antonia ihn kaum verstehen konnte. Sie sah ihn an und erschrak, als sie in seinen Augen Tränen glitzern sah. Antonia taumelte und lehnte sich gegen das Pferd, das ihre Aufregung zu spüren schien und wie ein Monument stehen blieb. Ihre Beine hingegen zitterten und so war sie froh, dass eine rothaarige Auszubildende im blauen Gestütspullover von irgendwo auftauchte und ihr Trollinger abnahm.

»Paula hat den Ritt hervorragend abgeschlossen«, sagte Patrick, als sei das ein Trost. Er legte einen Arm um ihre Schultern. Nach der Sache mit Wotan war Antonias Vertrauen in die Schutzwirkung dieser Geste allerdings geschwächt. »Direkt nach dem Zieleinlauf ist sie bewusstlos geworden und vom Pferd gestürzt. Was genau passiert ist, wissen wir nicht. Die Sanitäter waren mit einem Krankenwagen vor Ort und haben sie sofort ins Krankenhaus nach Münsingen gefahren. Ich bringe dich hin.«

Benommen nickte Antonia und ließ sich wie in Trance von Patrick aus der Reithalle führen. Auf dem Parkplatz vor der Reitschule schob Patrick sie auf den Beifahrersitz seines Offroaders, dessen schicker schwarzer Lack mit Schlamm bespritzt war. Sie ließ sich dankbar hineinsinken und war froh, dass sie nicht selbst fahren musste.

Nach Münsingen waren es knapp zehn Kilometer. Patrick startete den Motor und bog an der nächsten Kreuzung rechts dem Hinweisschild nach Grafeneck folgend in die Straße »Am Dolderbach« ein. Unter Missachtung sämtlicher Verkehrsregeln raste er dann zwischen Feldern und Waldstücken vorbei nach Münsingen. Auf halber Strecke bog er auf eine staubigen Feldweg ab, offensichtlich eine Abkürzung. Am Industriegebiet in Münsingen verlangsamte er seine Fahrt, fuhr vor dem Bahnhof nach rechts, hinter den Gleisen vorbei und bog schließlich mit quietschenden Reifen hinter dem Zufahrtsschild für die Notaufnahme auf den Besucherparkplatz ab. Der war glücklicherweise nur überschaubar belegt, daher konnte er den Wagen rasch auf dem nächstgelegenen freien Parkplatz abstellen. Antonia und Patrick stiegen aus und hasteten zum Eingang, ohne das saftige Grün der Wiesen um die Klinik herum eines Blickes zu würdigen.

Das lang gestreckte Klinikgebäude mit seinem Vordach und den weißen Säulen wirkte modern und freundlich. Vor dem Eingang hatte sich ein Grüppchen von rund zwanzig

Frauen in regenfesten Jacken versammelt, die ein Transparent als »Schwäbische Landfrauen« auswies. Zwei ältere Frauen mit Dauerwellen und leichtem Übergewicht hielten ein Plakat hoch, mit dem sie der Forderung »Mehr Geld für die Gesundheit auf dem Land – unser Klinikum muss besser werden« Nachdruck verliehen. Um die Gruppe sprang ein junger Mann mit einem Fotoapparat und einer Tasche mit dem Aufdruck »Alb-Bote« herum. Antonias Profihirn registrierte flüchtig, dass man anscheinend den Volontär der Regionalzeitung abkommandiert hatte, um das Ereignis zu dokumentieren.

Antonia musste von einer Frau mit weinrot gefärbten Haaren ein Flugblatt entgegennehmen, bevor diese sie durchließ. Hastig liefen sie auf die Glastüren zu, die sich zur Seite schoben und den Weg zum Empfangsbereich freigaben. Hier bemühten sich auf einem geschmackvollen türkisfarbenen Tresen drei rot-orange Dahlien in einer quaderförmigen Glasvase, den Puls aufgeregter Patienten und ihrer Angehörigen zu verlangsamen. Damit unterstützten sie die rund vierzigjährige Empfangsdame mit schwarzer Brille und blonden Locken, bei denen der dunkle Nachwuchs sichtbar war. Die Frau hätte problemlos in ein Werbevideo jeder Klinik gepasst und war den Umgang mit aufgeregten Angehörigen offensichtlich gewohnt. Freundlich-routiniert informierte sie Antonia und Patrick über den Weg zur Intensivstation.

Die Wegbeschreibung wurde durch Hinweisschilder im Klinikbereich ergänzt. Das Münsinger Klinikum war eher übersichtlich. Antonia und Patrick konnten sich deshalb mühelos den Weg zwischen Weißkitteln und Kurzarmhemden hindurch bahnen. Wenige Minuten später fanden sie sich vor der Milchglastür der Intensivstation wieder, hinter der schemenhaft hin- und herlaufende Menschen zu erkennen waren.

Diese Tür schob sich nicht freiwillig zur Seite. Antonia musste einen Klingelknopf an einem grauen Kästchen drücken, das neben der Tür angebracht war. Ein freundlicher Pfleger mit einer runden John-Lennon-Brille öffnete ihnen und führte sie über einen Flur an den unterschiedlichsten Gerätschaften vorbei bis zu einem Raum, in dem sich nur ein einziges Bett befand.

Antonias Herz krampfte sich zusammen, als sie sah, wie blass ihr kleines Mädchen unter der hellbraunen Haut war. Paula hatte die Augen geschlossen und ihre schwarzen Locken breiteten sich malerisch über das weiße Kissen aus. Obwohl das Fenster gekippt war, roch es unangenehm nach einer Mischung von Desinfektionsmitteln und Ausscheidungen.

Vom Metallgestell über Paulas Bett tropfte eine Flüssigkeit aus einer Plastikflasche in regelmäßigen Abständen in einen Schlauch, der bis zu ihrer Armbeuge führte. Von Paulas Handrücken und der Armbeuge liefen mehrfarbige Drähte zu einem Gerät in einem fahrbaren Tisch neben ihrem Bett. Auf dem Bildschirm pulsierten farbige Linien, die Herzschlag und Blutdruck anzeigten. Zu Antonias Beruhigung schienen alle Werte normal zu sein.

Der Pfleger winkte sie aus dem Zimmer. Nach einem Blick auf Paula folgte Antonia seiner Aufforderung. Vor der Tür erwartete sie ein Arzt in den Dreißigern, dessen schmale Augen und breite Wangenknochen seine asiatische Herkunft verrieten. Das Schildchen an seinem weißen Kittel wies ihn als Dr. Meng-Long Kächele aus. Antonia überlegte, welche Bedeutung der Vorname wohl haben mochte. Der Mann hatte seine schwarzen Haare zu einem dünnen Zopf gebunden und sah aus wie Dschingis Khan. Er musste gut sein, wenn er sich diese extravagante Haartracht leisten konnte, dachte Antonia und hörte ihm aufmerksam zu, während er sie in akzentfreiem Hochdeutsch über Paulas Zustand informierte.

»Ihr ist glücklicherweise nicht viel passiert, sie hat sich nichts gebrochen. Jetzt ist ihr Zustand stabil«, erklärte Dschingis Khan Kächele. »Sie schläft. Wahrscheinlich hat sie nur eine leichte Gehirnerschütterung. Zum Glück hat sie einen Helm getragen. Der hat Schlimmeres verhütet.«

Antonia sah ihn ungeduldig an und trat von einem Bein auf das andere. Am liebsten hätte sie ihn zur Seite geschoben und Paula selbst untersucht, auch wenn ihr als Tierärztin die Behandlung von Menschen nur in Notfällen erlaubt war. Aber eigentlich konnte man das hier ja als Notfall ansehen.

»Wir haben Ihrer Tochter Blut abgenommen«, führte der Arzt weiter aus. Er schien Antonias Absicht zu ahnen und verstellte ihr vorsichtshalber den Weg zur Tür. »Die Auswertung wird bis morgen dauern. Wir behalten sie aber zur Beobachtung noch die ganze Nacht hier auf der Intensivstation. Morgen sehen wir dann, wie es weitergeht.«

Sein Lächeln, bei dem er seine hervorstehenden Schneidezähne sehen ließ, sollte wohl beruhigend wirken. Antonia war aber keineswegs beruhigt. Lächelten Asiaten nicht immer? Nach den bisherigen Schilderungen war Paula ohne ersichtlichen Anlass vom Pferd gestürzt. Spontan fielen Antonia mindestens zehn Krankheiten ein, die zu plötzlichen Ohnmachten führen konnten. Harmlos war keine davon. Auch wenn ihr der schwäbische Dschingis Khan sympathisch war, würde sie darauf drängen, dass Paula so schnell wie möglich in ein größeres Krankhaus nach Stuttgart verlegt wurde.

»Hier können Sie nicht bleiben«, sagte der blaubehemdete Pfleger, nachdem Kächele sich verabschiedet hatte. »Sie können im Wartebereich Platz nehmen oder in der Cafeteria etwas essen. Dann sollten Sie nach Hause fahren, denn hier können Sie momentan nichts mehr tun.« Er notierte sich Antonias Handynummer. »Wir informieren Sie, wenn Ihre Tochter aufwacht.«

Patrick führte Antonia in den Wartebereich für die Angehörigen. Hier stand ein Türmchen Plastikbecher neben mehrere Flaschen mit Mineralwasser, dass seit 10 000 Jahren in den Tiefen des Albgesteins, geschützt von wasserundurchlässigen Gesteinsschichten, auf die heutigen Konsumenten gewartet hatte. Antonia hatte weder die Ruhe, dieses Eiszeitwasser zu genießen, noch wollte sie auf einem der zierlichen Metallstühle mit türkisfarbenem Polster Platz nehmen und nach einer der Zeitschriften greifen, die auf den runden Tischchen darauf warteten, dass schwitzende Hände ihre bunten Seiten weiter zerfledderten. Sie war froh, dass sie nicht für die medizinische Versorgung von Menschen, sondern von Tieren zuständig war, und hatte nicht vor, die Gastfreundschaft des Krankenhauses länger als nötig in Anspruch zu nehmen.

»Ich kann Krankenhäuser nicht leiden«, sagte Patrick. »Und Paula scheint es ja ganz gut zu gehen.« Er sah auf die Uhr. »Ich muss wieder weg.«

»Kein Problem. Ich nehme mir ein Taxi«, sagte Antonia. »Vielen Dank für alles.«

»Ruf mich an, wenn sie aufwacht oder wenn du etwas Neues weißt«, sagte Patrick und verabschiedete sich. »Ich informiere dann mal meine Mutter.«

Antonia sah ihm nach und dachte, dass sie auf den Besuch von Luise und Wotan gerne verzichten würde. Patrick war kaum fünf Minuten weg, als Norbert und Barbie auftauchten. Gabis rosa Pullover war offensichtlich wieder trocken. Die beiden wirkten vertraut, wie sie so Seite an Seite auf Antonia zukamen. Wenn Antonia nicht so besorgt gewesen wäre, hätte sie bei diesem Anblick die Eifersucht gepackt. Sie fragte sich, welche Geschichte Norbert seiner neuen Eroberung aufgetischt hatte.

»Wie geht es Paula?«, fragte Norbert, nachdem sie sich begrüßt hatten.

»Sie schläft jetzt«, antwortete Antonia. »Die Ärzte wissen zwar noch nicht, was es war, aber es geht ihr schon wieder besser. Ich werde angerufen und möchte so lange hier warten, bis sie aufwacht.«

»Du Ärmste, das ist ja alles ganz schrecklich«, sagte Gabi mitfühlend und sah Antonia besorgt an.

»Ich kenne das«, erzählte Norbert. »Als meine Lena vom Pferd gefallen ist und sich das Schlüsselbein gebrochen hat, habe ich die ganze Nacht an ihrem Bett gesessen. Hast du überhaupt schon etwas gegessen?«

Als Antonia verneinte, schlug Norbert einen Besuch in der Cafeteria vor.

»Wir können dir solange Gesellschaft leisten und dich dann zurückfahren. Wir sind mit Gabis Auto da. Ich weiß doch, dass du nicht gerne im Dunkeln fährst«, meinte er.

Überrascht sah Antonia zum Fenster. Ihre Gedanken waren so stark von ihrer Sorge um Paula in Beschlag genommen, dass ihr die hereinbrechende Dunkelheit völlig entgangen war.

Die Cafeteria in dem atriumartigen Innenraum war gut besucht. Drei Ärztinnen und mehrere Pfleger kamen über eine Treppe aus dem zweiten Stock herunter und stellten sich an der Kasse an. Norbert nahm sich ein Tablett, reihte sich hinter ihnen an den Vitrinen mit Brötchen und Kuchen ein, während Antonia und Gabi an einem der kleinen Bistrotische Platz nahmen. Antonia zog ihr Handy heraus und legte es vor sich auf den weißen Marmor.

Norbert kam mit drei Tassen Kaffee und drei Butterbrezeln zurück. Er selbst leerte reichlich Milch und Zucker in seine Kaffeetasse, Antonia begnügte sich mit einer figurfreundlichen Mindestmenge von beidem und Gabi trank den Kaffee erwartungsgemäß schwarz. Antonia nahm sich eine Butterbrezel und biss hungrig hinein, während sie weiterhin unverwandt auf ihr Handy starrte. Einige Minuten herrschte gefräßiges Schweigen.

»Handys lassen sich nicht hypnotisieren«, sagte Norbert, wischte sich ein paar Brezelkrümel aus dem Schnurrbart und zog ihr das Gerät sanft weg. »Ohne Witz. Wir werden es schon rechtzeitig erfahren, wenn Paula aufwacht.«

»Vielleicht ist es wirklich nur eine Gehirnerschütterung«, sagte Gabi. »Das hatte ich auch schon.«

»Nach einem Ritt?«, fragte Antonia.

Offenbar neigte Gabi zu Fehleinschätzungen ihres reiterlichen Könnens.

»Nein, ich bin beim Spaziergang gestolpert und auf die Bordsteinkante geknallt«, sagte Gabi. »Beim Reiten ist mir bisher weniger passiert. Aber ich springe nicht und so ein Geländeritt wäre mir auch viel zu gefährlich. Paula macht das klasse, wir haben ihr heute zugesehen. Allerdings waren wir nicht am Eichengärtle und haben den Zieleinlauf und den Unfall nicht mitbekommen. Davon haben wir erst später gehört, als wir an den Stutenställen waren, ganz in der Nähe. Stell dir vor, wir haben uns die Vollblutaraberstuten der berühmten silbernen Herde angesehen. Wusstet ihr, dass auch der berühmte Dressurhengst Totilas Vollblutaraber in seinem Stammbaum hat?« plapperte Gabi weiter, als Antonias Handy klingelte und Kächele sie darüber informierte, dass Paula jetzt wach war.

Antonia ließ Norbert und Gabi in der Cafeteria zurück und eilte zur Intensivstation, wo ihr eine etwas blässliche Paula aus den weißen Kissen entgegenblickte. Die Drähte und Schläuche, die von ihrem Körper zu den verschiedenen Geräten liefen, hatten etwas Beruhigendes, vor allem, weil die Anzeigen auf dem Monitor weiterhin gleichförmig waren.

»Hallo Mama«, sagte Paula, während sich die grüne Linie für den Pulsschlag beschleunigte.

Vorsichtig, um keine Nadel abzureißen, ergriff Antonia die Hand ihrer Tochter und lächelte sie liebevoll an, während Paula die Augen wieder schloss, den Kopf zur Seite drehte und sofort wieder einschlief. Nach einer Viertelstunde betrat eine übergewichtige junge Krankenschwester den Raum, löste Antonias Hand sanft von der ihrer Tochter und führte sie hinaus.

»Sie braucht jetzt Ruhe«, sagte die Schwester. »Sie können hier nichts mehr tun. Bei uns ist sie in guten Händen. Am besten, Sie kommen morgen wieder. Wir benachrichtigen Sie natürlich sofort, wenn sich vorher etwas ändert.«

Antonia zuckte zusammen. »Ändern« war nett gesagt, denn das würde eher eine Verschlechterung bedeuten. Aber natürlich hatte die Schwester recht und so machte sich Antonia zögernd auf den Rückweg in die Cafeteria.

»Sie ist hier in guten Händen«, versuchte dort auch Norbert sie zu beruhigen, »lass uns zurückfahren. Da gibt es wenigstens etwas Gescheites zu essen. Ich habe vorhin noch mal einen Vorrat an Heringssalat eingekauft, extra für dich. Ohne Witz.«

Antonia nickte so freundlich wie möglich. Norbert strahlte sie mit einer solchen Begeisterung an, dass sie es jetzt nicht für den richtigen Zeitpunkt hielt, ihm zu gestehen, dass sie das Zeug gar nicht mochte und ihr Maultaschen eigentlich lieber gewesen wären.

»Maultaschen wären mir zwar lieber gewesen«, fuhr er fort. »Ohne Witz.«

Gabi fuhr ein blaues Audi-Cabriolet, auf dessen Rücksitz sich Antonia stark zusammenfalten musste. Antonia war froh, dass sie nicht auf die Idee kam, nachts und mitten im Oktober das Dach zu öffnen. Glücklicherweise dauerte die Fahrt auch ohne Geschwindigkeitsüberschreitungen und Abkürzungen nur etwa zehn Minuten. Barbie fuhr besser als sie ritt und schwärmte während der gesamten Fahrt von ihrem Besuch bei der silbernen Herde.

»Wusstet ihr, dass die Marbacher Araberzucht auf der ganzen Welt bekannt ist? Sogar reiche Araber kaufen ihre Pferde hier, weil sie dann wissen, dass die Zucht reinrassig ist.«

Antonia hörte ihren Ausführungen aufmerksam zu, denn bisher hatte sie von den grazilen Tieren nicht viel gehalten. Wie so vielen Warmblutliebhabern waren ihr die Vollblutaraber zu klein und zu nervös. Zwar waren Araber besonders ausdauernd und konnten viele Kilometer am Stück traben, aber das fand Antonia ohnehin viel zu anstrengend.

Dennoch konnte sie sich der Faszination der rassigen Tiere nicht ganz entziehen. Sie konnte auch die Begeisterung des Württembergischen Königs Wilhelm I. nachvollziehen. Er hatte die arabischen Vollblutpferde auf seinen Kriegszügen im Nahen Osten kennengelernt und war der Meinung, dass diese Tiere den damals ziemlich plumpen einheimischen Pferden überlegen waren.

König Wilhelm stand mit seiner Meinung allerdings ziemlich allein, denn allgemein wurde bezweifelt, dass die kleinen Pferde mit dem typischen konkaven Knick in der Nase für die Aufgabe als Militär- und Zugpferde robust genug waren. Doch der König ließ sich davon nicht beirren und sandte im Jahr 1814 den ungarischen Baron von Fechtig zusammen mit anderen Pferdeexperten auf die arabische Halbinsel. Sie kamen mit neun Vollblütern zurück. Einer davon war der dreijährigen Hengst Bairactar. An seinem Skelett, das heute im Gestütsmuseum Offenhausen zu bewundern ist, lässt sich eine Besonderheit dieser Tiere erkennen: Sie haben einen kürzeren Rücken als andere Pferderassen, weshalb man nur 17 Rippen, fünf Lendenwirbel und 15 Schweifwirbel zählen kann. Warmblutpferde haben hingegen eine Rippe und einen Lendenwirbel mehr und außerdem 16 bis 18 Schweifwirbel.

Bairactar begründete zusammen mit der Stute Murana I. die Weltzucht der asilen Vollblutaraber. So werden Vollblutaraber bezeichnet, die ausschließlich auf Pferde aus der Wüstenzucht der Beduinen auf der Arabischen Halbinsel zurückgehen. Die Nachkommen von Bairactar und Murana entstammen somit den weltweit ältesten ununterbrochen nachweisbaren Linien der Araberzucht. In den deutschen Papieren wird ein Vollblutaraber durch ein »ox« hinter dem Namen gekennzeichnet.

Nachdem König Wilhelm im Jahr 1918 auf den Thron verzichtet hatte und das Königreich Württemberg zur Demokratie geworden war, wurde 1928 auch der königliche Gestütsbetrieb in Weil eingestellt. Das Staatsgestüt Marbach übernahm 13 Stuten und vier Fohlen und führte die Araberzucht fort. Im November 1955 reiste eine – jetzt demokratisch ausgewählte Ankaufkommission unter Leitung des damaligen Landoberstallmeisters Dr. Georg Wenzler nach Kairo zum Staatsgestüt El Zahraa, um dort weitere Araberpferde zu kaufen. Eines davon war der Schimmelhengst Hadban Enzahi, dessen lebensgroße Bronzestatue Antonia im Vorraum des Gestütsladens bereits bewundert hatte.

»Heute gehören knapp zwanzig Stuten zur silbernen Herde von Marbach«, beendete Gabi ihren Bericht, während sie den Wagen vor dem Wohnheim geschickt in eine Lücke rangierte.

Auf Kosten der Allgemeinheit hält man in Hainen und Lichtungen Schimmel, die durch keinerlei Dienst für Sterbliche entweiht sind. Man spannt sie vor den heiligen Wagen; der Priester und der König oder das Oberhaupt des Stammes gehen neben ihnen und beobachten ihr Wiehern und Schnauben. Und keinem Zeichen schenkt man mehr Glauben, nicht etwa nur beim Volke: auch bei den Vornehmen, bei den Priestern; sich selbst halten sie nämlich nur für Diener der Götter, die Pferde hingegen für deren Vertraute.

Aus der Germania von Tacitus, etwa 98 n. Chr.

Mittwochnacht

Übermüdet lag Antonia im Bett und lauschte den Schlägen der Glocke, während sie sich nervös und schwitzend von einer Seite auf die andere rollte.

»Antonia!«

Da war wieder die Stimme in ihrem Kopf. Sie starrte in die Dunkelheit und spürte, wie ihr Herz schmerzhaft von innen gegen die Brust trommelte.

»Mama«, jammerte sie leise, schlug das Federbett zurück und sprang aus dem Bett.

Sie lief über den Flur zum Zimmer ihrer Eltern und drückte die angelehnte Tür auf. Ihre Hände versanken in den dicken Decken, die auf den Betten ihrer Eltern lagen. Hier war niemand!

Das war eigentlich nichts Besonderes, versuchte sich das Mädchen zu beruhigen. Schließlich war ihr Vater Tierarzt und musste öfter mal nachts einem Pferd helfen, besonders wenn jetzt zu Beginn des Frühjahrs die Stuten ihre Fohlen auf die Welt brachten. Vielleicht musste heute auch ihre Mutter mitkommen.

Aber Antonia war doch noch klein und brauchte auch Hilfe. Sie steckte den Daumen in den Mund und begann wieder zu weinen. Hier war niemand. Vielleicht sollte sie mutig sein, ihre Eltern suchen und ihnen helfen, das Fohlen zur Welt zu bringen.

Antonia tapste die Treppe hinab und öffnete die Tür zum Gestütshof. Die Kälte der Pflastersteine drang in ihre nackten Füße und machte sie gefühllos. In der Dunkelheit war nur das leise Plätschern des Stutenbrunnens zu hören. Die Glocke auf dem Engländerstall schlug öfter als Antonia zählen konnte.

Sie drückte ihr Plüschpony fester an sich und ging zögernd, Schritt für Schritt, über den Hof. Hier war niemand. Bestimmt war ihr Vater im Abfohlstall, ein Stück weiter oberhalb. Antonia kannte den Weg. Tagsüber waren es bis dorthin nur wenige Minuten, aber in der Nacht schienen die Gebäude auf eine geheimnisvolle Weise auseinandergerückt zu sein. Es dauerte eine Ewigkeit, bis sie das Backsteingebäude endlich erreicht hatte.

Die Stalltür stand offen. In der mondlosen Dunkelheit war das dämmerige Rechteck gut zu erkennen. Mit klopfendem Herzen lief Antonia darauf zu wie auf eine rettende Insel. Bevor sie hineingehen konnte, hörte sie Stimmen von der Wiese neben dem Gebäude. Sie wandte sich nach rechts und tastete sich in der Dunkelheit über die Steine der Wand entlang, als ihr plötzlich eine Frau entgegenkam.

»Mama!«

Erleichtert lief sie auf die weibliche Gestalt zu, die nach ihrer Hand fasste.

Als Antonia die Augen öffnete, fand sie sich zitternd in der Kälte der Oktobernacht in ihrem verwaschenen rosa Häschenpyjama mit nackten Füßen vor der Tür des Wohnheims wieder und konnte gerade noch verhindern, dass die Eingangstür hinter ihr ins Schloss fiel.

Das Pferd bleibt dir im Sturme treu, der Mensch nicht mal im Winde.
Sprichwort

Donnerstagvormittag

»Nimmt Ihre Tochter Drogen?«

Dr. Meng-Long Kächele hatte Antonia zu einem vertraulichen Gespräch ins Arztzimmer gebeten und sah sie streng an, während seine Hände über die Tastatur des Computers flogen. Antonia war froh, dass das Dschingis-Khan-Lookalike auf der anderen Seite des ausladenden Schreibtischs saß und dass so etwas wie Handabhacken oder Vierteilen heute nicht mehr üblich war.

An den Wänden des Sprechzimmers unterstrichen der Inhalt mehrerer voll gestopfter Bücherregale und einige unordentliche Stapel von Fachzeitschriften Dschingis Khans Kompetenz. Antonia ließ sich davon weniger beeindrucken, denn in ihrem eigenen Arbeitszimmer in der Redaktion standen mindestens genauso viele Bücher. Hier in der Klinik gab es zusätzlich das Modell eines menschlichen Schädels, dessen Partien dünn mit Zahlen beschriftet waren, und einen Torso mit bunt bemalten herausnehmbaren Organen.

Antonia schüttelte den Kopf. Sie war heute Morgen als erstes zu Paula gegangen und hatte ihr eines ihrer eigenen T-Shirts und frische Unterwäsche vorbeigebracht. Paula hatte sie aus ihrem Bett im Einzelzimmer mit Blick auf die Wiesen der Umgebung schon wieder ganz fröhlich begrüßt. Nachdem die vergangene Nacht ohne weitere Vorfälle vergangen war, hatte man Paula von der Intensivstation in ein normales Krankenzimmer verlegt. Außer einer leichten Benommenheit hatte der Sturz glücklicherweise keine Folgen gehabt.

Aber was sollte jetzt diese Frage nach Paulas Drogenkonsum?

»Das ist schon lange vorbei«, sagte Antonia langsam.

Zumindest hoffte sie das. Was Paula damals während ihrer Punker-Zeit alles geraucht und eingeworfen hatte, wollte sie jetzt lieber nicht mehr so genau wissen. Bisher schien sie keine dauerhaften Schäden davongetragen zu haben und seit sie hier oben auf der Alb lebte, war sie sauber geblieben. Paula rauchte noch nicht einmal mehr Zigaretten. Misstrauisch sah Antonia den Arzt an. Eine Farbige stand anscheinend unter Generalverdacht.

»Sind sie sicher?«, fragte der Arzt. »Sie haben ihre Tochter alleine großgezogen. Und Paula ist noch nicht lange erwachsen.«

Klar doch, Kinder von Alleinerziehenden wurden immer drogensüchtig. Antonia setzte sich in dem Freischwinger aus weißem Leder auf der Patientenseite des Schreibtischs aufrecht hin. Am liebsten hätte sie Dr. Kächele gefragt, ob er verheiratet war und Kinder hatte, aber sie wusste, dass das nicht hierher gehörte.

»Wie kommen Sie darauf?«, fragte sie stattdessen und fixierte die Enden seines Stethoskops, die aus seiner Brusttasche ragten.

Dschingis Khan Kächele raschelte mit einem weißen Blatt Papier, nahm eine silberne Brille vom Tisch, setzte sie umständlich auf die Nase und musterte die Zahlenkolonnen. Er war viel zu jung für eine Lesebrille, aber sie verlieh ihm Autorität. Antonia hätte wetten können, dass sie nur aus einfachem Fensterglas war.

»Das Ergebnis des toxikologischen Tests liegt jetzt vor«, sagte der Arzt wichtig und nahm die Brille wieder ab. Im Gegensatz zu gestern lächelte er heute nicht.

»Wir haben Coffein in Paulas Blut gefunden, in normalen Mengen, also nichts Auffälliges.« Er gönnte Antonia eine Atempause, während er seine Brille am Bügel langsam und bedeutungsschwer hin und her schwenkte.

»Was aber definitiv nicht dort hineingehört, ist Ketamin. In der Drogenszene auch als Vitamin K, Special K oder schlicht K bekannt.« Er sprach es englisch aus. »Speschl Kai wird gerne auch als K.O.-Tropfen verwendet, weil man es weder riecht noch schmeckt.«

Antonia erschrak und konnte nicht verhindern, dass der Arzt ihr unkontrolliertes Zusammenzucken bemerkte. In ihrem Geist regte sich Widerstand. Der Mann schien ja verdächtig gut Bescheid zu wissen. Noch dazu sah er aus, als hätte er Kontakt zur chinesischen Mafia. Und so jemand bezichtigte ihre Tochter des Drogenmissbrauchs?

»Aber wie ich sehe, muss ich Ihnen als Tierärztin das nicht weiter erklären.«

Benommen schüttelte Antonia den Kopf. Nein, das musste er ihr wirklich nicht erklären. Natürlich kannte sie Ketamin. Sie hatte es schon Pferden, Hunden und Katzen gespritzt, um die Tiere zu beruhigen, beispielsweise für eine Untersuchung oder eine Behandlung. Das Mittel dämpfte Schmerzen und machte es möglich, einen Zahn zu ziehen oder einen Abszess zu öffnen, ohne dabei die Helfer oder das Tier zu gefährden.

»Was Sie vielleicht nicht wissen«, fuhr Kächele fort, »ist, dass Ketamin in der Szene als leicht zu beschaffen und relativ harmlos gilt. Es macht vermutlich nicht abhängig und schön sauber ist es auch, frisch aus den Labors der

Pharmaindustrie. Man kann es spritzen, einnehmen oder schnupfen. Die Konsumenten lieben es, weil es die Selbsterfahrung erweitern soll. Hinter die Dinge und unter die Haut schauen, so in etwa. Natürlich lässt sich das auch wissenschaftlich erklären. Unter dem Einfluss von Ketamin kann das Gehirn Wichtiges nicht mehr von Unwichtigem unterscheiden und die einstürmenden Eindrücke nicht mehr filtern. Dadurch wird der Geist mit Sinnesreizen und mit Spuren aus dem Gedächtnis überladen und immer weiter erregt. Dazu kommt noch eine erhöhte Ausschüttung von Dopamin. Dieser Botenstoff wirkt im Gehirn auf das Belohnungssystem und führt zu angenehmen Empfindungen. So ein Kay-Trip kann ganz schön schräg sein, wie mehrdimensionales Kino, total aufregend. Man wird geistig durchgerüttelt und bleibt trotzdem ziemlich klar dabei. An manche Trips erinnert man sich noch Jahre später.«

Kächele lächelte versonnen. Antonia fragte sich, wie lange sein letzter Ketamin-Trip wohl zurücklag.

»Ab einer bestimmten Dosis wirkt das Zeug dann dämpfend. Wahrnehmung, Reaktion und Beweglichkeit lassen nach«, erläuterte der Arzt weiter. »Gefährlich wird es, wenn die Koordination nicht mehr funktioniert. Und dann erhöht sich natürlich die Unfallgefahr, vor allem, bei einer Tätigkeit, bei der man alle Sinne beisammen haben muss.«

Er musste Antonia nicht erklären, dass man bei einem Vielseitigkeitsritt in der Tat alle Sinne beisammen haben musste.

»Man kann zum Beispiel stürzen, wie es Paula passiert ist. Es gab auch schon Fälle, wo sich Konsumenten unbemerkt schwere Verbrennungen oder umgekehrt lebensgefährliche Unterkühlungen zugezogen haben oder sogar ertrunken sind, weil sie sich nicht mehr helfen konnten. Besonders kritisch wird es, wenn Ketamin zusammen mit anderen Drogen konsumiert wird. Alkohol kann da schon ausreichen. Der dämpft das Atemzentrum zusätzlich und das kann dann lebensgefährlich werden. Ich hoffe, Paula hat das Zeug nicht regelmäßig genommen. Dann müssten wir auch ihre Harnblase untersuchen, denn die könnte geschädigt sein.«

Antonia war aufgesprungen und tigerte aufgeregt vor dem Schreibtisch hin und her. Dr. Meng-Long Kächele ließ nicht locker.

»Hatte Paula Zugang zu Ketamin?«

Antonia musste nicht lange überlegen. Sie stoppte ihre ziellose Wanderung und sah ihn an.

»Vermutlich schon«, antwortete sie. »Auf der Hengststation gibt es sicher einen Medizinschrank, wo es vorrätig ist, für alle möglichen Notfälle. Ketamin zählt nicht zu den Betäubungsmitteln. Daher gibt es für die Lagerung keine besonderen Vorschriften.«

»Sie sollten mit Ihrer Tochter reden«, sagte der Arzt, stand auf und begleitete sie zur Tür. Zum Abschied hielt er Antonia die Hand hin. »Die meisten Eltern denken immer, sie wissen über ihre Kinder Bescheid, selbst wenn diese schon lange erwachsen sind. Aber Sie glauben gar nicht, was viele Sprösslinge hinter deren Rücken treiben. Und die meisten Eltern wollen es dann kaum glauben, wenn sie es erfahren.«

Zum Glück hackte er nicht wieder auf ihrem Status als Alleinerziehende rum. Antonias Muskeln verspannten sich wie zur Vorbereitung eines 100-Meter-Laufs. Am liebsten wäre sie erst ihm an die Gurgel und dann aus dem Zimmer gesprungen. Sie ergriff seine Hand und ließ sie sofort wieder los. Auf Dr. Meng-Long Kächeles Gesicht war jetzt wieder dieses unergründliche Lächeln erschienen.

Wenige Minuten später stand Antonia zum zweiten Mal an diesem Morgen an Paulas Krankenbett und stellte ihr die Frage nach dem Drogenkonsum.

»Das ist schon lange vorbei«, antwortete Paula.

Mittlerweile hatte sie das Klinikhemd gegen ihr überlanges Schlaf-T-Shirt mit dem Graffitimuster getauscht, das Antonia ihr mitgebracht hatte. Paula sollte noch einen Tag zur Beobachtung in der Klinik bleiben, was möglicherweise auch mit ihrem Status als Privatpatientin zusammenhing, den Antonia finanzierte.

»Natürlich nehme ich keine Drogen mehr. Erst recht nicht vor so einem wichtigen Ritt.«

Das war zwar genau das, was Antonia hören wollte, und sie hatte auch nichts anderes erwartet, erlaubte sich aber trotzdem einen kurzen Moment der Erleichterung. Was Paula sagte, klang plausibel und es lag im Bereich des Möglichen, dass es der Wahrheit entsprach.

»Warum fragst du?« Paula sah sie misstrauisch an. »Bist du Vanessa und Victoria begegnet? Den beiden neidischen Ziegen? Und denen glaubst du? Die haben das Stroh nicht nur auf dem Kopf, sondern auch als Füllung drin. Die gönnen mir den Erfolg mit Feuerstern nicht.«

Antonia starrte auf den grauen Kunststoffbelag des Bodens. Vielleicht tat sie ihrer Tochter unrecht, aber nun wollte sie es genau wissen.

»Du hattest Ketamin im Blut«, sagte sie und sah Paula aufmerksam ins Gesicht. Falls Paula ein schlechtes Gewissen hatte, versteckte sie das sehr gut. Antonia konnte nichts als Überraschung erkennen.

»Das kann nicht sein«, polterte Paula empört los. »Und

überhaupt: Wieso erzählt der Arzt dir das? Schließlich bin ich schon volljährig.«

»Volljährig oder nicht, ich bin immer noch deine Mutter«, sagte Antonia bestimmt. »Das Ketamin könnte deinen Unfall erklären.« Dann kam ihr ein Verdacht. »Könnte es dir jemand heimlich gegeben haben? Damit du nicht reiten kannst? Dr. Kächele hat erklärt, dass man Ketamin auch als K.O.-Tropfen verwendet. Jemand kippt es in ein Getränk, man schluckt es hinunter, ohne es zu schmecken. Nach einer Viertelstunde beginnt es zu wirken.«

Paula dachte nach.

»Ich habe immer Wasser in einer kleinen Trinkflasche bei mir, in meinem Rucksack. Aber als ich Feuerstern vorbereitet habe, war niemand im Stall, außer …« Sie dachte einen Moment nach. »Vanessa und Victoria haben sich im Hof herumgetrieben. Sie könnten unbemerkt meinen Rucksack genommen und die Wasserflasche präpariert haben. Und weil ich nichts gegessen hatte, ist mir das Zeug dann besonders schnell ins Blut gegangen. Vielleicht haben die beiden ja auch gehofft, dass ich gar nicht erst starten kann. Sie können mich zwar nicht leiden, aber umbringen wollten sie mich bestimmt nicht.« Paula traten Tränen in die Augen. »Dass sie so missgünstig sein würden, hätte ich nie gedacht. Und jetzt komme ich sogar noch selbst in Verdacht.« Sie schluchzte laut auf. »Das ist alles so gemein.«

Antonia zog ein Papiertuch aus dem Spender auf dem Nachttisch und reichte es Paula, die sich geräuschvoll schnäuzte. Während sie ihrer Tochter beruhigend über die glänzenden dunklen Locken strich, klopfte es an der angelehnten Tür, diese schob sich auf und Norbert kam mit einem kleinen Sträußchen Blumen herein. Die Sohlen seiner Sportschuhe quietschten auf dem Kunststoffboden. Antonia fragte sich, wie lange er schon draußen gestanden und zugehört hatte. Zumindest ihre letzten Sätze musste er mitbekommen haben.

»Störe ich?«, fragte er zögernd.

Antonia und Paula schüttelten unisono die Köpfe, worauf Norbert näher kam.

»Ich bin Norbert«, sagte er und hielt Paula breit lächelnd das Sträußchen hin. »Und du musst Wendy sein. Ich wollte mal sehen, wie es dir geht. Ohne Witz ...«

Paula verdrehte genervt die Augen. Bitte sag jetzt nicht das Falsche, beschwor Antonia ihn in Gedanken. Sie wusste, wie empfindlich Paula auf Bemerkungen über ihre Hautfarbe reagierte. Und da kam es auch schon.

»Ich hatte dich mir allerdings ganz anders vorgestellt«, platzte Norbert heraus.

»Nicht so dunkel, meinst du wohl«, sagte Paula und sah dabei aus, als ob sie ihm das Sträußchen am liebsten an den Kopf geschmissen hätte.

»Nicht so gut aussehend«, sagte Norbert und ließ beim Lächeln seine Schnurrbartspitzen tanzen. »Aber darin ähnelst du deiner Mutter. Ohne Witz.«

Antonia war erleichtert. Man merkte ihm an, dass er selbst eine Tochter hatte. Norbert zog sich einen Stuhl heran, während Antonia aufstand und in den Flur ging, um im Schwesternzimmer eine Blumenvase zu organisieren.

Als sie mit einem leicht angeschlagenen geblümten Modell zurückkam, stellte sie überrascht fest, dass Paula schon wieder lachen konnte. Norbert stand auf, nahm ihr die Vase ab, ließ am Waschbecken Wasser hineinplätschern, stellte die Blümchen hinein und platzierte das Ganze auf der Ablage neben dem Bett. So sah das Krankenzimmer schon wesentlich freundlicher aus. Und der leichte Duft nach Grün passte zu dem Ausblick aus dem Fenster.

»Mama, wir müssen unbedingt mal nach St. Märgen fahren und Donnergroll und Maximus besuchen«, sagte Paula. »Stell dir vor, mit denen kann man sogar pflügen.«

»Und mähen. Ich weiß«, sagte Antonia und grinste. »Und nach Norberts Fahrkurs klappt das dann hoffentlich problemlos.«

Nachdem sich Antonia auf den zweiten Stuhl neben Norbert ans Bett gesetzt hatte, wurde dieser unvermittelt ernst.

»Ich wollte eigentlich nicht darüber sprechen, aber ich finde, ihr solltet es wissen. Bei Xenia sind große Mengen Ketamin im Blut gefunden worden, genug, um ein Pferd zu betäuben.«

Er hatte vorhin definitiv ihre letzten Sätze mitbekommen, dachte Antonia und sah Paula an, die entsetzt die Augen aufriss.

»Ich vermute, dass jemand sie umgebracht hat«, sagte er.

Antonia erschrak. Sie spürte, wie sich die Haare an ihren Armen aufstellten. Und dann sprach Norbert aus, was sie selbst kaum zu denken wagte.

»Und jetzt ist vielleicht auch Paula in Gefahr.«

Paula schoss hoch und starrte Norbert ungläubig an. Antonia begann zu frösteln. Ihre Hoffnung auf eine harmlose Erklärung sank.

»Woher weißt du das überhaupt von Xenia?«, fragte sie. »Das mit dem Ketamin?«

»Ich habe meine Quellen«, antwortete Norbert. »Dazu gehört auch ein besonders guter Draht zur Polizei.«

Während Antonia noch darüber nachdachte, wie ein solcher Draht wohl aussehen könnte, meldete sich Paula zu Wort.

»Xenia könnte das Ketamin auch absichtlich verwendet haben«, meinte sie. »Ich weiß, dass man über Tote nichts Schlechtes sagen sollte, aber Xenia war ein Suchtbolzen. Saufen, rauchen und ab und zu mal ein Joint, das volle Programm. Sie hatte sogar eine Schnapsflasche in ihrem Spind, falls sie zwischendurch das Zittern bekam. Ich habe mich gewundert, wie sie das mit den Hengsten trotzdem immer hinbekommen hat. Aber irgendwann wäre sicher mal was passiert. Oder sie wäre aufgeflogen.«

Bevor Antonia antworten konnte, klopfte es wieder und Patrick trat ein, ebenfalls mit einem Blumensträußchen bewaffnet. Es sah genauso aus wie das von Norbert. Viel Auswahl schien der Blumenladen im Eingang der Klinik nicht zu haben. Patrick grüßte und wandte sich dann an Paula.

»Alles Gute und gute Besserung«, sagte er und überreichte die Blumen, »auch im Namen meiner Eltern. Es tut ihnen sehr leid, was passiert ist. Und ausgerechnet mit unserem Feuerstern.«

»Das Pferd kann nichts dafür«, sagte Paula und bedankte sich. »Geht es ihm gut?«

»Feuerstern ist gesund und munter. Aber wie geht es dir?«

Während Paula Patrick ausführlich Bericht erstattete, stand Antonia auf und verließ den Raum, um sich auf die Suche nach einer weiteren Vase aus dem Sammelsurium im Schwesternzimmer zu machen.

»Ich geh dann mal«, sagte Norbert und folgte ihr. »Schönen Tag noch.«

Er winkte Paula zum Abschied zu. Antonia bezweifelte, dass das in das Bewusstsein ihrer Tochter drang, denn momentan schien Paula nur noch Augen für Patrick zu haben.

Im Flur holte Norbert Antonia ein und fasste sie an den Schultern.

»Sag Patrick lieber nichts von dem Ketamin«, sagte er leise. Sein Mund war so dicht an ihrem Ohr, dass sie die Spitzen seines Schnurrbarts auf ihren Wangen spüren konnte. Es kitzelte angenehm.

»Auch Paula sollte nicht mit ihm darüber sprechen, bevor Xenias Tod endgültig geklärt ist«, fuhr er fort. »Ich vermute stark, dass Patrick etwas damit zu tun hat. Er ist der einzige, der ein Interesse daran hatte, die Papiere seiner Pferde zu fälschen. Er ist der einzige, der davon profitiert. Und er ist der einzige, der ernsthaft in Schwierigkeiten steckt, wenn die Fälschungen herauskommen.«

Er fasste Antonia an den Oberarmen und sah ihr beschwörend in die Augen.

»Ich weiß, dass du Patrick magst. Ich habe dich beobachtet. Aber es gibt nun mal keine andere logische Alternative und dafür muss man nicht einmal ein Sherlock Holmes unter den Privatdetektiven sein: Patrick steckt da mit drin.«

Antonia nickte, während sie sich gedankenverloren über die kitzelnde Stelle an der Wange strich. Widerwillig musste sie Norbert recht geben. Sie wagte sich gar nicht vorzustellen, was »Mit-drin-Stecken« bedeuten konnte. Patrick, ein Mörder? Bisher war sie auf ihre Menschenkenntnis immer stolz gewesen. War es möglich, dass die Pferdeliebe ihren klaren Blick getrübt hatte? Oder dass ihre Hormone ihr einen Streich gespielt hatten?

Mit Norberts Warnung im Kopf beeilte Antonia sich, ins Krankenzimmer zurückzukommen. Sie musste Paula an Vertraulichkeiten mit Patrick hindern, die sie womöglich in Lebensgefahr brachten. Wenn es hier auf der Alb so kriminell zuging, war es vielleicht sogar besser, wenn sie dem Beispiel ihres Vaters folgen und Paula so schnell wie möglich von hier wegbringen würde, in die Sicherheit der Großstadt.

Ohne anzuklopfen riss sie die Tür auf und sah überrascht, wie Patrick vom Bett hochfuhr. Er sah sie irgendwie schuldbewusst an, während Paulas Gesicht vor Aufregung zu glühen schien. Nach einem Mordversuch sah das jedenfalls nicht aus.

»Ich muss dann mal wieder«, sagte Patrick, stand auf, lächelte verlegen und verabschiedete sich hastig.

Antonia sah ihm nach. Um das Ketamin war es gerade eben offensichtlich nicht gegangen. Sie ließ das Wasser aus dem Hahn in eine ziemlich hässliche hellblaue Vase rauschen, stellte das Sträußchen hinein und platzierte es neben dem von Norbert, wodurch sich der leichte Duft nach Grün und frischer Wiese verdoppelte.

»Ich hoffe, du hast ihm nichts von der Sache mit dem Ketamin erzählt?«, fragte sie Paula.

Paula schüttelte den Kopf, griff nach Antonias Hand und zog sie auf den Stuhl, auf dem vorhin erst Norbert und dann Patrick gesessen hatten.

»Ich bin doch nicht blöd«, sagte sie und seufzte laut, bevor sie damit herausplatzte. »Mama, ich fürchte, ich habe was ganz furchtbar Dummes gemacht.«

»Du hast eine Affäre mit Patrick«, stellte Antonia fest, der plötzlich ein Licht aufging.

»Wenn es nur das wäre«, gab Paula zögernd zu, während ihre dunklen Finger nervös die Kante der weißen Bettdecke kneteten. »Aber es ist viel schlimmer.«

Antonia fand, dass die Sache mit der Affäre eigentlich schon schlimm genug war. Paula war gerade mal einundzwanzig und Patrick fast vierzig. Und sie selbst war völlig blind gewesen. Sie schlug sich gedanklich vor die Stirn und war froh, dass sie das wenigstens rechtzeitig mitbekommen hatte. So konnte sie sich weitere Peinlichkeiten im Zusammenhang mit Patrick ersparen. Ein Flirt mit dem Lover ihrer Tochter war definitiv nicht das, was sie sich unter einer heißen Affäre vorstellte. Misstrauisch sah sie Paula an und machte sich auf weiteres Unheil gefasst. Was konnte jetzt noch kommen? Nahm Paula womöglich doch Drogen? Oder war sie etwa doch schwanger? Und was hatte sie mit Xenias Tod zu tun?

»Was auch immer passiert ist«, sagte sie entschlossen und löste Paulas verkrampfte Finger vorsichtig von der Bettdecke. »Ich bin für dich da, Spätzchen. Schließlich bin ich deine Mutter.«

Beruhigend umfasste sie die schlanken Hände ihrer Tochter mit ihren Händen. Anders als ihre eigene Mutter würde sie immer für ihr Kind da sein, koste es, was es wolle.

»Ich habe ...«, hauchte Paula und machte eine Pause, in der sie tief Luft holte, bevor sie es aussprach. »... ich habe Hengstsperma geklaut.«

Antonia, die sich in Erwartung schrecklicher Geständnisse vorgebeugt und den Atem angehalten hatte, richtete sich jetzt auf und ließ die Luft ausströmen. Fast hätte sie vor Erleichterung hysterisch gekichert. Geklautes Hengstsperma stand auf einer Liste von schwierigen Problemen deutlich hinter Mord, Drogenkonsum oder einer ungewollten Schwangerschaft. Und vielleicht kam sie jetzt auch dem Ziel ihrer eigenen Mission näher.

»Du? Aber um was zu tun?«, fragte Antonia. »Was wolltest du damit?«

»Patrick hat doch Just Magic, diesen Olympiahengst«, erklärte Paula. »Aber der ist jetzt schon neunzehn Jahre alt. Und er ist zeugungsunfähig. Seit einigen Monaten, sagt Patrick. Und da habe ich ihm geholfen.«

»Wie, geholfen?«, fragte Antonia ungläubig und stellte sich das jetzt lieber nicht bildlich vor. »Was gibt es da zu helfen?«

Paula seufzte und begann wieder, ihre Bettdecke zu bearbeiten.

»Ich bin doch seit drei Monaten auf der Hengststation in Offenhausen«, begann sie. »Und da habe ich Sperma von Marbacher Hengsten zur Seite geschafft, die mit Just Magic eng verwandt sind.«

Paula sah Antonia verlegen an.

»Auf dem Sonnenhof lagert Patrick das Sperma in flüssigem Stickstoff, bis er damit im Frühjahr seine Stuten befruchten kann. Er wollte dann die Papiere fälschen und das geklaute Sperma als das von Just Magic ausgeben. Und weil die Marbacher Hengste mit Just Magic verwandt sind und ähnliches Erbgut haben, wäre das bei den Nachkommen nicht groß aufgefallen.«

»Aha«, seufzte Antonia ratlos, »und du meinst, weil das dann Just Magics Onkel und Neffen sind, bleibt alles in der Familie und es kommt nicht so drauf an?«

Antonia fragte sich, von wem Paula ihre kriminelle Energie geerbt haben mochte. Von ihr hatte sie das jedenfalls nicht.

»Die Nachkommen würden vielleicht ähnlich aussehen wie Just Magic«, überlegte Antonia dann. »Aber bei einem DNA-Test würde es auf jeden Fall rauskommen.«

»Ja, das schon«, gab Paula zu. »Aber normalerweise wird so ein Test nur bei Zuchtpferden gemacht. Und so dumm ist Patrick nicht. Er will die falschen Just-Magic-Nachkommen großziehen, ausbilden und als Sportpferde verkaufen. Und da kommt es vor allem auf die Leistung an und nicht auf die Abstammung. Ein Sportpferd mit einem berühmten Vater erzielt aber trotzdem einen besseren Preis.«

»Was hat dir Patrick dafür versprochen?«

Antonia beobachtete mit scharfem Blick, wie sich Paulas Haut einen Tick dunkler färbte. Paula seufzte tief, bevor sie antwortete.

»Er wollte Feuerstern aus der Auktion nehmen und ihn mir günstig überlassen.«

Das war natürlich ein starkes Argument. Nur schien Luise von dem Versprechen bisher nichts zu wissen. Aber Antonia war froh, dass Paula wenigstens nicht so naiv gewesen war, einzig und allein aus Liebe zu dem so viel älteren Mann zu betrügen. Die Liebe zu einem Pferd war ihr da schon lieber, denn hier war das Risiko für Enttäuschungen deutlich geringer. Allerdings fand sie Patricks Versprechen in Bezug auf Feuerstern unrealistisch und das nicht nur, weil Luise dabei nicht mitspielen würde. Im Zweifelsfall würde auch Patrick sich eher seiner Liebe zum Geld als der zu Paula verpflichtet fühlen.

»Wie tief steckst du drin?«, fragte Antonia, um Schadensbegrenzung bemüht.

»Zwei Lieferungen hat er schon«, sagte Paula. »Eine dritte habe ich vorbereitet. Aber da hat das mit dem Herausschmuggeln nicht geklappt. Xenia ist misstrauisch geworden und hat es verhindert.«

Plötzlich wurde Paula bewusst, was sie da soeben gesagt hatte.

»Xenia hat etwas herausgefunden und stand mir im

Weg«, flüsterte sie entsetzt. »Und jetzt ist sie tot. Mama, glaubst du ... ich meine ... könnte Patrick tatsächlich ...«

Sie sprach es nicht aus, aber Antonia wusste auch so, was sie meinte. Jetzt war sie froh darüber, dass Paula in der Klinik erst einmal in Sicherheit war.

»Ich weiß es nicht«, antwortete sie und begann nachzurechnen. »Wie lange geht das schon? Seit drei Monaten, sagst du?«

Das Skandalpferd Jupiter, der Shooting Star, über den sie berichten sollte, war sechs Jahre alt. Er war also vor sieben Jahren gezeugt worden und die Chance, dass es dabei mit rechten Dingen zugegangen war, bewegte sich Antonias Meinung nach inzwischen gegen Null.

»Patrick hat dich angelogen«, stellte sie fest.

Für diese Schlussfolgerung musste man nicht Miss Marple heißen.

»Just Magic ist schon viel länger zeugungsunfähig«, sagte sie und entschied, dass das jetzt der richtige Zeitpunkt für die ganze Story war, angefangen vom Problem des Shooting-Stars Jupiter bis hin zu ihrem Auftrag. Zum Glück war Paula über Patricks Verhalten so empört, dass sie die kleine Lüge ihrer Mutter über den wahren Grund ihres Hierseins nicht weiter thematisierte.

»Vielleicht stimmt das mit Jupiter ja gar nicht?«, fragte Paula erst hoffnungsvoll, schüttelte dann aber selbst den Kopf.

»Dieser Mistkerl«, schluchzte sie enttäuscht. »Er hat mich benutzt. Und Feuerstern werde ich wohl auch nicht bekommen.«

Bei dem Anblick, wie sich ihre großen dunklen Augen mit Tränen füllten, musste Antonia schwer schlucken.

»Patrick kann kein schlechter Mensch sein«, versuchte

Paula ihre Illusionen zu retten. »Sicher hatte er seine Gründe. Schließlich muss er einen ganzen Hof erhalten und für seine alten Eltern sorgen.«

»Die alten Eltern sehen mir aber noch ganz fit aus. Und ich sehe keinen Grund, dich dafür in Gefahr zu bringen«, antwortete Antonia scharf.

Paula senkte den Kopf, während ihr die Tränen die Wange hinunterkullerten.

»Du hast wahrscheinlich recht«, sagte sie matt. »Ich bin auf ihn hereingefallen.«

Antonia wusste zwar, dass das Leben kein Ponyhof war, hätte ihrer Tochter diese Erkenntnis zum jetzigen Zeitpunkt jedoch gerne erspart. Egal, wie charmant der Mann war, und egal, welche Probleme er selbst hatte, er hatte nicht das Recht, Paula mit hineinzuziehen. Ihre kleine Tochter! Sie würde sich Patrick vorknöpfen. Antonia war so wütend, dass sie die kleine Stimme in ihrem Bauch ignorierte, die sie warnen wollte.

»Ich werde es ihm heimzahlen!«, sagte Paula unter Tränen.

Lieber aktiv sein als trauern, dachte Antonia. So würde Paula schneller über ihren Schmerz hinwegkommen. Aber jetzt war überlegtes Handeln gefragt.

»Du tust gar nichts«, entschied sie und stand auf. »Ich gehe zur Gestütsleiterin und erzähle ihr alles. Wir finden eine Lösung.«

»Nein«, schrie Paula entsetzt auf und machte Anstalten, aus dem Bett zu springen. »Mach keinen Scheiß! Wenn die Gestütsleiterin davon erfährt, muss sie mich rauswerfen. Die kann gar nicht anders! Meine Lehre kann ich dann vergessen.«

»Dann studierst du eben Tiermedizin, so wie ich«, entschied Antonia, die das ohnehin für die bessere Alternative hielt.

»Die zeigen mich doch an!«, rief Paula. »Betrug, und das auf einem Staatsgestüt! Dann bin ich vorbestraft und kann das mit dem Studium vergessen.«

Antonia staunte über das detaillierte kriminelle Wissen ihrer Tochter. Das schien noch mit ihrer Punkerinnenvergangenheit zusammenzuhängen. Aber sie musste zugeben, dass Paula tatsächlich recht hatte. Offiziell konnten sie sich an niemanden wenden. Sie würden also das Problem alleine lösen müssen.

»Wo ist das Sperma jetzt?«, fragte sie.

»Ich habe es versteckt«, erklärte Paula und erläuterte Antonia die Details ihres trickreichen Betrugs.

Sie schien sogar stolz auf ihr Geschick zu sein. Auch Antonia hätte ihre Tochter gerne für deren Erfindungsreichtum bewundert, wenn das Ganze nicht verboten gewesen wäre.

»Solange du noch krank geschrieben bist, kannst du dich nicht auf der Hengststation blicken lassen«, stellte Antonia fest. »Aber nächste Woche kannst du das Sperma unauffällig verschwinden lassen.«

Sie fand, das war ein guter Plan, einfach und sicher.

»Nächste Woche könnte es zu spät sein«, widersprach Paula. »Wenn die Polizei die Untersuchungen zu Xenias Tod ausweitet, entdeckt sie den Betrug wahrscheinlich. Und dann stehe ich plötzlich auch noch unter Mordverdacht!«

Widerwillig stimmte Antonia ihrer Tochter zu und begann zu überlegen. Norbert konnte sie nicht um Rat fragen, denn er stand auf der Seite des Pferdezuchtverbandes und würde Paula diesem vielleicht sogar ans Messer liefern.

Langsam reifte in ihr die Einsicht, dass sie das Problem mit dem gefälschten Hengstsamen alleine würde lösen müssen.

»Du musst es tun«, sagte Paula und das war genau das, was Antonia auch langsam schwante.

»Ich sehe leider auch keine andere Möglichkeit«, sagte Antonia zögernd und nickte.

Bei »alleine lösen« hatte sie eigentlich nicht an riskante Operationen gedacht. Ein dankbarer Blick aus Paulas braunen Augen belohnte sie aber jetzt für ihren Willen zum Heldenmut.

»Was muss ich tun?«, fragte Antonia seufzend und kam sich vor wie die Anführerin einer neu gegründeten Mafia-Keimzelle.

»Das Sperma wird in einem separaten Raum in zwei großen blauen Isolierkanistern gelagert«, erklärte Paula. »Es gibt gelbe und rosa Röhrchen. Die rosafarbenen sind die offiziellen. Die stecken da, wo sie hingehören. Dann gibt es noch sechs Stück mit gelben Etiketten, das sind die gefälschten. Ich habe sie in einem Leerraum versteckt, wo normalerweise niemand danach suchen würde.«

Antonia nahm einen Notizblock und einen Kugelschreiber von der Ablage neben dem Bett und notierte sich Paulas detaillierte Beschreibung. Anschließend stand Paula auf, ging auf etwas wackeligen Beinen zum Schrank, der in eine Wand des Zimmers eingelassen war, öffnete ihn und kramte einen Schlüsselbund aus ihrer Jacke. Sie nahm einen einzelnen Sicherheitsschlüssel ab und reichte ihn Antonia.

»Damit kommst du rein. Am besten, du nimmst die Seitentür. Mama, du musst unbedingt vorsichtig sein, vor allem mit dem Stickstoff. Denk an Schutzbrille und Handschuhe! Und du musst darauf achten, dass die Tür hinter dir offen bleibt.«

Antonia nickte. Sie kannte sich beim Umgang mit Stickstoff aus. Während ihrer tierärztlichen Doktorarbeit hatte sie ihre Proben darin aufbewahrt. In den Raum mit den Stickstoffbehältern durfte niemand alleine gehen, seit dort einmal eine Laborassistentin bei einem Unfall ums Leben gekommen war. Wenn das geruchlose Gas in großen Mengen verdampft, verdrängt es die Atemluft. Die Frau musste zuerst müde und dann sehr schnell ohnmächtig geworden sein, ohne dass es jemand bemerkt hatte.

Zwar besteht die Atemluft ohnehin zu fast 80 Prozent aus Stickstoff und das geruchlose Gas ist an sich nicht giftig. Aber sein Name zeugt davon, dass Flammen darin verlöschen und Lebewesen ersticken, wie die Maus in Antonias Biochemie-Lehrbuch, die für diese Erkenntnis eines Forschers mit dem Leben bezahlen musste.

Antonia nahm den Schlüssel und ihre Notizen und verabschiedete sich von Paula.

»Ich hole dich morgen früh ab und erzähle dir, wie es gelaufen ist.«

Antonia ging zur Tür, die nur angelehnt gewesen war, und zog sie auf, wobei sie fast gegen Luise stieß, die heute zur Abwechslung vom vielen Grau eine beige Jacke trug. Antonia spähte vorsichtig den Flur entlang und stellte dankbar fest, dass sich Wotan an das Hundeverbot im Krankenhaus hielt.

»Guten Morgen«, sagte Luise und lächelte ihr unechtes Lächeln. »Wie geht es unserer Patientin?«

Bei dem besitzergreifenden Fürwort spürte Antonia, wie Säure ihre Speiseröhre hochkroch. Sie wollte nichts mit Luise gemeinsam haben – und schon gar nicht ihre Tochter.

»Ich freue mich, dass Sie meine Tochter besuchen«, sagte sie, ohne zu lächeln, und betonte »meine«.

Auch Luise wedelte mit einem dieser Sträußchen, die es im Eingangsbereich vermutlich im Sonderangebot gab. Antonia hatte keine Lust auf weitere Gespräche, verabschiedete sich und überließ es der alten Dame, eine weitere hässliche Vase aufzutreiben.

Da hat das rote Pferd
sich einfach umgekehrt
und hat mit seinem Schwanz die Fliege abgewehrt.
Die Fliege war nicht dumm,
sie machte summ, summ, summ
und flog mit viel Gebrumm ums rote Pferd herum.

Vollker Racho (*1971), Schlagersänger

Donnerstagnachmittag

»Warum höre ich nichts von dir? Ruf an! Erwarte deinen Bericht, ansonsten Aktion abbrechen. Schönle stinksauer! Komm sofort zurück! Erwarte dich morgen in der Redaktion! Doro.«

Antonia hatte sich schon fast an das aufdringliche rote Ausrufezeichen gewöhnt, ihr Ruhepuls blieb deshalb problemlos erhalten. Neu war lediglich die Anzahl der Ausrufezeichen. Kein Hallo und kein Gruß. Leidenschaftslos konstatierte Antonia, dass der Ton härter wurde.

Keine Rede mehr von den Schönheiten der Alb. Wenn der Laptop wütend hätte tickern können, wäre es jetzt ziemlich laut in ihrem Zimmer. Antonia stellte sich vor, wie Doro verbissen auf die Tastatur ihres Computers einhackte, und wunderte sich, dass sie das kaum noch berührte. Mit jedem Tag, den sie hier auf der Alb verbrachte, schienen die Redaktion und das Tagesgeschäft in Stuttgart weiter wegzurücken.

Sie zog ihr Handy heraus und schaltete es an. Fünfzehn Anrufe von Doros Apparat in Abwesenheit hießen, dass ihre Vorgesetzte fünfzehnmal vergeblich versucht hatte, sie zu erreichen. Antonia konnte sich lebhaft vorstellen, wie wütend sie ihr Schweigen machen musste. Aber Doro war weit weg und Antonia konnte und wollte jetzt noch nicht über die Sache berichten.

Antonia führte den Zeiger der Maus auf das Papierkorb-Symbol und klickte. Doros Anweisung war unmissverständlich und nach vier Tagen konnte sich Antonia nicht mehr auf schlechten Empfang und scharfe Spamfilter berufen.

Aber schließlich war das Wohnheimzimmer schon bezahlt. Sie würde hier nicht weggehen, bis Xenias Tod aufgeklärt und Paula in Sicherheit war, egal welche Konsequenzen das haben würde.

Und wer weiß, vielleicht konnte sie die ganze Story samt Mord dann für gutes Geld exklusiv an irgendein großes Magazin verhökern. Denn darin musste sie Schönle recht geben: Die Geschichte hatte alles, was sich gut verkaufte – Sex, Liebe, einen Mord und teure Pferde. Und notfalls wäre vielleicht auch »Das Landpferd« interessiert.

Antonia klappte den Laptop zu, atmete tief ein und begann, ihre nächtliche Guerilla-Aktion zu planen. Ein Spaziergang zu Julmonds Grab würde ihr dabei helfen, einen klaren Kopf zu bekommen.

Es schneielet, es beielet,
es goht an kalder Wend.
Es fliegt a schneeweiß' Vegele
oms Kepfle jedem Kend.

Aus einem schwäbischen Kinderlied

Donnerstagabend

Als Antonia an den Pferdekoppeln vorbei den Hang hinaufmarschierte, brach bereits die Dämmerung herein. Dennoch erkannte sie Johannes heute auf den ersten Blick. Er hatte auf der Bank unter den Bäumen Platz genommen und starrte regungslos auf den Boden. Als Antonia grüßte und sich neben ihn setzte, hob er den Kopf und nickte ihr zu, als ob er sie erwartet hätte. Das Schweigen, das den Raum zwischen ihnen einnahm, fühlte sich gut und richtig an.

»Hier kann ich ihr nahe sein«, sagte Johannes nach einer Weile und griff nach Antonias Hand. Auch das fühlte sich gut und richtig an, es war irgendwie tröstlich.

»Es ist schön«, sagte Antonia. »Ihr wart sicher oft hier.«

Dabei dachte sie nicht an Luise, denn dieser Gedanke schien sich hier oben von selbst zu verbieten. Es war, als hindere eine unsichtbare Macht sie daran, Luises Namen auszusprechen. Stattdessen drängte sich wie von selbst das Bild von ihrer Mutter in ihren Kopf, einer lachenden Frau mit wehenden dunklen Locken auf einer alten Schwarzweiß-Fotografie.

»Ja«, sagte Johannes, »damals waren wir oft hier oben.«

Antonia zweifelte keine Sekunde daran, dass auch er von Katharina sprach.

»Und als Julmond starb, hat Katharina diesen Platz für ihn ausgesucht. Der Ort ist immer noch etwas Besonderes.«

»Es schneielet, es beielet ...«

In weiter Ferne war eine leise Frauenstimme zu hören. Antonia blickte hinauf in den wolkenverhangenen Himmel, in dem wie aus dem Nichts eine Schar Schneeflocken aufgetaucht war.

»... es goht an kalder Wend.«

Die Stimme begleitete den Tanz der Eiskristalle in der Luft. Antonia hatte sie sofort wiedererkannt. Es war dieselbe Stimme wie vor vier Tagen.

»Ein Gruß von deiner Mutter«, sagte Johannes, neigte lauschend den Kopf und zeigte in Richtung Himmel.

Antonia wusste nicht, ob er damit die Frauenstimme meinte oder die winzigen Schneeflöckchen, die sich jetzt aus den tief hängenden Wolken lösten.

»... Es fliegt a schneeweiß' Vegele oms Kepfle jedem Kend.«

»Sie hat dich sehr geliebt«, sagte Johannes, als der Gesang verklungen war.

»Warum ist sie dann fortgegangen?« Antonias Herz klopfte. Würde sie jetzt endlich die Wahrheit erfahren?

Johannes wischte sich eine Träne aus dem Augenwinkel.

»Es war alles meine Schuld«, sagte er. »Wir waren verlobt. Katharina war schön und lebenslustig und hat mit ihrem strahlenden Lachen jeden bezaubert. Dann tauchte Fritz auf. Er war Tierarzt, also etwas Besseres. Er hatte studiert und schon viel erlebt, obwohl er kaum älter war als ich. Deiner Mutter hat das imponiert. Auch seine Geschichte von der Flucht und von Julmond. Ich war nur ein bodenständiger schwäbischer Bauer und Pferdezüchter.

Mit Fritz konnte ich in Katharinas Augen nicht mithalten. Da hat nicht einmal der eigene Hof etwas geholfen. Auf Geld war deine Mutter ohnehin nicht aus. Sie war jung und träumte von Abenteuern. Wild und gefährlich musste ein Mann ihrer Meinung nach sein, das war für sie das Gegenteil von schwäbisch und arbeitsam. Als sie mit Fritz verheiratet war, war der ihr nach kurzer Zeit auch nicht mehr wild und gefährlich genug. Wenn er dann mal wieder nächtelang bei einem kranken Pferd war, fühlte sie sich einsam. Dann hat sie sich auch wieder gerne an mich erinnert.«

Was genau unter »erinnern« zu verstehen war, konnte Antonia sich hinreichend gut vorstellen. Sie sah zur Seite. Johannes war auf der Bank zusammengesunken und schwieg erschöpft. Mit der langen Rede schien er seinen Vorrat an ganzen Sätzen für diese Woche aufgebraucht zu haben.

Im dichter werdenden Schneetreiben drehte Johannes sich zu Antonia um, ergriff beide Hände und sah sie direkt an. Die Erkenntnis traf sie völlig unvorbereitet. Johannes musste nichts mehr sagen. Das taten schon seine auffallend grünen Augen, deren Pupillen von je einem feinen goldenen Ring umschlossen wurden, genau wie bei ihr und Paula. Nur waren bei ihm Grün und Gold im Lauf vieler Lebensjahre etwas ausgebleicht. Das konnte kein Zufall sein. Ungläubig starrte sie Johannes an.

»Du … du bist mein Vater?«, stammelte sie.

Johannes nickte. Antonia wusste nicht, ob sie es bedauern oder sich darüber freuen sollte, dass Patrick damit zu ihrem Bruder wurde.

»Ich habe es zumindest immer vermutet«, sagte er mit rauer Stimme. »Als Fritz Katharina geheiratet hat, war sie bereits schwanger. Als du zur Welt kamst, war er überglücklich. Und weder Fritz noch ich wollten es schließlich so genau wissen. Du siehst genauso aus wie sie. Du hast ihr Lachen …«

»… und deine Augen«, ergänzte Antonia. »Dann ist …«, sie zögerte, bevor sie es aussprach, »… mein Vater, ich meine Fritz, meinetwegen weggezogen? Damit es kein Gerede gab? Und meine Mutter?«

Johannes schüttelte den Kopf und stand abrupt auf. Sie hätte ihn gerne in ihre Arme geschlossen, doch er hatte sich bereits steifbeinig zum Gehen gewandt.

»Ich muss weg«, sagte er. »Der Laden schließt gleich und Luise wartet.«

Antonia blieb sitzen und sah ihm nach, während er langsam davonging. Dann lehnte sie sich zurück, legte den Kopf in den Nacken und streckte ihr Gesicht den Schneeflocken entgegen. Einige davon landeten auf ihrer warmen Haut, schmolzen und liefen herunter wie Tränen. Irgendwo in der Ferne meinte sie wieder die weiche, warme Frauenstimme zu hören, aber sie konnte sich auch geirrt haben.

Was rühmst Du deinen schnellen Ritt!
Dein Pferd ging durch und nahm dich mit.
Franz Emanuel August Geibel (1815–1887), deutscher Lyriker

Donnerstagnacht

Im leichten Nebel der mondhellen Nacht schlängelte sich der Asphalt als dunkel glänzendes Band durch die angrenzenden Wiesen. Auf dem kurzen Stück von Marbach bis Offenhausen wurden der Motor ihres alten Golf-Diesels und mit ihm das Gebläse im Wageninneren nicht richtig warm. Antonia fror trotz der dicken Daunenjacke und der warmen Wollsocken in ihren robusten Wanderstiefeln mit dem Wärmeakku. Sie war froh, dass wenigstens die Sitzheizung funktionierte, neben dem Navi der einzige Luxus in dem Karren.

Jetzt um kurz nach Mitternacht waren kaum noch Autos auf der Straße unterwegs. So würde wenigstens niemand ungeduldig werden und zu dicht auffahren, wenn sie wegen der schlechten Sicht unterhalb des Höchsttempos blieb. Nur gelegentlich durchschnitten die Scheinwerfer eines entgegenkommenden Wagens den Dunst und tauchten die Bäume am Straßenrand in gespenstisch weißes Licht. Einmal überholte sie ein Motorrad, dem sie wohl zu langsam gefahren war. Antonia erkannte das charakteristische Dröhnen eines Boxermotors.

Sie kniff die Augen zusammen, um etwas erkennen zu können, und drosselte das Tempo, als sie sich der Hengststation näherte. Sie wollte den Wagen nicht direkt vor der Kirche abstellen, denn hier wäre er von der Straße aus gut zu sehen gewesen. Stattdessen bog sie nach rechts ab, in Richtung Sonnenhof. Wie gerne wäre sie jetzt dorthin gefahren, zu ihrem Vater und Patrick, aber sie hätte damit nur Luises und Wotans Zorn auf sich gezogen.

Sie fuhr ein kurzes Stück zwischen den Wohnhäusern den Hang hinauf und parkte hier in einer Seitenstraße hinter einem aufgebockten Motorrad. Die dunkelgrüne BMW stand wohl noch nicht lange hier, denn der Motorblock knackte leise.

Zum Glück musste sich das Licht des Mondes heute nicht durch eine Wolkendecke hindurchkämpfen, sodass Antonia den Weg trotz der spärlichen Straßenbeleuchtung gut erkennen konnte. Sie ging den Weg zur Hengststation hinunter. Nachdem sie die Eisenbahnschienen im Tal überquert hatte, tastete sie sich über die Holzbrücke in Richtung Lauterquelle. Dabei war sie froh, wenn ab und zu die Scheinwerfer eines vorbeifahrenden Autos den Weg aus der Ferne etwas erhellten. Fünf Minuten später stand sie am Seiteneingang des Gestüts vor dem Tor im Maschendrahtzaun, das an seiner Oberseite mit Stacheldraht gesichert war.

Der Schatten der Mauer schützte sie vor neugierigen Blicken von der Straße. Trotzdem duckte sie sich, wenn sie das Licht eines vorbeifahrenden Wagens streifte. Dabei bewegte sie sich vorsichtig, um nicht auf dem schlüpfrigen Schlammboden auszurutschen, von dem ein modriger Geruch nach nassem Laub aufstieg.

Im Schein ihrer Maglite-Taschenlampe kramte Antonia in ihrem Rucksack nach dem Sicherheitsschlüssel, der laut Paula für alle Türen der Station passte. Während sie ihn mit einem leisen Klirren ins Schloss steckte und drehte, glaubte sie ein dumpfes Knurren zu hören. Regungslos lauschte

Antonia in die Dunkelheit. Das musste von außen kommen, von der anderen Seite des Quellteichs. Ein Wachhund sei auf der Hengststation nicht nötig, hatte Paula ihr erklärt. Schließlich gebe es außer den Hengsten selbst nichts Wertvolles zu bewachen und außerdem wohnten viele der Gestütler auf dem Hof. Hastig zog Antonia die Tür auf und schlüpfte hindurch, denn auf der anderen Seite schien es ihr momentan sicherer zu sein. Sie ließ die Tür hinter sich sachte ins Schloss fallen und registrierte erleichtert, dass das Knurren aufgehört hatte.

Im Hof erkannte sie schemenhaft das Gebäude in der Mitte, in dessen Obergeschoss sich die Wohnungen der beiden Pfleger befanden. Hinter einem Fenster war schwach der bläulich flackernde Schein eines Fernsehers zu erkennen. Sie sah auf die Uhr. Der Pfleger hatte entweder morgen frei, eine schlaflose Nacht oder war vor dem Fernseher eingeschlafen. Antonia trampelte mit den Füßen und schlang fröstelnd die Arme um sich. Ihr Atem bildete dichte Wolken vor ihrem Gesicht und sie wünschte sich, sie hätte an einen Schal gedacht. Nachdem sie sich warm getrampelt hatte und das Licht immer noch zu sehen war, sah sich Antonia nach einer Sitzgelegenheit um und setzte sich auf einen breiten Randstein an der Ecke des Stalls. Von hier aus hatte sie die Wohnung im Blick. Außer einem gelegentlichen Stampfen von Pferdehufen hinter den dicken Stallmauern war es jetzt vollkommen still.

Als endlich der flackernde Fernseher verlosch, hatte Antonia trotz des Wärmeakkus in ihren Stiefeln eiskalte Füße. Endlich bewegte sich etwas in der Wohnung und eine Viertelstunde lang gingen mehrere Lichter an und aus. Vermutlich Küche, Badezimmer, Schlafzimmer. Nach einer weiteren, endlos langen und kalten Viertelstunde waren endlich alle Lichter erloschen. Antonia wartete zitternd noch eine weitere Viertelstunde und hoffte, dass der fernsehende Pfleger sich jetzt eines tiefen Schlafs erfreuen durfte.

Dann schloss sie die Stalltür auf, deren altertümlicher Verschluss durch ein modernes Sicherheitsschloss verstärkt wurde. Hier schien es auch Regeln zu geben, nach denen die Türen regelmäßig geölt werden mussten, denn das schwere Portal gab beim Aufziehen keinen Laut von sich. Antonia schlüpfte hindurch und wandte sich nach rechts, wo sich nach Paulas Beschreibung das Labor und der Stickstoffraum befinden mussten.

Viele Räume gab es hier nicht und so fand Antonia mit Hilfe ihrer Taschenlampe ohne Mühe die Kammer für den Stickstoff. Sie war zwar verschlossen, aber der Schlüssel steckte, wie Paula es beschrieben hatte. Antonia drehte ihn herum, öffnete die Tür, ließ den Strahl ihrer Maglite über den Boden wandern und entdeckte einen Holzkeil, der offensichtlich dafür gedacht war, die Tür offen zu halten. Sie betätigte den Lichtschalter neben der Tür und schlüpfte hinein. Flackernd sprangen drei Neonröhren an und tauchten den fensterlosen Raum in kaltes Licht, das es ihr erlaubte, die Taschenlampe auszuschalten und in den Rucksack zurückzulegen. Bis auf zwei große runde Kanister, die ihr fast bis zur Hüfte reichten, und einen Vorratskübel für den Stickstoff war die Kammer fast leer. Antonia nahm den Holzkeil, legte ihn auf den Boden und verklemmte ihn so unter der Tür, dass nur noch ein schmaler Spalt offen blieb.

Antonia hoffte, dass der Lichtschein von außen nicht zu sehen war. Aber für die Suche nach dem Tiefkühlsperma würde das Licht ihrer Taschenlampe nicht ausreichen und außerdem benötigte sie dazu beide Hände. Sie kramte nach dem Zettel mit ihren Notizen und sah sich um.

An der linken Wand standen zwei schwarze Leitz-Ordner neben mehreren Schutzbrillen und Handschuhen auf Regalbrettern. An der Wand rechts direkt neben der Tür befand sich ein großes Waschbecken aus Stein.

Antonia nahm sich ein Paar Handschuhe. Eine Schutzbrille war nicht nötig, denn ihre eigene Korrekturbrille würde ihre Augen vor Spritzern der eiskalten Flüssigkeit schützen, die sie das Augenlicht kosten konnten.

Noch während sie überlegte, in welchem Kanister sie wohl fündig werden würde, spürte sie, wie eine Gänsehaut ihren Rücken überzog. Nur wenige Sekunden später hörte sie den quietschenden Laut von Gummisohlen auf Kunststoffboden und ein leises Geräusch wie ein Klackern von Hundekrallen. Sie verharrte bewegungslos und lauschte angestrengt, aber die Geräusche waren schon wieder verstummt. Antonia vermutete, dass ihre überreizten Nerven ihr einen Streich gespielt hatten. Ihre Coolness war definitiv noch ausbaufähig, aber schließlich brach sie ja nicht jeden Tag irgendwo ein.

Am besten, sie brachte die Sache möglichst rasch hinter sich. Antonia nahm ein blaues Dewar-Gefäß von einem Abstelltisch neben den Bottichen und schraubte es auf. In der doppelwandigen, innen verspiegelten Labor-Thermoskanne konnte sie die Proben in flüssigem Stickstoff transportieren und ein paar Stunden lang aufbewahren. Dann zog sie die Handschuhe an, kippte das Vorratsgefäß mit dem Stickstoff zur Seite und ließ die dampfende klare Flüssigkeit in das Dewar-Gefäß gluckern, bis es halbvoll war. Anschließend deckte sie beide Gefäße wieder zu.

Jetzt musste sie nur noch die Proben finden. Nach einem Blick auf ihren Notizzettel entschied sie sich für den linken Kanister, ging darauf zu und drehte vorsichtig am Verschluss. Er war tatsächlich so leicht zu öffnen, wie Paula es gesagt hatte. Mit einem kurzen Blick über die Schulter vergewisserte sie sich, dass die Außentür immer noch offen stand.

Antonia entfernte den Verschluss und spähte in die Dampfschwaden. Im Hals des Kübels konnte sie mehrere Eisenhaken erkennen, die im oberen Teil mit Klebeband versehen waren und in den Aussparungen ruhten. Vorsichtig griff sie hinein und zog den ersten Probenträger mit den wabenförmig angeordneten Röhrchen so weit heraus, dass sie die Beschriftung entziffern konnte. Fehlanzeige! Es folgten Haken Nummer zwei, drei und vier. Als Antonia auch Haken Nummer fünf in die Halterung zurückhängte, war sie immer noch nicht fündig geworden. Verdammt, die Proben waren nicht da! Vielleicht hatte sie schon jemand weggenommen? Oder hatte sie etwas übersehen? Antonia atmete tief ein und beugte sich wieder über den Bottich.

Sie kniff die Augen zusammen, doch bevor sie durch den Nebel hindurch etwas erkennen konnte, fuhr sie wieder hoch. Diesmal hatte sie sich nicht geirrt. Das waren eindeutig Schritte auf dem Gang und jetzt war auch ein Knurren ganz nah zu hören.

Das war seltsam, denn Paula hatte definitiv nichts von einem Wachhund gesagt.

Plötzlich fiel die Tür krachend ins Schloss. Erschrocken wirbelte sie herum. Ein metallisches Knirschen folgte und konnte nur eines bedeuten: Jemand hatte von außen abgeschlossen. Mit einem Satz war sie an der Tür und rüttelte kräftig an der Klinke. Nichts! Sie ließ sich nicht öffnen. Antonia rüttelte stärker und warf sich mit der Schulter dagegen, wovon sich die massive Stahltür jedoch wenig beeindrucken ließ. Nichts rührte sich.

In diesem Moment machte es »klack«, die Neonlampen erloschen und es war stockfinster. Antonia wagte nicht, sich zu rühren. Sie versuchte, sich zu erinnern, wohin sie ihren Rucksack mit der Taschenlampe und das halb gefüllte Dewar-Gefäß gestellt hatte. Wenn sie dagegen stieß, würde sein Inhalt auslaufen und verdampfen. An die Folgen wollte sie jetzt lieber nicht denken.

Sie atmete tief durch und dachte nach. Sie musste direkt neben der Tür stehen. Vorsichtig streckte sie die Hände aus und ging ein paar tastende Schritte rückwärts, bis sie mit den Schultern an der Wand anstieß. Weiter seitlich konnte sie die Kühle des Metalls unter ihren Fingerspitzen fühlen. Sie lehnte sich mit dem Rücken dagegen und ließ sich an der Wand hinabgleiten. Auch der Kunststoffbelag des Bodens war kühl und glatt. Als sie sich darauf setzen wollte, drückte das Handy durch den Stoff der Gesäßtasche ihrer Jeans. Sie zog es heraus und sah auf das schwach erleuchtete Display. Natürlich, hier hatte sie keinen Empfang. Sie tastete nach dem Schlitz unter der Tür. Er war schmal, sicher zu schmal, um genügend Atemluft durchzulassen. Ihre Hände begannen zu zittern.

»Hallo«, rief sie halblaut und lauschte ohne viel Hoffnung.

Schließlich hatte sie mit ihrem nächtlichen Besuch selbst dafür gesorgt, dass niemand sie hier hören konnte, jedenfalls niemand, der etwas Gutes im Schilde führte. Vor der Tür quietschten weiche Sohlen über den Boden.

»Hallo«, rief Antonia wieder, diesmal etwas lauter, und wusste nicht, ob sie sich eine Antwort wünschen sollte oder nicht.

Sie hob den Kopf. Irgendetwas klang anders. Ein Geräusch fehlte. Dann wurde ihr bewusst, dass das Surren der

Klimaanlage verstummt war. Wieder das Quietschen auf dem Flur. Vielleicht war es ein Pferdepfleger, der aufgewacht war? Und wenn nicht? Langsam stieg ihr die Angst in der Kehle hoch und schnürte ihr den Atem ab. Ihr Herz raste. Antonia schnappte hastig nach Luft und spannte die Muskeln an. Sie legte ein Ohr an die Tür. Schritte, das mussten Schritte sein. Antonia stand auf und trommelte gegen das Metall. Das Dröhnen hallte durch den kleinen Raum.

»Hallo, hallo, ist hier jemand? Hilfe!«

Dann hörte sie ein Klirren. Es schien von nebenan zu kommen. Das Gluckern kam dagegen eindeutig vom Waschbecken neben der Tür. Antonia nahm das Handy zur Hilfe. Im schwachen Licht des Displays konnte sie Dampfschwaden erkennen, die aus dem Ausguss aufstiegen. Es roch nach gar nichts. Wieder ein Klirren und das Quietschen von Schuhsohlen. Mit aller Kraft warf sie sich an die Tür und schlug darauf ein.

»Hallo, hallo, Hilfe!«, brüllte sie aus Leibeskräften.

Sie spürte, wie sich unter dem dicken Wollpullover Angstschweiß auf ihrem Rücken bildete, das Rückgrat hinunterlief und T-Shirt und Slip durchtränkte.

»Ist hier jemand?«

Sie unterbrach sich und lauschte. Die Schritte schienen abzubrechen.

»Hilfe«, rief sie verzweifelt, so laut sie konnte.

Nichts rührte sich. Wieder schrie sie und trommelte in panischer Verzweiflung gegen die Tür, als diese so plötzlich aufgerissen wurde, dass Antonia auf den Flur stolperte, wo sie gegen etwas Weiches prallte und direkt vor einem Paar schwarzer Motorradstiefel auf dem Boden landete. Ein menschlicher, besser gesagt, ein männlicher Bauch versperrte ihr den Blick nach oben, von wo sich ihr eine Pranke entgegenstreckte.

»Du?«, fragte sie fassungslos, als sie sich mit Unterstützung der Pranke hochgehangelt hatte und Norbert direkt ins Gesicht sah.

»Da habe ich wohl jemanden überrascht«, sagte er und deutete in den dunklen Flur, in dem jetzt wieder alles ruhig war. »Ohne Witz. Ich bin wohl gerade noch rechtzeitig gekommen. Zum Glück warst du im Wohnheim laut genug, sodass ich aufgewacht bin. Dann habe ich beobachtet, wie du mitten in der Nacht weggefahren bist, habe mich auf mein Moped gesetzt und bin dir gefolgt, bis ich wusste, wohin du willst. Kurz vor Offenhausen habe ich dich dann überholt und bin rechts abgebogen, so wie du auch, denn viel mehr Möglichkeiten gibt es hier nicht, wenn man von der Straße aus nicht gesehen werden will. Nachdem du deinen Wagen abgestellt hast, bin ich hinter dir her und musste leider feststellen, dass du hier keine Freunde hast.«

»Das ist die Übertreibung des Jahrhunderts«, keuchte Antonia. »Ich hatte eher den Eindruck, jemand wollte mich umbringen.«

»So wie Xenia, meinst du?«, fragte Norbert. »Momentan nimmt die Polizei an, dass das ein Unfall oder sogar Selbstmord war. Das Ketamin konnte sie sich auf der Hengststation besorgen. Sie muss wohl starke Schmerzen im Bein gehabt haben. Zuviel Ketamin hemmt die Reaktionsfähigkeit, das erklärt den tödlichen Unfall. Xenia muss ausgerutscht und im Wasser gelandet sein. Sie hat die ganze Nacht im Wasser gelegen. Als Luise sie fand, war es zu spät.«

»Aber mich wollte heute definitiv jemand umbringen«, sagte Antonia. »Nur kann ich mir nicht vorstellen, warum.«

»Vielleicht eine Verwechslung?« Norbert dachte nach. »Immerhin ist es mitten in der Nacht und dunkel. Es könnte sich auch gegen Paula richten, schließlich war sie eine Kollegin von Xenia. Das wäre dann jetzt der zweite seltsame ›Unfall‹ in 24 Stunden.«

»Wer könnte ein Interesse daran haben, Paula umzubringen?«, überlegte Antonia.

»Ich weiß es nicht«, antwortete Norbert. »Vielleicht sind hier auf der Hengststation noch weitere Personen in die Betrugsaffäre verwickelt. Die wollen nicht, dass etwas rauskommt, und versuchen, Paula zum Schweigen zu bringen. Oder es ging doch gegen dich. Dass du Journalistin bist, hat sich hier längst herumgesprochen.« Norbert fasste sie an den Schultern und sah ihr in die Augen. »Bis wir nicht wissen, was dahinter steckt, ist es hier für euch beide zu gefährlich. Ich rate daher in Zukunft von Alleingängen ab. Ohne Witz.«

»War das jetzt ein Angebot zur Zusammenarbeit?«, fragte Antonia, während sie sich in seine Arme sinken ließ. »Ich dachte, du magst keine Journalisten.«

»Ich könnte mir eine Ausnahme vorstellen«, sagte er weich. »Immerhin ist mein Auftrag jetzt erledigt.«

Als sich ihre Anspannung löste, konnte sie nicht verhindern, dass ihr Tränen der Erleichterung in die Augen traten.

»Patrick hat sich viele Jahre lang mit Xenias Hilfe das Sperma von Marbacher Hengsten besorgt und damit seine Stuten selbst besamt«, erklärte Norbert. »Das hatte für ihn zwei Vorteile: Er konnte das Deckgeld sparen und in die eigene Tasche stecken und gleichzeitig konnte er das Sperma vertauschen und es als das von Just Magic ausgeben. Die Begleitpapiere für das Sperma konnte er auf seinem eigenen Hof mühelos fälschen.«

»Aber warum hat er ein Pferd wie Jupiter dann als Deckhengst verkauft? Ihm musste doch klar sein, dass das auffliegt.«

»Das war wohl ein Versehen. Patricks Vater hat Jupiter als Zweijährigen hinter seinem Rücken als Hengst verkauft, weil ihm jemand viel Geld dafür geboten hat. Er wusste nichts von den Fälschungen. Patrick hatte Pech, dass der Betrug bei Jupiters Untersuchungen zur Körung aufgeflogen ist. Statt Jupiter legen zu lassen und damit zum Wallach zu machen, hat sein stolzer Besitzer ihn zum 70-tägigen Hengsttest nach Marbach gebracht. Wie du weißt, hat Jupiter bis jetzt bei den Tests so gut abgeschnitten, dass er als neuer Shooting-Star unter den Junghengsten gilt. Wenn Jupiter die Hengstleistungsprüfung erfolgreich absolvieren würde, könnte er als Zuchtpferd eingesetzt werden, wenn da nicht diese dumme Sache mit der DNA-Analyse wäre.«

»Und das steht alles in deinem Bericht an den Pferdezuchtverein?«, fragte Antonia.

»Noch steht da gar nichts drin«, sagte Norbert. »Aber die zahlen mich gut für die Ermittlungen.« Er zögerte. »Wenn ich ihnen die volle Wahrheit berichte, bekommt Patrick eine Menge Ärger. Um den zu vermeiden, müsste er wenigstens die Sache mit Jupiter zugeben, ihn zurücknehmen und dem Käufer sein Geld zurückzahlen. Dann bleiben aber auch noch die vielen anderen Pferde mit den gefälschten Papieren …«

»… von denen niemand etwas weiß und die von ihren Besitzern hoffentlich so geliebt werden wie sie sind«, ergänzte Antonia. »Den Staub muss der Zuchtverband also gar nicht aufwirbeln.« Sie dachte nach. »Könnte es sich bei der Sache mit Jupiter nicht auch um ein Missverständnis handeln, um eine unbeabsichtigte Verwechslung?«

Leugnen und scheibchenweise zugeben, was nicht mehr zu leugnen ist. Diese beliebte und allgemein verbreitete Taktik kannte sie aus ihrem eigenen Berufsleben. Und schließlich war die Sache mit Jupiter jetzt für sie zu einer Familienangelegenheit geworden. Sie spürte, wie sie begann, sich als große Schwester für Patrick verantwortlich zu fühlen.

»Du setzt dich ja erstaunlich stark für die Pfefferles ein«, wunderte sich Norbert.

Antonia nahm sich vor, ihn bei nächster Gelegenheit über die veränderten Familienverhältnisse zu informieren.

»Aber jetzt sollten wir uns erst einmal um Paula kümmern«, ergriff Norbert die Initiative und nahm Antonia den Zettel mit den Notizen aus der Hand.

Bei eingeschaltetem Licht fanden sie die unterschlagenen Proben nach kurzer Suche im zweiten Kanister und fuhren ohne weitere Störungen nach Marbach zurück, wo zu Antonias leisem Bedauern jeder in seinem eigenen Zimmer verschwand. Aber ein eiskalter Mordversuch eignete sich tatsächlich nicht gut als Vorspiel zu einer heißen Affäre.

Ein Pferd hat viel Macht und viel Recht,
Es wirft zu Boden den Herrn wie den Knecht.

Deutsches Sprichwort

Freitagvormittag

»In Zukunft sollten Sie aufpassen, von wem Sie Getränke annehmen«, sagte Dschingis Khan und schob Paula und Antonia den Abschlussbericht an dem eckigen schwarzen Töpfchen mit der Orchidee vorbei über den Schreibtisch. »Sie haben Glück gehabt, es ist nichts zurückgeblieben. Das hätte auch ganz anders ausgehen können. Aber jetzt sollten Sie sich noch etwas schonen.«

Aus den Augenwinkeln sah Antonia, wie Paula sich durch die Haare fuhr. Als Dr. Meng-Long Kächele aufstand und auf sie zukam, stellte sie überrascht fest, dass er Paula um fast einen halben Kopf überragte. Seine leicht vorstehenden Vorderzähne gaben ihm etwas Verschmitztes.

»Es gibt auch große Chinesen«, sagte Kächele grinsend und reichte erst Antonia und dann Paula die Hand.

»Was bedeutet eigentlich Meng-Long?«, wandte sich Antonia an Dschingis Khan.

»Wilder Drache«, antwortete Paula an seiner Stelle und lächelte den Arzt an.

Antonia bemerkte die leichte Röte, die dabei ihre Wangen überzog, und sah gute Chancen, dass Paula das Ende der Affäre mit Patrick gut verschmerzen würde.

Sie fuhr Paula wieder nach Marbach und packte sie dort mit einer Tasse »Ruhe und Gelassenheit« ins Bett. Bis morgen zur Auktion würde ihre Tochter wieder auf den Beinen sein.

Anschließend trat sie vor die Tür, legte den Kopf in den Nacken und blinzelte in den hellblauen Herbsthimmel, von dem die Sonne auch heute wieder unverdrossen schien. Das schöne Wetter schien sie dafür zu belohnen, dass sie ihr Zimmer auf eigene Kosten, die ja glücklicherweise überschaubar waren, um zwei Tage verlängert hatte.

Über der ganzen Aufregung hatte sie es bisher immer noch nicht geschafft, einen Bericht für Doro zu verfassen. Sie hatte ihre Aufgabe auch deshalb hinausgezögert, weil sie sich noch nicht sicher gewesen war, was sie schreiben wollte. Um nicht wieder von aufdringlichen Ausrufezeichen belästigt zu werden, hatte sie ihren Laptop heute Morgen zugeklappt stehen lassen und nicht einmal ihre E-Mails abgerufen.

Sie dachte an die Redaktion, die sie momentan überhaupt nicht vermisste. Doro und Schönle waren gedanklich in weite Ferne gerückt. Obwohl die Entfernung nur 65 Kilometer betrug, schienen auf einmal Welten zwischen ihrem Stuttgarter Bürojob und ihrer neuen Familie auf der Schwäbischen Alb zu liegen. Sie atmete tief ein und genoss die frische, klare Luft. Daran konnte sie sich gewöhnen.

Und dann wurde ihr klar, dass sie sich schon entschieden hatte. Ihr Platz war hier, auf der Alb, in der Natur und bei den Pferden. Und vielleicht auch bei ihrem Vater. Es war noch nicht zu spät, ein gutes Verhältnis zu ihm aufzubauen, und Luise würde es schließlich akzeptieren müssen. Der Einzige, der nicht begeistert sein dürfte, war Patrick. Auch wenn Johannes und Luise momentan noch putzmunter waren, würde er eines Tages sein Erbe, den Hof seines Vaters, mit ihr teilen müssen.

Antonia dachte an ihren Bericht für das »Schwabenross«. Der letztmögliche Abgabetermin vor Redaktionsschluss war Montagmittag. Bis dahin würde sie sich etwas einfallen lassen müssen. Jetzt ging es nicht mehr nur um Samenraub und falsche Hengste, jetzt ging es auch um sie, Paula und natürlich auch um Patrick und den Sonnenhof.

Wenn sie die gesamte Affäre ausführlich in der Zeitschrift breittreten würde, würden ihn die Schadenersatzforderungen der betrogenen Pferdekäufer ruinieren. Heute konnte man mit den modernen Methoden der DNA-Analyse jeden Betrug zweifelsfrei nachweisen – wenn man danach suchte. Und sie konnte dazu beitragen, durch die Macht des Wortes.

Sie konnten das Ganze allerdings nur unter den Teppich kehren, wenn Norbert den Pferdezuchtverband davon überzeugen wollte und konnte, dass die ganze Geschichte mit Jupiters Rücknahme beendet war. Nur dann hatte der Hof noch eine echte Chance. Sie nahm sich vor, so schnell wie möglich mit Norbert darüber zu reden.

Für morgen stand zunächst einmal die Auktion an. Sie hatte Paula versprochen, mit ihr dorthin zu gehen, auch wenn sie nicht die Absicht hatte, Feuerstern zu ersteigern. Antonia spazierte zum Gestütsladen, um die Eintrittskarten zu erstehen.

Heute war wieder Luise zuständig, wie sie unschwer an dem vor der Tür herumlungernden Wotan erkennen konnte. Aus sicherer Entfernung sah der Hund gemütlich aus, wie er so zwischen seinen schwarzen Pfoten hervorblinzelte, aber diesmal konnte er Antonia nicht täuschen. Sie rief laut nach Luise, bis diese aus dem Gebäude kam und Wotan am Halsband gepackt hatte. Wie immer trug Patricks Mutter passend zum grauen Dutt eine graue Strickjacke.

Als Antonia die Karten für die Auktion bezahlte, sah Luise sie über ihre Hakennase hinweg aus eisgrauen Augen an.

»Du fährst noch nicht«, stellte sie fest und es klang nicht erfreut.

Antonia schüttelte stumm den Kopf. Auch wenn Luise formlos zum familiären »Du« übergegangen war, würde sie sie mit Sicherheit nicht in ihre Pläne einweihen, allein mit ihrem Vater Johannes zu sprechen.

»Hallo Antonia«, hörte sie plötzlich seine heisere Altmännerstimme in ihrem Rücken. »Schön, dass du noch bleiben kannst«, sagte er freundlich, als sie sich umdrehte und ihn anlächelte.

Von Luise trug ihm das einen missmutigen Blick ein. Antonia widerstand dem Impuls, ihren Vater in den Arm zu nehmen. Wahrscheinlich hätte sie ihn damit ohnehin nur erschreckt, denn Luise sah nicht danach aus, als ob In-den-Arm-nehmen zu ihren regelmäßigen Gewohnheiten zählte.

»Hast du ihr von Katharina und Fritz erzählt?«, fragte Luise lauernd.

»Luise«, sagte Johannes beschwichtigend, »lass doch jetzt. Es ist so lange her.«

»Sie wird es ohnehin herausfinden«, sagte Luise. »Und sie glaubt doch schon lange nicht mehr an die Geschichte mit Amerika. Warum ist sie denn sonst immer noch hier? Sie kann jetzt ruhig die Wahrheit wissen. Wir müssen Fritz nicht länger schützen.«

»Was meinst du damit?«, fragte Antonia. Sie konnte nicht vermeiden, dass ihre Stimme zitterte

»Komm mit«, sagte Luise statt einer Antwort. »Ich werde dir etwas zeigen.«

Sie nickte Johannes zu, ging aus dem Laden und führte Antonia in den Vorraum vor eine der dort hängenden Tafeln, auf der sich Besucher über die Geschichte des Gestüts informieren konnten. Auf der Tafel, vor der sie jetzt standen, ging es jedoch weniger um Pferde als vielmehr um Mord.

»Ein Mord aus Eifersucht«, präzisierte Luise und deutete auf die ausgestellten Bilder. »Das hat hier in der Gegend eine lange Tradition.«

Antonia trat näher an die Abbildung des alten Holzschnitts, die in dezentem Schwarzweiß gehalten war. Es war nicht viel Phantasie nötig, um sich das rote Blut hinzuzudenken, das im Jahr 1515 geflossen war, als Herzog Ulrich von Württemberg seinen Stallmeister und engen Vertrauten Hans von Hutten mit dem Schwert zerfleischte.

»Herzog Ulrich war achtundzwanzig und unglücklich verheiratet«, erklärte Luise wie eine geübte Fremdenführerin. »Er war mit Sabina von Bayern verheiratet, aber seine Liebe galt der schönen Ursula von Hutten.«

Ulrich und Ursula kannten sich schon lange. Auch nachdem beide anderweitig verheiratet waren, »besuchte« Ulrich seine Geliebte Ursula regelmäßig. Es war nicht viel Phantasie nötig, um sich vorzustellen, was unter »besuchen« zu verstehen war.

Auch der Ehemann von Ursula, Hans von Hutten, hatte dafür wohl genügend Vorstellungskraft gehabt. Er traute sich aber nicht, etwas gegen die »Besuche« des Herzogs bei seiner Ehefrau zu unternehmen. Schließlich bat, besser gesagt befahl Ulrich ihm mit der Arroganz der Macht, seine Liebesbeziehung zu Ursula zu dulden. Hans lehnte ab. Dieses mangelnde Entgegenkommen seinem aufbrausenden und selbstherrlichen Dienstherrn gegenüber sollte ihn das Leben kosten.

Antonia dachte an Doros Mails und war froh, dass die Konsequenzen eines solchen Ungehorsams in der heutigen Zeit gewöhnlich weniger blutig ausfielen.

Aus den Freunden wurden Konkurrenten. Da der Stallmeister Hans von Hutten ahnte, welche Konsequenzen die Feindschaft des Herzogs für ihn haben konnte, bat er am 6. Mai 1515 um seine Entlassung. Einen Tag später lud ihn der Herzog zu einer Jagd in den Schönbuch ein. Der Herzog kam schwerbewaffnet. Im Böblinger Forst schickte er alle Begleiter weg, gab seinem Pferd die Sporen, setzte Hans von Hutten nach und stach so lange mit dem Schwert auf ihn ein, bis sein Widersacher tot war. Dann legte er einen Gürtel um den Hals des Toten, stieß ein Schwert in einen Baum und knüpfte den Gürtel am Knauf des Schwertes fest. Das war das Zeichen für das Recht der Feme, das sich Herzog Ulrich als Herrscher zugestanden hatte.

Hans von Hutten wurde in der nahe gelegenen Kirche von Holzgerlingen aufgebahrt und dann in der Köngener Peter- und Paulskirche beigesetzt.

Herzog Ulrich wurde mit den Folgen seiner Mordtat vermutlich nicht glücklich. Antonia hatte schon auf den Stufen des Denkmals auf dem Stuttgarter Schlossplatz gesessen, das dort an seinen Sohn erinnerte, Herzog Christoph. Wie sie selbst hatte er ohne Mutter aufwachsen müssen. In einem Relief im Sockel des Denkmals war Ulrichs Frau Sabina zu sehen, die an den Hof ihrer Eltern nach München floh und dabei ihren Sohn Christoph zurückließ. Antonia vermutete, dass sie keine andere Wahl hatte.

»Ursula hat sicher nicht gewollt, dass durch ihre Liebe

jemand ums Leben kommt«, sagte Luise und deutete auf die blutige Darstellung.

»Was meinst du damit?«, fragte Antonia. »Und was zum Teufel hat das alles mit meiner Mutter zu tun?«

»Finde es selbst heraus«, sagte diese und drehte sich um. »Frag Fritz.«

Das Leben ist nur ein Moment, der Tod ist auch nur einer.

Friedrich Schiller (1759–1805), deutscher Schriftsteller

Freitagabend

»Err will nichts merr essen«, sagte die hagere Altenpflegerin und schüttelte mit betrübter Miene den Kopf. Sie hatte einen harten Akzent, der ihre osteuropäische Herkunft verriet. »Sein Herrz … ich fühle«, sie legte ihre Hand auf die linke Brust, »err möchte nicht mehr leben.«

Die Frau war Mitte vierzig, hatte ein grobes, rotwangiges Gesicht und unnatürlich schwarz gefärbte Haare. Sie legte ihre abgearbeitete Hand auf Antonias Unterarm, es sollte wohl tröstlich gemeint sein. Die Frau duftete nach frischer Wäsche, was mit dem frischen Zitronenaroma der Putzmittel harmonierte, das über dem Flur lag. Antonia widerstand dem Impuls, die Hand einfach abzuschütteln und das Heim samt seiner düsteren, schwarzgelockten Todesbotin fluchtartig zu verlassen.

Sie hatte sich durch den Berufsverkehr am Freitagnachmittag nach Stuttgart gequält und bei jedem rot aufleuchtenden Bremslicht das Lenkrad ungeduldig mit den Fingern bearbeitet, während sie den Starrsinn ihres Ziehvaters verfluchte. Und Freitagnachmittag gab es jede Menge Bremslichter zu sehen.

Jetzt würde Fritz ihr endlich die Wahrheit sagen müssen. Luises Andeutungen konnten nur heißen, dass ihre Mutter es genauso wenig nach Amerika geschafft hatte wie einst Karl May. Eigentlich hatte es Antonia ihr ganzes Leben lang geahnt. Sie ertappte sich dabei, wie sie der Gedanke glücklich machte, dass ihre Mutter sie nicht verlassen hatte, sondern einfach nur gestorben war, selbst wenn es sich dabei um Mord gehandelt haben sollte.

Sie holte tief Luft, ging zum Zimmer ihres Vaters und öffnete die Tür, ohne anzuklopfen. Die Vorhänge am Fenster waren nicht zugezogen. Im Park reckten sich die kahlen Bäume wie Geisterhände vor dem Abendhimmel in die Höhe. Anders als in den vergangenen Wochen saß Fritz heute nicht im Rollstuhl, sondern lag im Bett. Antonia zögerte, bevor sie auf ihn zuging. Einen Moment lang wäre es ihr lieber gewesen, wenn er einen seiner schlechten Tage gehabt hätte und sie sich unbemerkt wieder hätte davonstehlen können.

»Du hast mich angelogen«, sagte Antonia, als sie vor dem Bett stand und auf den Mann herunterblickte, der sie großgezogen hatte.

Sie war viel zu aufgeregt, um sich einen Stuhl zu nehmen, an sein Bett zu setzen und seine Hand zu halten.

»Du ... du ... weißt es also«, sagte ihr Vater mit überraschend fester Stimme fest und streckte seine mit Altersflecken übersäte Hand nach ihr aus.

Antonia schluckte schwer und nickte, brachte es aber nicht über sich, die knochige Greisenhand zu ergreifen.

»Du hast mich belogen, mein ganzes Leben lang belogen«, würgte sie tonlos heraus und hatte Mühe, ihre Tränen zu unterdrücken.

»Aber wir waren doch glücklich«, sagte Fritz.

Antonia konnte das Flehen kaum ertragen, das in seiner Stimme lag. In seiner Gegenwart fühlte sie sich immer noch als seine Tochter, das würde sich niemals ändern.

»Du hast mir meine Mutter genommen«, antwortete sie

und ignorierte seine Hand, die haltlos durch die Luft tastete.

»Ich wollte beides für dich sein.« Aus seiner Stimme schien jetzt alle Kraft gewichen zu sein. »Vater und Mutter.«

»Und die Wahrheit sollte vergraben bleiben«, sagte Antonia bitter. »Im wahrsten Sinne des Wortes.«

»Ich konnte nicht anders. Ich wollte dich nicht auch noch verlieren«, antwortete er leise. »Der Tod deiner Mutter war schlimm genug für mich. Das mit uns – das war Liebe auf den ersten Blick. Damals gab es auf der Alb noch nicht so viele Tierärzte und ich wurde als Gestütstierarzt auch zu den Pferden der Bauern in der Umgebung gerufen. Ich behandelte die Kolik eines braunen Kaltblutwallachs auf einem Hof in Dapfen, als deine Mutter plötzlich vor mir stand. Sie war achtzehn und hatte strahlende Augen und lange schwarze Locken und schien direkt aus dem Himmel gefallen zu sein. Aber das schönste an ihr war ihr Lächeln. Du hast es von ihr.«

Seine Hände mit den blau hervorquellenden Venen strichen ziellos über die Bettdecke. Das Sprechen schien ihm zunehmend schwerzufallen. Nach einer kurzen Pause sprach er langsam weiter.

»Nachdem ich Katharina geheiratet hatte, wurde sie sehr schnell schwanger. Du bist nach knapp neun Monaten auf die Welt gekommen und hattest so gar keine Ähnlichkeit mit mir – angefangen von der Haarfarbe bis hin zu deinen Vorlieben. Ich wollte es aber gar nicht so genau wissen.«

Seine Stimme brach immer wieder ab und Antonia musste sich über ihn beugen, um seine Worte zu verstehen. »Ich habe sie so sehr geliebt.«

»Aber du hast sie getötet!« Antonia schrie es verzweifelt heraus und erschrak, als ihr Vater plötzlich nach ihrem Handgelenk griff.

»Das… ist… eine… Lüge«, krächzte er und krallte seine Hand mit einer Kraft in ihren Unterarm, die sie ihm nicht zugetraut hatte.

Er ließ sich erschöpft in die Kissen zurückfallen.

»Aber wenn du es nicht warst – wer hat sie dann umgebracht?«, stotterte Antonia verwirrt.

Fritz schüttelte den Kopf.

»Du weißt es doch schon längst«, murmelte er schwach. »Ich habe geschworen, nie darüber zu sprechen.«

Sein Kopf fiel zur Seite.

»Dazu hast du kein Recht. Du hast mich belogen, mein ganzes Leben lang belogen«, würgte Antonia tonlos heraus und hatte Mühe, ihre Tränen zu unterdrücken.

Sein Mund bewegte sich zuckend, doch es kam nur ein unartikuliertes Stöhnen heraus. Ohne einen weiteren Blick und ohne Abschied rannte sie aus dem Zimmer, während der Kloß in ihrem Hals ihr den Atem nahm.

Herz zum Herzen ist nicht weit
unter lichten Sternen
und das Aug', von Tau geweiht
blickt zu lieben Fernen;
unterm Hufschlag klingt die Welt
und die Himmel schweigen;
zwischen beiden mir gesellt
will der Mond sich zeigen.

Achim von Arnim (1781–1831), deutscher Schriftsteller

Freitagnacht

In Marbach bog Antonia auf den Zufahrtsweg zum Wohnheim ab und wunderte sich, wie sehr sie das Gestüt schon jetzt als ihr Zuhause betrachtete. Das musste auch an den Bildern liegen, die tief in ihrem Inneren verborgen gewesen waren. Antonia stellte ihr Auto hinter Norberts Motorrad ab, schloss die Tür des Wohnheims auf, in dem sich die Bewohner offensichtlich bereits in tiefem Schlaf befanden. Sie sah nirgends mehr Licht und auch hinter der Tür zu Norberts Zimmer war alles ruhig. Antonia ging auf ihr Zimmer und duschte. Zunächst war sie viel zu aufgewühlt, um einschlafen zu können. Erst der Klang der Glocke, der in ihr Unterbewusstsein drang, zwang sie in den Schlaf und schickte sie zum wiederholten Mal auf die Reise in die Vergangenheit.

Sie wurde wach und schloss sofort wieder die Augen. Konnte der Nachtgrabb einen sehen, wenn man die Augen zuhatte? Sie schlug sie wieder auf, kletterte aus dem Bett, lief zum Zimmer ihrer Eltern und drückte die angelehnte

Tür auf, obwohl sie bereits wusste, dass sie hier niemanden finden würde.

Antonia tapste die Treppe hinab, zwängte sich durch die Tür und tastete sich zögernd über die kalten Steine, den ganzen langen Weg über den Gestütshof und bis zum Abfohlstall.

Dort angekommen lief Antonia auf die Stalltür zu, auf die Wärme der Pferde mit ihrem tröstlichen Tiergeruch.

Von der Wiese rechts neben dem Stallgebäude hörte sie das Murmeln von Stimmen. Hier musste ihr Vater sein. Im Dunkeln tastete sie sich an der Wand entlang auf die drei Menschen zu, die sich über eine am Boden liegende Gestalt beugten. Plötzlich löste sich eine Frau aus der Gruppe und kam ihr entgegen.

»Mama!«

Erleichtert lief Antonia auf die weibliche Gestalt zu.

»Was machst du denn hier, du gehörst doch ins Bett«, schimpfte eine Frauenstimme. »Und dann noch mit nackten Füßen.«

Sie nahm Antonia an der Hand, strich ihr über den Kopf und zog sie hinter sich her in Richtung Gestütshof. Antonia musste nicht in ihr Gesicht sehen, denn sie hatte Luise bereits an der Stimme erkannt.

Als Antonia aufwachte, stand sie mit nassen Füßen in der Mitte des Raums. Von der Zimmertür zog sich eine feuchte Blutspur bis zu dem Platz, an dem sie stand. Erschrocken hastete sie zum Lichtschalter. Im hellen Licht der Deckenlampe spiegelte sich lediglich unschuldiges Wasser, vermischt mit bräunlichem Schlamm.

Wenn ich sechs Hengste zahlen kann,
sind ihre Kräfte nicht die meine?
Ich renne zu und bin ein rechter Mann,
als hätt' ich vierundzwanzig Beine.

Johann Wolfgang von Goethe (1749–1832),
deutscher Dichter und Schriftsteller in »Faust I«

Samstagnachmittag 14:00 Uhr

Draußen vor der Reithalle riss ein Windstoß die restlichen Blätter von den Bäumen. Antonia schwitzte unter ihrem dicken Pulli und der Daunenjacke. Sie hatte nicht damit gerechnet, dass die Heizstrahler an der Hallendecke so massiv für das Anheizen von Stimmung und Zahlungswillen der Auktionsbesucher eingesetzt würden. Das Pochen in ihrem Hinterkopf, das seit dem Aufwachen auf seinen Auftritt zu lauern schien, verstärkte sich im Takt der Marschmusik, mit der die Lautertalmusikanten aus Dapfen den feierlichen Einzug der Gäste begleiteten. Währenddessen zogen zwei Schwarzwälder Füchse eine Kutsche mit Ehrengästen in die Mitte der Halle.

Antonia war froh, dass die summende Feststimmung in der vollen Halle ihr keinen Raum zum Grübeln ließ. Neben ihr zappelte Paula aufgeregt hin und her. Antonia hatte sie nur schwer dazu überreden können, nach ihrer Entlassung aus dem Krankenhaus wenigstens den Freitag noch im Bett zu verbringen. Aber heute war sie nicht zu halten gewesen.

Von ihren Plätzen auf der Tribüne in der Mitte der langen Seite konnte Antonia den Duft von frischen Sägespänen riechen, mit denen man den Hallenboden für den feierlichen Anlass aufgehübscht hatte. Blauer Stoff bedeckte das Holz der Bande. Darüber zogen sich breite gelbe Bänder und verbreiteten festliches Flair. Gelb, wie Gold, die Farbe der Siegerschleife auf einem Turnier.

Die Musiker setzten ihre Instrumente ab. Nur die Pauke war etwas spät dran und platzte mit einem falsch getimten »Pomm« in das »Will...« von »Willkommen auf dem Haupt- und Landgestüt Marbach« des weißhaarigen Auktionators, das die Schwarzwälder Füchse vor der Kutsche in der Bahnmitte geduldig über sich ergehen ließen. Wenn man dem Auktionator Glauben schenken wollte, standen hier heute ausnahmslos künftige Sieger zum Verkauf.

Von ihren Plastiksitzen hatten Antonia und Paula einen guten Blick auf den Innenring, wo hinter einem weißen Schmuckgatter die gut situierten potenziellen Käufer auf ebenfalls weiß lackierten Stühle, allerdings mit weichen Sitzpolstern, Platz genommen hatten.

»Ich begrüße auch unsere lieben Gäste aus der Schweiz, aus Frankreich und den USA«, flötete der Auktionator mit so überschäumender Freundlichkeit, wie sie nur sehr guten Kunden entgegengebracht wurde.

Diese hatten als besondere Ehre den Auktionator bereits am Vorabend bei Sekt und Fingerfood kennenlernen dürfen. Auch jetzt am frühen Nachmittag drängelten sich auf den Tischen im Innenbereich Champagnerflöten und Sektflaschen neben Blumenvasen. Im Licht der Scheinwerfer blitzten Brillanten. An der Seite vieler Stühle hatten sich Hunde niedergelassen, deren Stammbäume sicherlich ebenso beeindruckend waren wie die der zum Verkauf stehenden Pferde. Drei kleine gefleckte Jack-Russel-Terrier machten ihrer Bezeichnung »schwäbische Laufratte« alle

Ehre und flitzten zwischen den Tischen herum. Größenbedingt schafften sie dieses Kunststück sogar, ohne die Sektgläser in Gefahr zu bringen.

An einem Stehtisch auf einem Podest in ihrer Mitte herrschte der Auktionator über das Reich der Kaufinteressenten und Pferdebesitzer, unterstützt von einer roten Nelke im Knopfloch. Über den Rand seiner Lesebrille hinweg hatte er fünf Männer und Frauen im Blick. Sie trugen schwarze Pullover mit dem gelben Marbacher Logo, dem halben Hirschgeweih, hatten sich auf der Mittellinie verteilt und spähten von dort aus ins Publikum, um zu verhindern, dass der Mann mit dem Hammer auch nur ein einziges Angebot verpasste.

Antonia lehnte sich in ihrem Plastiksitz zurück. Sie hatte nicht vor, für einen gekörten Warmbluthengst mehrere zehntausend Euro oder sogar weit mehr hinzublättern. Pferde für den Durchschnittsreiter ohne züchterische Ambitionen waren in der Regel etwas günstiger, aber auch sie kamen nach dem Kauf ihre Besitzer teuer zu stehen. Die monatlichen Kosten für den Unterhalt eines Pferdes würden Antonias finanziellen Spielraum auf viele Jahre stark einschränken. Leider schien Paula, die mit glänzenden Augen auf ihrem Sitz herumrutschte, für diese Überlegungen nicht zugänglich zu sein.

»Feuerstern kommt ganz zum Schluss«, raunte Paula ihr aufgeregt zu. »Jetzt sind erst einmal die richtig teuren Pferde dran.«

In der Halle hatten die Musikanten die feierliche Hymne beendet, die den Beginn der Auktion ankündigte. Sie packten Instrumente und Notenständer zusammen und verließen eilig den Innenring. In Pferdezeit gemessen war dies allerdings viel zu langsam, denn der erste Verkaufskandidat, ein gewaltiger dunkelbrauner Hengst mit vier weißen Socken, stürmte bereits nervös tänzelnd in die Halle, an den Musikanten mit ihren Instrumenten vorbei, deren Goldglanz er mit gebogenem Hals und einem empörten Schnauben zur Kenntnis nahm. Seine Reiterin meisterte die Situation nach einem genervten Blick auf das Fußvolk souverän, schwebte auf dem Tier durch die Reitbahn und umrundete sie im Licht der Scheinwerfer abwechselnd in einem beeindruckenden Trab und einem Galopp hart an der Grenze zum Durchgehen.

Auf vielen Plätzen wurden Kataloge herausgezogen, denen man anhand der Kopfnummer ausführliche Angaben über das Alter und die Abstammung des Pferdes, das Pedigree, entnehmen konnte. Brillen wurden aufgesetzt und Stifte gezückt. Eine Frau in rotem Anorak hielt sich ihr Handy ans Ohr.

Der Weißbesockte war laut Ansage ein gekörter dreijähriger Hengst. Fasziniert verfolgte Antonia die schnelle Folge, mit der die Gebote seinen Preis in die Höhe trieben. Bei einer Summe, die ihr eigenes Jahresgehalt bereits bei Weitem überstieg, waren nur noch zwei rund sechzigjährige Männer im Innenring übrig geblieben. Sie lieferten sich ein erbittertes Duell, gefolgt vom aufmerksamen Blick des Auktionators. Um das Ganze spannender zu gestalten, setzte dieser mehrmals zum endgültigen Zuschlag an, bevor er dann gnädig nickend eine weitere Erhöhung des Gebots zur Kenntnis nahm. Auch das Publikum ließ sich mitreißen und honorierte jedes neue Angebot mit Szenenapplaus, was gratis war, solange niemand zu deutlich den Arm hob. Antonia warf einen besorgten Seitenblick auf Paula, die nervös auf ihrer Unterlippe kaute.

»Zum ersten, zum zweiten… und…« Als nach einer

langen Kunstpause kein weiteres Gebot den Preis erhöhte, ließ der Auktionator das Gummi-Ende des Rosenholzhammers mit einem dumpfen »Tock« auf das Pult fallen und löste damit bei einem Mann in der grünen Landhausjacke und einer etwas jüngeren Frau im Partnerlook Begeisterungsstürme aus, die selbst Antonia und Paula ansteckten.

Auch der Auktionator schien beeindruckt. Er verkündete stolz, dass der Hengst in Zukunft das Erbgut der Württemberger Warmblutpferde in den USA verbreiten würde. Der Preis für den Dunkelbraunen, der nun für jeden sichtbar auf der Anzeigetafel am Kopfende der Halle erschien, zeugte davon, wie begehrt die Rasse auch in Übersee war.

Offensichtlich hatten sich die Württemberger Pferdezüchter in den vergangenen Jahrzehnten einen guten Ruf erarbeitet. Antonia konnte sich noch gut daran erinnern, wie in ihrer Jugend das erste Pferd, das dem Marbacher Gestüt mehr als zehntausend D-Mark brachte, als Sensation gefeiert wurde. Das war weit entfernt von den späteren Spitzenpreisen von bis zu zweihundertfünfzigtausend Euro. Nervös warf sie einen Blick auf die Liste der Auktionspferde. Noch dreiundzwanzig weitere waren angekündigt. Das konnte also dauern.

In der Zwischenzeit hatten die Lautertaler Musikanten ihre Instrumente am Kopfende der Halle wieder aufgebaut und intonierten im Takt zur Ehrenrunde des Braunen ein Stück, das mit viel gutem Willen als »Freude schöner Götterfunken« zu erkennen war. Das Publikum klatschte begeistert mit.

Dann folgten mehrere weitere gekörte Hengste. Aufgeregt deutete Paula auf einen Apfelschimmel, der jetzt mit seinem Reiter so schnell in die Halle stürmte, als wollte er seinem Pferdekollegen unbedingt nach Amerika folgen.

»Ein Halbbruder von Feuerstern, nur mit einem höheren Vollblutanteil. Ist er nicht süüüüß?«, flötete sie mit leuchtenden Augen, während der Hengst sich nervös auf die Hinterbeine erhob, jedoch von seiner offensichtlich geübten Reiterin auch wieder rasch beruhigen ließ.

Antonia hätte den Schimmel nicht unbedingt als »süß« bezeichnet, sah jedoch gerne dabei zu, wie die Reiterin das Pferd die Halle in einem ruhigen Galopp, dem Canter, umrunden ließ und dann über ein paar Sprünge setzte, die zu Demonstrationszwecken in der Hallenmitte aufgebaut waren.

»Meine Damen und Herren, beachten Sie bitte den blitzsauberen Bewegungsablauf dieses von Blut geprägten Pferdes«, ließ sich der Auktionator vernehmen. »Und sehen sie auch die perfekte Rückenarbeit. Der Hengst springt mit absoluter Gelassenheit aus positiver Spannung.«

Ein Blick auf Paula zeigte Antonia, dass diese seine Begeisterung teilte, ebenso wie viele Interessenten, die den Preis innerhalb kürzester Zeit in die Höhe trieben. Der Schimmelhengst wurde von einem etwa vierzigjährigen Paar an einem weißen Tisch ersteigert.

In der nun folgenden Stunde verfestigte sich in Antonia die Überzeugung, dass die angebotenen Tiere nicht nur ihre finanzielle Leistungskraft, sondern auch ihr reiterliches Können bei weitem überstiegen. Unter der Musik, der gleißenden Beleuchtung und dem lauten Klatschen des Publikums liefen die jungen Pferde zur Hochform auf. Oft konnten ihre Reiter sie nur mit Mühe unter Kontrolle halten.

»Dieses Pferd ist äußerst aufmerksam und nimmt seine

Umwelt besonders gut wahr«, kommentierte der Auktionator den Auftritt eines wild bockenden Fuchswallachs, dessen Reiter sich erstaunlich gut im Sattel hielt. »Im Parcours ist er ein wahrer Künstler.«

Fast alle Tiere waren laut Auktionator »äußerst aufmerksam«. Ihre Nervosität ließ sie kraftvoller und rassiger wirken als beim Training und den Proberitten am Vortag. Einige pressten vor Anspannung die Zähne zusammen, sodass man das Knirschen bis in die Ränge hören konnte. Aber die Marbacher Reiter verstanden ihren Job und ließen sich von einem Buckler weder aus der Ruhe noch in Raumnot bringen.

Auch der Auktionator verstand seinen Job. Selbst als Journalistin hatte Antonia nicht gewusst, mit wie vielen Worten man die Qualitäten eines Reitpferdes beschreiben konnte. Und natürlich ließ er keine Gelegenheit aus, um auf die hervorragende Herkunft eines Tieres hinzuweisen. Begehrt waren Pferde, die sich auf den Marbacher Elitehengst Gardez zurückführen ließen, und Pferde, die den berühmten Dressurhengst Donnerhall im Stammbaum hatten. Daneben konnte auch der Turniererfolg eines Spitzenpferdes die Preise für seine Halbbrüder und -schwestern in die Höhe treiben.

Die Reithalle war erfüllt von der summenden Erwartung der Menschen, die sich mit dem neuen Pferd Erfolg, Liebe oder ein Stück Freiheit kaufen wollten. Antonias Meinung nach zeigten sich aber die wahren Werte von Pferden wie auch bei Menschen erst in wirklich schwierigen Situationen.

»Dies ist ein Pferd, dessen Qualitäten man erst auf den zweiten Blick erkennt«, verkündete der Auktionator, als ein brauner Wallach in die Halle trabte.

Antonia sah von ihrer Liste hoch. Das klang nach günstigeren Preisen.

»Es verfügt über perfekte Interieurwerte und eine einwandfreie Abstammung.«

Antonia freute sich für das Tier, als es von einer sympathisch wirkenden Familie zwei Reihen vor ihr ersteigert wurde, deren etwa vierzehnjährige Tochter vor Freude aufsprang und in die Hände klatschte.

Bei den nächsten Verkaufskandidaten erlahmte die Leidenschaft der Bieter. Zwei Pferde gingen sogar für den Anschlagspreis von sechstausend Euro weg. Antonia sah auf die große Uhr an der Hallenwand. 16:00 Uhr, noch höchstens eine Stunde.

»Jetzt ist gleich Feuerstern dran«, flüsterte Paula.

Mittlerweile drängten die Menschen auf den Rängen hinaus in Richtung Festzelt. Auch viele Plätze an den hübschen Tischchen im Innenraum waren frei geworden.

Und dann kam er – Feuerstern. Vor Antonias innerem Ohr ertönte ein Tusch, aber selbst die Lautertaler Musikanten hatten es nicht für nötig gehalten, weiter auszuharren. Als Feuerstern aufgerufen wurde, war die Halle bereits halbleer. Paulas Laune schien das nicht zu beeinträchtigen. Aufgeregt stieß sie ihre Mutter in die Seite, als Feuerstern unter einer zierlichen Reiterin in die Halle trabte.

»Das ist er«, flüsterte sie verliebt und beugte sich vor. »Ist er nicht wunderschön?«

Antonia bemühte sich, nichts Falsches zu sagen. Bisher war ihr noch nicht aufgefallen, wie hässlich das Tier war und sie musste der Körkommission in ihrem harten Urteil Recht geben. Der große Kopf schien nicht auf den mageren Körper zu passen und auch die Bemuskelung des Halses bot noch deutlich Raum nach oben. Hinzu kam, dass Paulas Liebling einen schlechten Tag zu haben schien. Beim ersten Mal verweigerte er den Probesprung, bevor er dann widerwillig und ungeschickt mit weggedrücktem Rücken über die rotweißen Stangen hopste.

»Du … du wolltest ein Springpferd?«, fragte Antonia ihre Tochter zweifelnd.

»Mama«, sagte Paula beschwörend. »Feuerstern hat nur einen schlechten Tag. Und er kann die Reiterin nicht leiden. Wenn ich ihn reite, springt er sensationell gut, wirklich. Und für meinen Unfall konnte er nichts. Bitte, bitte, ich muss ihn haben.«

Die Versteigerung begann wie bei allen Pferden mit dem Anschlagspreis von sechstausend Euro. Antonia zögerte. Ein eigenes Pferd – und noch dazu ein so hässliches!

»Bitte Mama«, sagte Paula und zupfte an ihrem Ärmel.

Antonia spürte, wie ihr der Schweiß den Rücken hinablief, obwohl sie trotz der Hitze fröstelte. Ihr Kopfschmerz verstärkte sich, als plötzlich ein kühler Windhauch ihre Stirn berührte. Die Welt um sie herum schien für einen atemlosen Moment stillzustehen und ein unsichtbarer Vorhang legte sich zwischen sie und den Lärm, während eine rätselhafte Kraft ihren Arm unaufhaltsam nach oben zog. Antonia ließ es geschehen, auch wenn die Rechnung sie selbst und nicht die rätselhafte Kraft zahlen würde. Der Auktionator, dessen rote Nelke den Blütenkopf schon etwas schlapp hängen ließ, sah sie an und nickte.

»Danke, Mama.« Paula strahlte sie an.

Noch hatten sie den Zuschlag nicht. Antonia sah sich um. Wenn sie Glück hatte, kam sie relativ günstig aus der Nummer raus. Der Auktionator hob zum letzten Mal an diesem Nachmittag den Hammer.

»Zum ersten, zum zweiten … und …« Die Kunstpause

fiel kürzer aus als bei den teuren Pferden, aber der Mann wusste, was er auch seinem Restpublikum schuldig war.

»Sechstausendfünfhundert!«

Antonias Kopf fuhr herum. Das neue Gebot kam von einem Mann, der auf den unbequemen Holzbänken der Tribüne an der kurzen Seite saß. Der Auktionator hob erneut seinen Hammer.

»Den habe ich schon mal gesehen«, flüsterte Paula. »Das ist ein Pferdehändler. Dem können wir Feuerstern nicht überlassen. Oh, bitte, Mama!«

Antonia legte den Arm um Paulas Schultern und musterte den Mann. Er war übergewichtig und rotgesichtig, trug eine dicke schmuddelige Lammfelljacke und sah brutal aus.

Zögernd hob Antonia den Arm, während sie in ihrem Kopf das Flüstern einer weiblichen Stimme vernahm: »Kauf ihn!«

War das jetzt die berühmte innere Stimme, nur etwas lauter? Und warum war sie dann nicht über Antonias finanzielle Lage informiert?

Antonia sah Paula an, deren Gesicht nur noch aus runden Augen zu bestehen schien.

»Kauf ihn«, flüsterte es erneut beschwörend in ihrem Kopf. Und Antonia hob bei jedem neuen Gebot des Händlers wieder und wieder die Hand, während sich in ihrem Kopf alles drehte und die Welt um sie herum im Nebel versank. An ihren Kontostand wollte sie jetzt lieber nicht denken.

»Zum ersten, zum zweiten …« Der Auktionator machte eine ziemlich lange Pause, in der die Welt wieder zum Leben erwachte, und sah zur Tribüne auf der kurzen Seite hinüber. Der dicke Pferdehändler schüttelte den Kopf, stand auf und stürmte wütend aus der Halle.

Als schließlich der Hammer des Auktionators für sie und Feuerstern fiel, kostete sie das »Tock« elftausend Euro. Zu teuer, dachte Antonia, viel zu teuer. Ihre Geldsorgen relativierten sich jedoch, als sie in Paulas Gesicht blickte und Freudentränen in ihren Augen schimmern sah.

»Mama, danke, danke, danke«, jubelte sie beglückt und fiel Antonia um den Hals.

Dann zog sie ihre Mutter hinter sich her in die Halle zu Feuerstern und dem Auktionator, der die beiden etwas abgekämpft beglückwünschte. Wie bei allen anderen Käufern zuvor eilte auch jetzt eine nett lächelnde Frau in dunkelblauem Blazer herbei und überreichte Antonia ein Blumensträußchen. Es schien das letzte aus ihrem Vorrat zu sein und hatte die Strapazen des Nachmittags nicht gut überstanden. Dann hielt sie mit unverändert nettem Lächeln Antonia ein Klemmbrett mit einem Vertrag unter die Nase, während auf dem Bildschirm an der Hallenseite die Zahl »11 000« munter blinkte. Hoffentlich hält der Golf noch ein weiteres Jahr, dachte Antonia, als sie den Stift zückte und ihren Namen unter den Kaufvertrag setzte. Dass bei dem Preis auch ein Stallhalfter inklusive war, konnte sie nicht wirklich beruhigen.

Als sie aufblickte, sah sie in Patricks breit lächelndes Gesicht. Zumindest bleibt das Geld in der Familie, dachte sie und nickte ihm zu, während Paula, ohne Patrick eines Blickes zu würdigen, Feuersterns Zügel in die Hand nahm und ihn in den Stall führte. Erleichtert sah Antonia, dass Patrick keine Anstalten machte, ihr zu folgen. Sie musste noch den richtigen Zeitpunkt abpassen, mit beiden über die veränderten Familienverhältnisse zu sprechen.

Ich habe ein wunderbares Pferd. Es hat die Leichtigkeit des Windes und des Feuers Hitze, aber wenn sein Reiter es besteigt, ist seine Sanftmut nichts als die Ruhe vor dem Ausbruch des Sturmes.

William Shakespeare (1564–1616), britischer Schriftsteller in »Heinrich der VIII.«

Samstagabend

Es schneite stark und die Temperaturen bewegten sich um den Gefrierpunkt. Antonia drängte sich mit nasskalten Füßen durch das überfüllte Festzelt. Hier war es warm genug, um die Kleidung zum Dampfen und die Stimmung zum Kochen zu bringen. Züchter, Käufer und Reiter stießen auf ihre Erfolge wahlweise mit Kaffee oder mit Sekt an. Auf einem hölzernen Podest dröhnte eine fünfköpfige Band, die schwarzgelockte Sängerin röhrte etwas von Liebe und Treue ins Mikrofon. Die Frauen hatten die Haare schön, die Lippen rot, die Ausschnitte tief und die Absätze hoch. Mit der Treue würden es an diesem Abend wahrscheinlich nicht alle so genau nehmen.

Offensichtlich hatten auch Luise und Johannes etwas zu feiern. Antonia hätte die beiden hinter einer Gruppe von grobschlächtigen Männern fast übersehen. Sie stutzte, als sie neben ihnen den rotgesichtigen Pferdehändler erkannte, der heftig mit Luise zu streiten schien, während Johannes ihm den Rücken zukehrte. Nachdenklich ging Antonia weiter. Was hatte das zu bedeuten? Als sie sich noch einmal nach ihnen umdrehte, waren alle drei verschwunden.

An einem Stand der Araberfreunde entdeckte Antonia

Paula, die sich über ein etwas matschiges Stück Pflaumenkuchen hermachte. Paula schien sich heute nicht weiter um ihr Aussehen zu kümmern. Antonia fand, dass sie das auch nicht nötig hatte. Sie war stolz auf ihre Tochter. Mit ihren langen schlanken Beinen wirkte Paula in Röhrenjeans, dem dunkelblauen Strickpullover mit dem Marbacher Logo und den robusten Schuhen, an deren Sohlen noch das Stroh aus dem Pferdestall klebte, wie ein Model, das zum Thema »Leben auf dem Land« unterwegs war.

Antonia trug zwar auch Jeans und Strickpullover, fühlte sich damit aber nicht halb so stilvoll wie ihre Tochter. Daran konnte auch ihr kleines Goldkettchen mit dem Medaillon nichts ändern. Ihre robusten Schuhe hatten zudem noch den Nachteil, dass sie Feuchtigkeit durchließen, obwohl die Werbung etwas anderes versprochen hatte.

»Mama, ich bin so glücklich«, sagte Paula mit vollem Mund, wobei ein paar herumfliegende Kuchenkrümel den eleganten Eindruck nur geringfügig beeinträchtigten.

Der Kuchen sah hausgemacht aus, was Antonia dazu veranlasste, sich ebenfalls ein Stück zu holen.

»Möchtest du auch noch eins?«, fragte sie ihre Tochter und zückte den Geldbeutel.

»Keine Zeit«, mampfte Paula. »Ich muss mich wieder um Feuerstern kümmern. Der Arme ist nach der Auktion total von der Rolle.«

Antonia lächelte. Sie hatte nichts anderes erwartet. Erst das Pferd und dann der Reiter. Das hielt unter anderem auch schlank. Als sie hochsah, bemerkte sie Patrick. Er flirtete auf der anderen Seite des Zeltes heftig mit einer Blonden, deren lange Haare so seidig glänzten wie das mit Schweif- und Mähnenspray behandelte Deckhaar eines Schwarzwälder Fuchses. Antonia fragte sich, ob Luise ihn schon über die veränderten Familienverhältnisse informiert hatte. Paula war ihrem Blick gefolgt.

»Jetzt nutzt Vanessa ihre Chance«, meinte sie. »Die will schließlich auch mal gute Pferde reiten. Besser, sie stellt sich gut mit ihm …« Paula machte eine Pause und schnaubte verächtlich. »… sogar sehr gut. Allein mit Talent kriegt die das sonst nicht hin.«

Antonia beobachtete, wie Paula dabei schwer schluckte. Auch wenn es cool klingen sollte, schien sie die Sache mit Patrick noch längst nicht überwunden zu haben. Antonia strich ihr tröstend über die Schulter, während sich die Schwarzgelockte am Mikrofon lauthals nach einem »Cowhau-boy als Mann« sehnte.

»Du hast jetzt selbst ein gutes Pferd«, sagte Antonia und fügte in Gedanken ein »Hoffentlich« hinzu. »Und ohnehin ist es besser so.«

Paula sah sie misstrauisch an. »Was meinst du damit?«

Das war nun endlich die Gelegenheit für ein klärendes Mutter-Tochter-Gespräch. Antonia sah sich um. Ihr Stehtisch lag am Rand und sie waren hier momentan vor fremden Ohren geschützt. Antonia beugte sich über den Tisch und klärte Paula, die sie immer ungläubiger anstarrte, über die neu entdeckten Verwandtschaftsverhältnisse auf.

»Dann ist Opa Fritz gar nicht mein Opa? Und Patrick ist dein Halbbruder«, fragte Paula und dachte nach. »Also dann ist er ja mein Onkel? In echt? Wir sind verwandt?« Paula sah zu Patrick und Vanessa hinüber und verzog angewidert das Gesicht. »Iiiih. Das geht ja mal gar nicht.«

»Sag ich ja.« Antonia nickte. »Sei froh, dass du ihn los bist.«

»Ich höre immer loswerden«, dröhnte der Bass von Norbert durch das Stimmengewirr. »Damit bin hoffentlich nicht ich gemeint.«

Er balancierte drei Sektgläser zu ihrem Tisch und stellte sie vor ihnen ab, wobei er das Kunststück fertig brachte, kaum etwas zu verschütten.

»Wenn schon der Champagner nicht in Strömen fließt, dann wenigstens ›Kaltblut royal‹«, grinste er. »Schenkt der Herrenberger Pferdezuchtverband aus. Ohne Witz.«

Norbert schien sich für den Abend ein Spezialtuning verpasst zu haben. Jedenfalls ließ sein weißes Hemd, das er unter seiner Kombination aus Jeans- und Motorradjacke trug, diese Interpretation zu. An den Füßen trug er schwarze Westernstiefel, die vorne stumpf waren und sich auch zum Motorradfahren eigneten. Auf einmal wünschte sich Antonia, sie hätte auch etwas angehabt, das ihrem Teint schmeichelte und ihre weibliche Ausstrahlung besser unterstrich als der praktische weiße Grobstrickpullover mit dem Norwegermuster. Sie wackelte mit ihren nassen Zehen, hob den Kopf und hoffte inbrünstig, dass Barbies rosafarbener Flausch nicht plötzlich irgendwo auftauchen würde.

Norbert hob sein Glas. »Auf euren Erfolg! Auf Feuerstern! Auf vier gesunde Beine!«

Antonia prostete ihm zu und genoss das Prickeln der kalten Flüssigkeit auf der Zunge.

»Leider war es ein ziemlich teurer Erfolg«, meinte sie dann.

»Stimmt«, sagte Norbert. »Da hat Euch jemand übers Ohr gehauen.«

»Wie meinst du das?«

»Der Typ, der gegen Euch gesteigert hat, das war ein gedungener Strohmann, ein Pferdehändler. Der wollte Feuerstern nicht haben, der sollte nur den Preis hochtreiben. Manche Züchter machen das so, damit ihr Pferd nicht zu billig weggeht.«

Antonia sah zu Patrick hinüber, der immer noch heftig flirtete und sie nicht zu bemerken schien. Vanessa strich zum wiederholten Mal durch ihre glänzende Mähne und warf sie mit einer eleganten Handbewegung zurück.

»Ich kann mir nicht vorstellen, dass Patrick so etwas tun würde«, sagte Antonia.

Sie würde noch heute Abend mit ihrem Bruder reden müssen, über ihr Verhältnis zueinander und auch die Sache mit Feuerstern.

»Patrick vielleicht nicht, aber seine Mutter schon«, sagte Norbert. »Die ist auch noch zu ganz anderen Dingen fähig.«

Antonia dachte an Luise, die sie eben im Streit mit dem Pferdehändler gesehen hatte. Sie nickte. Doch, das konnte sie sich schon eher vorstellen. Dennoch fiel es ihr schwer, an so eine Gemeinheit zu glauben. Sie spürte, wie heiße Wut in ihr aufstieg. Der Gedanke, dass sich Luise ihr sauer verdientes Geld in die Tasche steckte, schmerzte Antonia körperlich.

Paula hatte mit offenem Mund zugehört, kippte erst ihren eigenen Sekt hinunter und griff dann auch noch zu Antonias Glas.

»Ich muss das alles erst mal verdauen«, sagte Paula, schluckte hastig und verabschiedete sich rasch.

Antonia sah ihr nach, wie sie sich mit geschmeidigen Bewegungen durch die Menge in Richtung Ausgang schlängelte. Paula hatte sich nichts anmerken lassen, aber Antonia wusste, wie aufgewühlt ihre Tochter war. Eine ruhige Stunde beim Pferd würde ihr dabei helfen, die Neuigkeiten zu verarbeiten und sich wieder zu fassen. Norbert sah ihr ebenfalls hinterher.

»Was meint sie damit?«, fragte er. »Was muss sie alles verdauen?«

Antonia beobachtete, wie die Schnurrbartspitzen um seine Mundwinkel tanzten. Das war der Mann, der ihr in der Nacht auf der Hengststation das Leben gerettet hatte. Sie hatten miteinander zwar bislang noch keine Pferde, aber doch zumindest deren Sperma gestohlen, was Antonias Bedürfnis nach Abenteuerlust zumindest momentan ausreichend deckte. Und gab es nicht gewisse Gemeinsamkeiten zwischen Privatdetektiven und investigativen Journalisten? Sie seufzte und konnte sich vorstellten, Norbert nicht nur in ihr Bett, sondern auch in ihr Leben zu lassen.

»Man könnte sagen, dass mir meine Pferdeliebe hier in Marbach in die Wiege gelegt wurde«, begann sie. »Ich bin sozusagen eine Gestütlerin von Geburt an.«

»Eine Frau mit Pferdeverstand im Blut«, stellte Norbert fest und beugte sich interessiert vor. »Ohne Witz?«

Antonia nickte. »Nur das mit der schwäbischen Sprache habe ich leider nicht so gut drauf. Mein Vater …«, sie zögerte, bevor sie weitersprach, »… also mein Vater kommt aus Ostpreußen.«

Als sie diesen Satz ausgesprochen hatte, war ihr klar geworden, dass sie nicht anders an ihn denken konnte. Für sie würde Fritz immer ihr Vater bleiben.

»Wie Julmond?«, fragte Norbert.

»Zusammen mit Julmond.« Antonia nickte und erzählte ihm die die ganze Geschichte, angefangen von ihren Albträumen bis hin zur Begegnung mit Johannes.

Norbert hörte ihr teilnahmsvoll zu, während er ab und zu an seinem Glas nippte. Um sie in dem Lärm besser verstehen zu können, hatte er sich direkt neben Antonia gestellt.

»Was genau mit deiner Mutter passiert ist, weißt du nicht?«, fragte er dann.

Antonia schüttelte den Kopf. »Niemand will darüber reden, nicht mein Vater Fritz und auch nicht Johannes.«

»Hast du nie nach ihr gesucht?«

»Vielleicht wollte ich es nicht so genau wissen«, sagte Antonia. »Aber jetzt habe ich das Gefühl bekommen, dass die Lösung hier liegen muss, hier auf dem Gestüt, hier wo ich geboren bin ...«

»... und wo deine Familie lebt«, ergänzte Norbert. »Dann ist Patrick ja dein Halbbruder?« Bei der Feststellung sah er irgendwie erleichtert aus. »Ohne Witz? Ich hatte schon Angst, du würdest dich in ihn verlieben, so wie anscheinend alle Frauen hier.« Er deutete zum Tisch an der gegenüberliegenden Seite, wo sich die blonden Mähnen auf wundersame Weise vervielfältigt hatten. Fünf junge Frauen standen kichernd um Patrick herum, was er offensichtlich genoss. »Gegen einen Ex-Olympiateilnehmer-Reitlehrer hat ein Typ wie ich doch niemals eine Chance.«

Bevor sie antworten konnte, gab Antonias Handy ein durchdringendes Wiehern von sich.

»Ihrrem Vater geht es sährr schlecht«, vernahm sie die Stimme der osteuropäischen Altenpflegerin und spürte, wie trotz der Wärme im Zelt eine Gänsehaut ihre Arme überzog. »Err isst nichts, trinkt nichts, liegt nur da und starrt an Decke. Err wird Nacht nicht überleben!«

Antonias Hand begann so stark zu zittern, dass ihr das Handy fast entglitten wäre. Das durfte nicht sein, dachte sie, nicht jetzt, nicht bevor sie noch einmal mit ihm geredet hatte und die ganze Wahrheit kannte.

»Ich komme sofort«, sagte sie, drückte auf die rote Taste und steckte das Handy in die Tasche zurück.

»Dein Vater?«, fragte Norbert. »In Stuttgart?«

Antonia konnte nur stumm nicken.

»Ich fahre dich hin«, sagte er, wandte sich zum Gehen und pflügte mit seinem massigen Körper einen Weg durch das Gedränge.

Antonia folgte ihm dankbar, während sich in ihrem Kopf alles drehte. Draußen war alles weiß.

»Wir nehmen dein Auto«, entschied er mit einem Blick zum Himmel, aus dem immer dickere Flocken herabfielen. »Ist kein gutes Motorradwetter.«

Antonia nickte stumm und folgte ihm. Fritz hätte ihr den Tod ihrer Mutter nicht verschweigen dürfen. Aber er hatte es getan, um sie zu schützen, vor einer Wahrheit, die schmerzlich war. War er deswegen aber auch ein Mörder? Er hatte sie aufgezogen, sie ihr ganzes Lebens lang begleitet und kannte sie länger und besser als jeder andere Mensch. Antonia konnte die aufkommenden Gewissensbisse nicht verdrängen. Sie machte sich Vorwürfe, dass sie Luises Gedankengängen so weit gefolgt war, bis sie ihren eigenen Vater verdächtigte. Womöglich hatte sie ihn zu Unrecht beschuldigt. Mittlerweile waren ihre Füße in den nassen Schuhen fast gefühllos geworden.

»Du weißt noch nicht alles über Luise«, unterbrach Norbert ihr Grübeln, nachdem sie eine Weile schweigend nebeneinander durch das Schneetreiben gegangen waren. »Das mit Xenia – das war kein Unfall, wie ich schon vermutet hatte. Xenia hat sich vor ihrem Tod mit Patrick getroffen. Als er wegging, lebte sie noch. Sie muss nur sehr betrunken und aufgeregt gewesen sein. Das Ketamin hat sie wahrscheinlich selbst genommen. Zusammen mit dem

Alkohol war es dann zu viel. Als Patrick weg war, ist sie auf dem rutschigen Boden ausgeglitten und gestürzt. Bei der Obduktion hat sich herausgestellt, dass sie ertrunken ist. Aber in den Teich ist sie nicht von selbst gefallen. Luise hat nachgeholfen.«

Antonia sah ihn ungläubig an. Ein paar Schneeflöckchen waren auf seinen Bartspitzen gelandet und glitzerten im Licht der Straßenbeleuchtung.

»Luise! Aber wie soll sie das geschafft haben? Sie ist über siebzig!«

»Sie hat Wotan«, antwortete Norbert. »Am nächsten Morgen hat sie uns – ich meine die Polizei – benachrichtigt, dass sie eine Leiche entdeckt hat. Sie hat behauptet, sie hätte mit Wotans Hilfe versucht, Xenia aus dem Wasser zu ziehen. Das war eine Lüge. Sie hat die besinnungslose Xenia im Gegenteil am Vorabend zusammen mit Wotan ins Wasser gezerrt. Das hat jetzt die Rekonstruktion der Spuren eindeutig ergeben. Die Polizei ist bereits unterwegs, um Luise festzunehmen.«

Antonia schauderte. Sie mochte Luise nicht, aber die Kaltblütigkeit, einen lebenden und atmenden Menschen absichtlich ins Wasser zu zerren, um ihn dort hilflos ertrinken zu lassen, erschien ihr so abwegig, dass sie es kaum glauben konnte. Sie musste an den rotgesichtigen Pferdehändler und an das verpflichtende Tischgebet im Hause Pfefferle denken.

»Woher weißt du das alles?«, fragte Antonia.

Norbert schwieg ein paar Schritte lang, bevor er antwortete.

»Ich war über zwanzig Jahre lang bei der Polizei.«

»Bei der Polizei? Und wieso war?«

»Das ist eine längere Geschichte«, sagte Norbert. »Meine

Tochter hatte vor drei Jahren einen ziemlich ungesunden Freundeskreis. Und damit sie nicht wegen Rauschgiftbesitzes im Jugendknast landet, habe ich Beweise zur Seite geschafft. Leider haben sie mich erwischt. Strafvereitelung im Amt nennt man das, mit dem Posten eines Kriminalkommissars nicht vereinbar. Und nun bin ich Privatdetektiv und habe viel Zeit für Donnergroll und Maximus. Ohne Witz.«

»Und du hast immer noch gute Freunde bei der Polizei«, stellte Antonia fest. »Aber das ergibt doch alles keinen Sinn. Warum sollte Luise das getan haben? Und wieso sollte sie überhaupt Xenia etwas antun wollen?«

»Die Sache mit dem Samenklau«, erklärte Norbert. »Das mit Jupiter hat Xenia damals vor sieben Jahren eingefädelt.«

Antonia überlegte. »Darüber wollte sie wohl am Dienstagabend mit mir sprechen.«

Norbert nickte. »Genau das musste Luise verhindern. Dieses Wissen war wie Dynamit. Xenia hätte damit den Sonnenhof in den Ruin treiben können. Luise wollte den Hof für Patrick retten.« Norbert fasste nach Antonias Hand. »Und jetzt kommst auch noch du mit deiner Tochter ihren Plänen in die Quere. Ist dir eigentlich klar, dass Patrick sich den Hof mit dir teilen muss, wenn Johannes und Luise sterben? Wenn Patrick den Hof für sich allein behalten soll, muss Luise dich und Paula aus dem Weg schaffen. Und mittlerweile glaube ich, sie würde alles dafür tun. Bevor sie nicht festgenommen ist, seid Ihr nicht sicher.«

Bevor Antonia darauf antworten konnte, wieherte ihr Handy. Kaum wagte sie es, das Gespräch entgegenzunehmen. Sie drückte auf die grüne Taste, hielt das Gerät ans Ohr und hatte Angst, dass es für eine Versöhnung zu spät war. Gestern hatte sie ihren Vater verlassen, ohne ihn noch einmal in den Arm zu nehmen, und jetzt war er vielleicht schon tot. Bitte, lass ihn nicht so sterben, nicht auf diese Weise, schickte sie ein Stoßgebet zum Himmel. Fast war sie erleichtert, als die Stimme ihrer Tochter aus dem Hörer kam. Doch die Erleichterung wich neuem Schrecken.

»Feuerstern ist krank«, stammelte Paula aufgeregt. »Du musst sofort herkommen und ihm helfen. Wir sind im Abfohlstall für die Stuten, direkt hinter dem Wohnheim.«

Auch ohne weitere Erklärung wusste Antonia, dass mit »wir« Paula und Feuerstern gemeint waren. Sie spürte, wie sich ihre Nackenhärchen aufstellten. Das Pferd gehörte ihnen erst seit vier Stunden und schon wurde es krank. War die Aufregung bei der Auktion zu viel für Feuerstern gewesen? Wenn er eine Kolik hatte, war er in Lebensgefahr. Antonia dachte an den Tod von Paulas Ponystute Miss Moneypenny. Das durfte nicht wieder passieren. Sie sah auf die Uhr. Nach Stuttgart würden sie etwas mehr als eine Stunde unterwegs sein. Vielleicht würde sie zu ihrem Vater ohnehin zu spät kommen. Aber hier und jetzt wurde sie von ihrer eigenen Tochter gebraucht. Sie durfte es kein zweites Mal vermasseln.

»Ich muss erst zu Paula«, sagte sie zu Norbert, der stehen geblieben war und sie fragend ansah. »Es ist etwas mit Feuerstern. Sie ist bei ihm, im Abfohlstall. Ich hole den Notfallkoffer aus dem Auto und gehe hin. Vorher können wir nicht hier weg.«

Norbert nickte. Antonia war froh, dass er nicht versuchte, sie umzustimmen oder das Kommando zu übernehmen, sondern ihr einfach nur auf dem Weg zum Parkplatz hinterherlief, während sie in der Dunkelheit den Ruf eines Käuzchens vernahm. In ihrem Kopf drehte sich alles.

Zur Angst um ihren Vater gesellte sich jetzt auch noch die Sorge um das neue Pferd. Antonias Handy wieherte erneut. Im Laufen griff sie in ihre Tasche und holte es heraus.

»Ich bin gleich bei dir, Spätzchen«, keuchte sie etwas außer Atem, wobei sie weiße Wölkchen in die Nacht entließ.

Als sie die Stimme mit dem harten R erkannte, blieb sie schlagartig stehen, holte tief Luft und wappnete sich innerlich gegen die Wucht der gefürchtete Nachricht.

»Errr ist tot! Ist vorr zehn Minuten gestorrben«, kam es schnarrend aus dem Hörer.

Als Norbert sie fragend ansah, konnte Antonia nur schweigend den Kopf schütteln. Stumm ließ sie sich gegen ihn sinken und spürte dankbar, wie sein kräftiger warmer Körper ihr Halt gab, während ihr die Tränen über das Gesicht liefen. Norbert wartete eine Weile ab, dann reichte er ihr ein Papiertaschentuch und räusperte sich.

»Mein Beileid«, sagte er, während in einiger Entfernung ein Martinshorn ertönte.

In der Tasche von Norberts Lederjacke meldete sich die Titelmelodie vom »Tatort«. Er griff hinein und hielt sich das Gerät ans Ohr.

»Die Polizei ist hierher unterwegs. Sie wollen Luise verhaften«, sagte er dann zu Antonia und sah sie fragend an.

Diese nickte benommen, schnäuzte sich dann und wischte sich mit dem Ärmel über das Gesicht.

»Geh du nur«, sagte sie mit zitternder Stimme. »Ich muss zu Paula, ihr sagen, dass Opa Fritz gestorben ist.«

Weibersterben ist kein Verderben,
Gaulverrecken, das ist ein Schrecken.
Altes Sprichwort

Samstagnacht

Norbert drehte sich um und ging zum Festzelt zurück in Richtung der Polizeisirenen, während Antonia ihren Weg fortsetzte. Vor dem Wohnheim holte sie ihren Tierarztkoffer aus dem Wagen und balancierte von hier aus vorsichtig über den matschigen Weg zum Abfohlstall. Es war stockdunkel. Nur ein fahler Mond schien zwischen den Wolken hindurch und beleuchtete den Weg zu dem lang gestreckten Backsteinbau. Der Inschrift über dem Eingang des zweigeschossigen Gebäudes nach zu schließen stand es schon seit dem Jahr 1898 an diesem Ort.

Als sie vor dem Eingang stand, überkam Antonia ein vertrautes Gefühl. Das war der Stall, den sie in ihren Träumen gesehen hatte. Sie hatte ihn nur deshalb bisher nicht bemerkt, weil er etwas abseits lag.

Noch heute werden hier im Februar die trächtigen Stuten einquartiert, wenn der Geburtstermin unmittelbar bevorsteht. Damit dabei nichts schiefgehen kann, überwachen Pferdepfleger sie die ganze Nacht lang. Meistens übernehmen die Lehrlinge diese Aufgabe. Von Paula wusste Antonia, dass einige von ihnen den gruseligen Reiz der einsamen Wachen auf dem Heuboden in tiefer Nacht genossen, andere sich hier oben entsetzlich fürchteten. Jetzt im Oktober stand der Stall leer und diente als Krankenstation für verletzte Pferde.

Als Antonia die Stalltür aufzog, lief Paula ihr aufgeregt entgegen. Im Stall war es dämmerig und nur mehrere kleine Deckenlampen verbreiteten ein trübes Licht. Es reichte gerade aus, um den Weg zu Feuersterns Box zu finden. Neben ihm waren zwei braune Wallache mit dicken Verbänden an den Beinen einquartiert.

Geschäftig nahm Antonia das Stethoskop aus dem Koffer und horchte an Feuersterns Flanke die Darmgeräusche ab. Sie war froh, dass die Konzentration auf die vertraute Routine keinen Raum für Trauer ließ. Antonia strich dem Pferd zärtlich über die Nüstern, bevor sie den Untersuchungshandschuh aus Plastik bis über die Schulter hochzog, ihn mit Gleitgel einschmierte und sich unter dem Schweif durch den After im Darm des Pferdes vortastete, bis sie mit dem Kopf an seine Hinterbacken stieß und nicht mehr weiter kam. Um ihn am Austreten zu hindern, hatte Paula ein Vorderbein ergriffen und hielt es nach hinten abgewinkelt in der Luft, sodass Feuerstern auf drei Beinen balancieren musste. Antonia zog den Arm zurück und inspizierte ein paar kleine Kotbällchen in ihrer Hand.

»Das sieht alles normal aus«, stellte sie fest. »Er scheint nur ein bisschen verkrampft zu sein. Wahrscheinlich die Aufregung.«

Sie zog eine krampflösende und schmerzstillende Spritze auf und injizierte sie dem Pferd in die Halsvene.

»Das sollte reichen«, sagte sie. »Er darf jetzt zwei Stunden lang nichts fressen und braucht Ruhe.«

Feuerstern sah ohnehin nicht aus, als wenn er Appetit hätte, und ließ lustlos den Kopf hängen. Paula strich ihm besorgt über die Flanke.

»Ich bleibe bei ihm«, beschloss sie dann.

Antonia hatte nichts anderes erwartet. Auch sie würde

hierbleiben und auf Paula und Feuerstern aufpassen. Der Weg nach Stuttgart durch das dichte Schneetreiben war ihr ja nun erspart geblieben. Zudem musste sie ohnehin mit Paula reden. Sie stampfte mit den Füßen auf den harten Steinboden, was das Gefühl aber auch nicht in ihre Zehen zurückbrachte. Paula deutete nach oben.

»Auf dem Heuboden können wir uns einkuscheln. Da wird es dir wieder warm. Es gibt eine Luke, durch die wir Feuerstern beobachten können. Man kommt nur von draußen hin.«

Antonia nickte und folgte Paula aus dem Stallgebäude auf die Seite, an der eine schmale Holzleiter direkt an der Wand befestigt war. Sie sah hinauf und fing ein paar Schneeflocken mit der Zunge auf. Für die Kletterpartie war ein Mindestmaß an akrobatischem Geschick notwendig und zudem saß ihre feuchte Jeans ziemlich eng. Antonia zögerte, wollte sich dann aber keine Blöße geben und kletterte hinter Paula die Leiter hoch. Dabei musste sie sich links und rechts festklammern, um nicht auf einer der feuchten Holzsprossen auszugleiten, die zudem noch ein wenig vertrauenerweckendes Knarzen von sich gaben. Mühsam tastete Antonia sich Schritt für Schritt hoch.

Im Gegensatz zu Paula, der das alles nichts auszumachen schien, war Antonia erleichtert, als sie die kleine Plattform erreicht hatten und von dort durch eine überdachte Öffnung in der Wand auf den Heuboden gelangt waren. Hier schüttelten sie die Schneeflocken aus den Haaren und von den Jacken. Paula zog eine Taschenlampe heraus, steuerte auf einen Stapel Decken zu und breitete mehrere davon über dem Heu aus.

Antonia kuschelte sich in das duftende Heunest und zog sich eine der Decken über die Schultern. Sie piekste und es staubte ein wenig. Antonia nieste, zog ihre Schuhe und die feuchten Socken aus und knetete ihre kalten Zehen, damit die Blutzirkulation wieder in Gang kam.

Paula hatte sich dicht neben sie gelegt und spähte durch den schmalen quadratischen Ausschnitt im Holzboden in das Dämmerlicht im Stallinneren. Unter ihnen konnten sie das Stampfen der Hufe hören, wenn sich eines der Pferde in der Box umdrehte. Von ferne wehte ihnen der Winterwind den Festlärm zu und vom Gestütshof schlug die Glocke auf dem Engländerstall siebenmal. Antonia holte tief Luft, bevor sie es aussprach.

»Opa Fritz ist tot.«

Als Paula nicht antwortete, sah Antonia zur Seite. Ihre Tochter saß mit versteinertem Gesicht regungslos da und starrte in die Dunkelheit, während sich die Nachricht einen Weg in ihr Bewusstsein zu bahnen schien. Dann funkelten plötzlich Tränen in Paulas großen grünen Augen und liefen über ihr dunkles Gesicht.

»Opa Fritz ist tot«, wiederholte sie mehrmals tonlos, als ob sie es dadurch besser verstehen könnte. »Opa Fritz ist tot.«

Antonia lehnte sich in den kratzenden Wolldecken zurück und massierte ihre kalten Zehen, während sie ihrer Tochter alles erzählte.

»Ich schäme mich so dafür, dass ich ihn immer noch verdächtige«, sagte Antonia. »Aber ich kenne die Wahrheit nicht.«

Sie musste niesen und rieb sich die Nase. Täuschte sie sich oder roch es plötzlich nach Kaminfeuer? Vielleicht kam es ihr nur so vor, weil sie sich so inbrünstig nach der Wärme von prasselnden Flammen sehnte.

»Gut möglich, dass Luise lügt«, meinte Paula und

schniefte. »So langsam traue ich der alles zu. Das mit dem Ketamin, das muss sie gewesen sein. Sie hat mir vor dem Ritt einen Kaffee gebracht. Aber warum? Ich hätte doch nichts von dem falschen Sperma verraten. Schließlich hätte ich mir damit selbst am meisten geschadet und am Ende auch noch meine Lehrstelle verloren.«

Von unten aus dem Stall drang das unruhige Stampfen der Pferde herauf, doch Antonia und Paula waren so mit sich selbst beschäftigt, dass sie nicht darauf achteten.

»Luise ging es um etwas anderes«, sagte Antonia. »Als Tochter von Johannes habe ich später einen Anspruch auf den Sonnenhof. Luise kann den Gedanken nicht ertragen, dass Patrick sich sein Erbe eines Tages mit uns teilen muss. Nachdem ich die Wahrheit kannte, musste sie uns beide beseitigen. Jetzt ist mir auch klar, dass es Luise war, die mich in der Nacht auf der Hengststation umbringen wollte. Und ich dachte, ich hätte mich getäuscht, als ich Wotans Knurren hörte.«

Als wenn er auf dieses Stichwort gewartet hätte, war plötzlich ein tiefes Grollen zu vernehmen. An der Außenwand klapperte es. Ein Pferd wieherte schrill. Nun war es nicht mehr zu leugnen, es roch definitiv nach Rauch. Paula und Antonia stürzten zur Luke und sahen Qualmwolken durch den Stall ziehen.

»Raus hier«, rief Antonia geistesgegenwärtig, sprang auf und stürzte barfuß zum Durchgang nach außen.

Sie hatte ihn noch nicht erreicht, als von draußen ein Aufschrei zu hören war. Fassungslos standen Antonia und Paula auf der kleinen Plattform. Sie waren gerade noch rechtzeitig gekommen, um zu sehen, wie sich die Leiter im Zeitlupentempo von der Wand löste und in die Tiefe krachte. Erst beim Aufprall bemerkten sie die Gestalt, die mit der Leiter auf den Boden geschmettert worden und neben ihr liegen geblieben war. Der schwarze Hund sprang wild bellend um sie herum. Vorsichtig krochen sie zum äußersten Rand der Plattform und spähten hinunter, während hinter ihnen bereits dichter Rauch aus dem Heuboden drang. Unter ihnen krachten Hufe gegen Holzwände. Das Wiehern der Pferde war in ein verzweifeltes Schreien übergegangen.

»Wir können hier nicht mehr weg«, übertönte Paulas Stimme den Lärm und richtete den Strahl ihrer Taschenlampe durch die Schneeflocken hindurch auf die zu Boden gefallene Leiter und die Gestalt, die nur Luise sein konnte.

Ihnen wurde klar, dass sie hier gefangen waren. Zurück konnten sie nicht mehr und unter ihnen würde die dünne Schneedecke nicht verhindern, dass sie bei einem Sprung aus dieser Höhe mit zerschmetterten Gliedern neben Luise liegen bleiben und als Appetithäppchen für Wotan enden würden.

»Hallo«, schrien sie gemeinsam in die dunkle Nacht und ließen den Strahl der Taschenlampe kreisen, der von den tanzenden Schneeflocken zurückgeworfen wurde.

Alles, was sie damit erreichten, war aber, dass Wotan sie bemerkte und nun bellend an der Wand hochsprang. Für sie war es zu tief, aber glücklicherweise war es für ihn auch zu hoch. Unten begann sich Luise zu regen.

»Haut endlich ab«, kreischte sie schrill. »Du und dein verdammtes Negerbalg!«

Im Schein der Taschenlampe konnte Antonia erkennen, wie sich um Luise herum eine dunkle Lache ausbreitete und ein Muster aus Blut in den Schnee zeichnete.

Luise hob den Kopf. »Du verdammte Hure! Mannstoll,

wie deine Mutter! Meinen Johannes, den musste ich vor ihr in Sicherheit bringen.«

Plötzlich verstand Antonia, was Luise da mit letzter Kraft in den Winterhimmel schrie, während Wotan zwischen Luise und der Wand hin und her sprang. Neben ihr kauerte Paula und riss entsetzt die Augen auf.

»Du warst das«, rief Antonia mit erstickter Stimme in die Tiefe. »Du hast meine Mutter umgebracht!«

Luises höhnische Lachen schien direkt aus der Hölle zu kommen.

»Es war ganz einfach, ein kleiner Schubs, und sie ist herunter gestürzt. Fritz und Johannes – sie haben mir dann geholfen. Sie haben die Leiche in Julmonds Grab verscharrt.«

»Warum?«, rief Antonia, erhielt aber keine Antwort mehr.

Luise ließ ihren Kopf in den Schnee zurücksinken. Offensichtlich hatte sie ihre letzte Kraft dafür aufgebracht, ihren Hass auf Antonia in die Nacht zu schreien. Paula war aufgesprungen und auch Antonia löste sich aus der Erstarrung.

»Hilfe, Hilfe«, brüllten sie nun im Chor, begleitet von Wotans Bellen.

Wenn das Feuer sie auf der Plattform erreichte, blieb ihnen nichts anderes übrig als zu springen. Plötzlich drangen Stimmen und Rufe durch die Nacht.

»Hier … hier oben … hier sind wir«, riefen Antonia und Paula und winkten mit der eingeschalteten Taschenlampe. »Hilfe, Hilfe!«

Paula hustete und Antonia spürte, wie ihre Augen brannten.

»Wir kommen«, hörte sie Norberts Stimme von unten.

Erleichtert sah sie, dass er die am Boden liegende Leiter schon fast erreicht hatte, als plötzlich Wotans dunkler Schatten ihm laut knurrend den Weg versperrte. Gegen einen bösartigen Rottweiler kam selbst ein Hüne wie Norbert nicht an, was ihm offensichtlich auch gerade klar wurde, denn er blieb stehen und sah sich um. Mittlerweile war Luise wieder zum Leben erwacht und stöhnte laut, worauf der Hund wieder zu ihr zurücklief, nur um in dem Moment wieder abzudrehen, in dem Norbert nach der Leiter greifen wollte, fast so, als wollte der Hund die Absicht seiner Herrin auf diese Art zu Ende führen. Verzweifelt sah Norbert zu ihnen hoch. Hinter ihm war jetzt auch Patrick aufgetaucht. Er konnte Wotan jedoch genauso wenig beruhigen. Wie Cerberus vor dem Eingang zur Hölle kauerte der Hund vor seiner Herrin und verhinderte, dass ihr jemand zu nahe kam. Dabei hielt er gleichzeitig die Männer davon ab, die Leiter wieder an die Wand zu stellen.

»Wir löschen erst das Feuer«, brüllte Norbert und rannte in den Stall zurück, gefolgt von Patrick.

Ob die Männer dabei erfolgreich gewesen waren, konnte Antonia von hier aus nicht erkennen. Sie hörte Hufgetrappel und die Geräusche von Boxentüren, die geöffnet wurden. Es dauerte eine gefühlte Ewigkeit, bis Norbert und Patrick mit den zwei Wallachen zurückkamen. Trotz der Bandagen an den Beinen hatten die Tiere offenbar genügend Kraft, um sich heftig aufzubäumen. Die Männer ließen sie frei und rannten in den Stall zurück, um auch Feuerstern zu retten. Während die Pferde durch die Nacht davongaloppierten, verstärkte sich zumindest der Qualm nicht weiter.

Antonia hoffte, dass Norbert und Patrick auch Feuerstern aus seiner Box bringen würden. Sie hatte schon mal einen Stallbrand miterlebt. Dabei starben acht von fünfzehn Pferden in den Flammen. Sie waren um nichts auf der Welt aus ihren Boxen herauszubekommen, obwohl die Türen offen standen. Sie hätten nicht einmal am Feuer vorbei gemusst. Aber in ihrer Panik dachten sie wohl, in ihrer Box am sichersten zu sein. Antonia atmete erleichtert auf, als auch Feuerstern an der Hand von Patrick vor den Stall tänzelte. Patrick ließ den aufgeregt schnaubenden Hengst los und gab ihm einen Klaps auf die Kruppe, worauf dieser eilig seinen Kameraden nachsetzte.

Antonia nickte. »Feuerstern ist in Sicherheit. Er wird nicht weit laufen. Wir können ihn nachher wieder einfangen. Ihm wird nichts passieren.«

Die Chancen standen immer besser, dass sie das auch von sich und Paula sagen konnte, denn jetzt hörte sie Sirenen und sah Blaulicht durch die Nacht flackern. Wenige Minuten später hielt ein Krankenwagen auf der Zufahrt zum Stall. Mit professioneller Eile luden zwei Sanitäter eine Rollbahre aus und rannten damit auf die am Boden liegende Luise zu, die schon seit einigen Minuten keinen Laut mehr von sich gegeben hatte. Leider hatte Wotan immer noch eine völlig fehlgeleitete Auffassung von seiner Pflicht als Wach- und Schutzhund, knurrte die Sanitäter an und fletschte drohend sein Gebiss, worauf die Männer zögernd stehen blieben. Antonia konnte im zuckenden Schein der Blaulichter erkennen, dass sich die Blutlache um Luises reglosen Körper immer weiter ausbreitete, während Wotan unverdrossen seinen Job ausübte und weder Norbert an die Leiter noch die Sanitäter an Luise ließ.

Jetzt kamen auch ein Mann und eine Frau in Polizeiuniform herbeigestürmt.

»Wir brauchen einen Hundeführer«, rief der Mann.

»Ich bin eher für eine Pistole«, antwortete die Frau, die ihre Haare zu einem dünnen Pferdeschwanz zusammengebunden hatte. »Wir müssen die Verletzte retten.« Dann warf sie einen Blick nach oben. »Und an die beiden kommen wir auch nicht anders ran.«

Antonia hatte die Unterhaltung mitbekommen und konnte der Frau nur zustimmen. »Erschießen sie ihn«, brüllte sie aus Leibeskräften, was ihr einen vorwurfsvollen Blick von Paula eintrug. Aber für übertriebene Tierliebe war das jetzt eindeutig der falsche Zeitpunkt.

Norbert, Patrick und die Sanitäter schienen mit dem Vorschlag der Polizistin einverstanden und traten einen Schritt zurück, während die Frau eine Pistole auf dem Halfter zog und auf Wotan zielte.

Obwohl sie sich gewappnet hatte, zuckte Antonia zusammen, als der trockene Knall die Nachtluft durchschnitt und Wotan direkt neben Luise zusammenbrach.

Damit war der Weg zur Leiter frei. Norbert stürmte darauf zu, hob sie hoch und stellte sie wieder an die Wand, während die Sanitäter zu Luise rannten, sie eilig auf die Liege hoben und über die Wiese in den hell erleuchteten Rettungswagen holperten. Während die beiden Polizisten die Leiter unten festhielten, kletterte Norbert mit einer Behändigkeit hoch, die Antonia ihm nicht zugetraut hätte.

»Alles in Ordnung?«, fragte er, als er auf der Plattform angelangt war.

Antonia nickte und schob Paula zur Leiter. Dann wartete sie, bis Paula hinuntergeklettert war, bevor sie sich ebenfalls an den Abstieg machte, gefolgt von Norbert. Als sie alle drei wieder den sicheren Boden erreicht hatten, spürte Antonia, wie ihre Knie zitterten und ihr Tränen in die Augen stiegen. Paula gönnte sich keine Zeit für Sentimentalitäten, sondern rannte sofort in die Richtung, in der die Pferde vorhin verschwunden waren.

»Das mit dem Retten wird langsam zur Gewohnheit«, sagte Norbert und legte seinen Arm um Antonias Schultern. »Ohne Witz. Als ich vorhin zum Fest zurückkam, war Luise nirgends zu finden. Da habe ich Patrick gesucht und ihm alles erzählt. Er meinte, Luise wollte zum Stall gehen und nach Euch sehen.«

»Das war nicht einmal gelogen«, stellte Antonia trocken fest.

Aus der Dunkelheit tauchte Johannes auf und lief zum Krankenwagen. Dort stellte er sich neben Patrick und starrte auf die Rücken der Sanitäter, die sich über Luise beugten.

»Patrick und ich haben uns die Polizisten geschnappt, die eigentlich gekommen sind, um Luise zu verhaften und sind sofort hierher gelaufen«, sagte Norbert. »Zum Glück haben wir es geschafft, das Feuer mit ein paar Pferdedecken zu ersticken, bevor es sich weiter ausbreiten konnte. Dabei hat uns das Wetter geholfen. Alles war feucht und es hat vor allem stark gequalmt.«

Patrick kam jetzt auf sie zu und schüttelte nur stumm den Kopf. Sein Gesicht war schwarz von Ruß, quer darüber zog sich ein Kratzer, aus dem Blut quoll.

»Meine Mutter war zäh«, sagte er dumpf. »Beim Sturz hat sie sich das Bein gebrochen. Dabei hat sie sich auch eine Schlagader verletzt. Der Blutverlust war zu stark für sie. Die Hilfe kam zu spät, dafür hat Wotan gesorgt.«

»Vielleicht ist es besser so«, sagte Johannes, der ebenfalls auf Antonia zukam. Er sah sich nach den Polizisten um, die weiter weg am Sanitätswagen standen. »Mord verjährt nicht.«

»Du sprichst von meiner Mutter?«, fragte Antonia. »Hat Luise …«

Johannes ergriff Antonias Hand und nickte. »Ja, Luise hat deine Mutter umgebracht.«

»Aber warum? Was ist damals geschehen?«

»Luise war eifersüchtig auf Katharina, nicht ganz ohne Grund«, erzählte Johannes. »Katharina war hübsch. Fritz und ich waren beide in sie verliebt. Wie du ja weißt, hat sie dann Fritz geheiratet und ich Luise. Ich habe mich bemüht, aber ich konnte Luise einfach nicht so lieben, wie es richtig gewesen wäre. Ich mochte sie trotzdem gern, denn sie kannte sich mit Pferden aus, war fleißig und konnte schaffen.«

In seiner Stimme schwang Bewunderung mit, Antonia hielt das zwar nicht für das höchste Lob, das man einer jungen schwäbischen Frau aussprechen konnte, aber damals waren die Zeiten wohl anders gewesen.

»Wir sind uns oft über den Weg gelaufen und Luise wurde immer eifersüchtiger auf Katharina. Als du auf die Welt kamst und älter wurdest, wurde klar, dass du mein Kind sein musstest.« Johannes streichelte zärtlich über Antonias Arm. »Luise wurde nicht schwanger. Als Katharina wieder ein Kind erwartete, hat Luise mich beschuldigt, der Vater zu sein.«

Antonia sah ihn an. »Und, warst du es?«

Johannes sah zu Boden. »Ich weiß es nicht«, sagte er dann nach einer Pause. »Möglich wäre es. An einem Abend im März, als Fritz Nachtwache im Abfohlstall hielt, hat Luise mich und Katharina zu einer Aussprache hierhergelockt, auf den Heuboden, einen beliebten Ort für Liebschaften, den wir natürlich auch gut kannten. Du bist wahrscheinlich auch hier oben entstanden.« Johannes lächelte wehmütig. »Als Katharina dann kam und ahnungslos hochkletterte, hat Luise oben auf sie gewartet und sie von der Leiter gestoßen. Wir hatten nicht damit gerechnet und konnten es auch nicht verhindern. Katharina stürzte und war sofort tot.« Johannes deutete auf den dunklen Fleck, der jetzt allmählich von Schneeflocken überdeckt wurde. »Sie lag an genau derselben Stelle wie vorhin Luise … Erst war Fritz außer sich vor Trauer, aber schließlich ist uns allen klar geworden, dass Schweigen die beste Lösung war. Eine Morduntersuchung hätte Katharina auch nicht wieder lebendig gemacht, aber der Skandal hätte Luises und mein Leben zerstört und auch das von Fritz und dir. Gomadingen war winzig. Wir haben uns gegenseitig versprochen, niemals darüber zu reden. Wir haben Katharina noch in derselben Nacht in Julmonds Grab beerdigt. Es war damals ganz frisch ausgehoben.«

»Jetzt verstehe ich auch, warum Fritz damals Marbach verlassen und seinen guten Posten als Gestütstierarzt aufgegeben hat«, sagte Antonia. »Er ist von hier weggegangen, hat mich mitgenommen und sein Versprechen bis heute gehalten. Sogar bis über seinen Tod hinaus.«

Johannes sah sie überrascht an.

»Fritz ist tot?«, fragte er leise. Antonia nickte.

»Mein Beileid«, sagte Johannes und räusperte sich. Nach einer kurzen Pause sprach er weiter. »Fritz hatte mehr Glück als ich, denn er hatte wenigstens dich. Ich hatte nur noch meine Pferde. Luise hatte Patrick und später Wotan. Patrick hat sich abgestrampelt, um Luises Hoffnungen zu erfüllen und den Hof zu erhalten. Wie weit er selbst dafür und auf der anderen Seite auch Luise für ihren Sohn gehen würde, habe ich allerdings nicht geahnt. Ich hätte das alles ansonsten nicht zugelassen.«

»Vielleicht ist es wirklich besser so«, sagte Antonia mit einem letzten Blick zum Krankenwagen.

Erst als sie sich zum Gehen wandte, merkte sie, dass sie Schuhe und Strümpfe auf dem Heuboden zurückgelassen hatte.

Er aber, sag's ihm, er kann mich im Arsche lecken!

Johann Wolfgang von Goethe (1749–1832), deutscher Schriftsteller in »Götz von Berlichingen«

Montagmorgen

Verwechslung aufgeklärt – Pferdezüchter entschuldigt sich

Der mutmaßliche Betrugsfall um den Shooting-Star Jupiter ist aufgeklärt. Beim Züchter Patrick Pfefferle ist es zu einer Verwechslung von Tiefkühlsperma gekommen.

»Ein bedauerlicher Einzelfall«, sagte Pfefferle gegenüber dem »Schwabenross«, Wir können uns das nicht erklären.« In Zukunft werde er seine Kontrollmaßnahmen verschärfen, so Pfefferle weiter.

Pfefferle hat den Hengst zurückgenommen und will ihn nun weiter ausbilden.

»Er ist ein toller Bursche, trotz allem«, sagte Pfefferle. »Ich stehe zu meinem Pferd.«

Antonia hatte eine Aufnahme von Patrick und Jupiter neben den Bericht gestellt, auf der er seinen jungenhaften Charme versprühte. Leider schien Doro dagegen immun zu sein. Wütend stand sie von ihrem Schreibtisch auf, als Antonia ihr Büro betrat. Sie deutete anklagend auf den Bildschirm, auf dem die geplante Zeitungsseite angezeigt wurde.

»Das ist alles? Du machst eine Woche Urlaub auf Verlagskosten und mehr als die paar Zeilen kommt nicht dabei raus?«, schnaubte Doris.

»Immerhin ein schönes Foto«, sagte Antonia und zuckte mit den Schultern. Das, was in der vergangenen Woche passiert war, reichte zwar für einen ganzen Roman, eignete sich aber nicht fürs »Schwabenross«.

»Was ist mit dem Brand auf dem Gestüt?« Doro wedelte mit dem »Alb-Boten« von heute vor Antonias Nase herum. »Hier steht sogar etwas von einer Toten.«

»Das war am Samstag. Da war ich nicht mehr im Dienst«, sagte Antonia und zog die Augenbrauen hoch.

Doros kontrollierte Gesichtszüge zeigten erst kurze Anzeichen von Verwirrung, dann wurde sie wütend. Sie öffnete den Mund, doch bevor es zum Austausch weiterer Peinlichkeiten kommen konnte, zog Antonia das Kuvert mit ihrem Kündigungsschreiben heraus, legte es vor Doro auf den Tisch und gab das berühmte Zitat aus Goethes Götz von Berlichingen zum Besten.

Damit hatte Goethe einst dem bekannten und beliebten »Schwäbischen Gruß« ein Denkmal gesetzt. »Jetzt leck mi aber am Arsch« wird hier in der Gegend auch dazu verwendet, der Freude über das unerwartete Wiedersehen zweier alter Bekannter Ausdruck zu geben. Aber Antonia und Doro hatten sich erst kürzlich gesehen und somit war klar, dass diese Variante hier nicht gemeint war.

Antonia drehte sich um, gab ihre Schlüssel bei Frau Schmidtke-Sonnenfroh im Sekretariat ab, hüpfte die Treppe hinunter und trat vor die Tür des Gebäudes, das im Stuttgarter Westen in beliebter Halbhöhenlage über der Stadt thronte.

Bevor sie die Staffel in Richtung Innenstadt betrat, drehte sie sich noch einmal um und sah zu dem Fenster hoch, hinter dem sich fast zwanzig Jahre lang ihr Schreibtisch befunden hatte. Das einzige, was sie wirklich vermissen würde, war der großartige Blick, den man von hier oben über die Stadt bis hin zum Stuttgarter Fernsehturm hatte.

Weint nicht an meinem Grab um mich;
ich bin nicht hier, ich schlafe nicht.
Ich bin der Sommerwind über dem See,
Sonne glitzernd auf Winterschnee,
netz' als Regen das Gesicht.
Ich bin das tiefe Himmelsblau,
der kühle, frische Morgentau,
bin der Raben Flügelschlag.
Blickt ihr im Dunkeln in die Ferne
bin ich das Funkeln der Sterne.
Weint nicht an meinem Grab um mich,
denn hier findet ihr mich nicht.

nach einem Gesang der Navajo

Dienstagmorgen

»Wir können Ihnen eine Erdbestattung in einem Wahl- oder in einem Reihengrab anbieten«, sagte die Frau mit den kurzgeschorenen Haaren in der zugeknöpften weißen Bluse, während getragene Kirchenmusik dezent durch den Raum wehte.

Antonia hatte ihr gegenüber auf einem weich gepolsterten weißen Lederstuhl Platz genommen, wo sie sofort von einer Duftmischung aus Nelken, Rosenblüten und Holz in Beschlag genommen wurde, die an den muffigen Geruch alter Kirchen erinnerte. Hier wurde offensichtlich nicht einmal der Duft dem Zufall überlassen. Vor Antonias Auge blitzte des Bild von Gräbern auf, in denen die Toten in Reih und Glied vorschriftsmäßig verwesten. Sie konnte sich nicht vorstellen, dass ihr Vater hier mitmachen sollte.

Die weißen Lilien, die von Gräsern umrahmt in geschmackvollen dunkelgrauen Vasen steckten, schienen ihr freundlich zuzunicken. Auch die Leiterin des Bestattungshauses »Ruhe sanft« lächelte freundlich, wobei Grübchen in ihrem Gesicht erschienen. Sie war Ende dreißig und Diplomtheologin und entsprach nicht dem schwarzgrauen Bestatter mit angemessen betrübtem Gesichtsausdruck, den Antonia erwartet hatte.

Wie eine Plakette an der Eingangstür zeigte, hatte »Ruhe sanft« erst kürzlich die Auszeichnung »Bestatter des Jahres« erhalten. »Abschied gestalten mit Herz, Sinn und Verstand« stand als Motto unter dem Namen des Instituts.

In der Eingangshalle hatte Antonia eine schwarze Kutsche aus dem Jahr 1886 empfangen, darauf ein schwarzer Eichensarg, gekrönt von einem Kreuz. Das hätte ihrem Vater wahrscheinlich besser gefallen als der moderne Designersarg, der daneben stand und in irisierendem Weiß an die Rettungskapsel eines Raumschiffs erinnerte.

»Wir gehen auch auf ausgefallene Wünsche ein«, sagte die Frau, während eine weiß gekleidete Assistentin schwarzen Kaffee in schwarzen Tassen hereintrug.

»Wir können zum Beispiel eine Weltraumbestattung anbieten. Dabei wird ein Teil der Asche in die Erdumlaufbahn oder sogar auf den Mond geschossen. Das ist allerdings ziemlich teuer«, fügte sie nach einem abschätzenden Blick über Antonias praktisches Outfit hinzu.

»Etwas günstiger kommt sie eine Kremation«, erklärte die Diplomtheologin und nippte an ihrem Kaffee. »Sie müssen aber einen Sarg kaufen. Wir bieten Ihnen besonders schöne Verbrenner-Särge an, Fichtenholz aus dem Schwarzwald, aus einheimischer Produktion, nicht solche Billigprodukte aus dem Osten. Die Form ist schön, das

Holz frisch aus dem Schwarzwald, alles ganz wunderbar verarbeitet.«

Jetzt hätte dezenter Harzduft gepasst. Überrascht stellte Antonia fest, dass es Menschen gab, die von Särgen schwärmen konnten. Aber dafür musste man wahrscheinlich Diplomtheologin sein.

»Die Asche kann dann auf unterschiedliche Weise beigesetzt werden«, sagte die Frau und zählte diverse Alternativen auf: »Baumbestattung in der Oase der Ewigkeit, Waldbestattung, Seebestattung oder als gepresster Diamant. Natürlich kann die Asche auch in einer geschmackvollen Urne in einem Reihengrab bestattet werden.«

Da war er wieder, der hässliche Gedanke an ein Reihengrab. Antonia schüttelte den Kopf. In ihren Gedanken trabte ein kleiner Fuchshengst auf sie zu, warf sich übermütig auf der Hinterhand herum und galoppierte über eine hügelige Wiese davon.

»Ich hatte eher an etwas Naheliegendes gedacht«, meldete sie sich zu Wort.

»Auf dem Stuttgarter Pragfriedhof besteht die Möglichkeit, die Asche in einer Urnenwand beizusetzen. Dabei sparen sie die Grabpflegekosten.«

Antonia dachte nach. Zwar hatte ihr Vater hier gelebt, aber eigentlich war Stuttgart nicht seine Heimat gewesen. Eine Grabstätte auf dem Pragfriedhof schien ihr daher nicht richtig zu sein. Ostpreußen hätte besser gepasst, aber das war weit weg.

Antonia dachte an ihre Mutter. Sie waren zwar keine richtige Familie gewesen, aber wenigstens im Tod konnte sie das jetzt ändern. Und praktisch war es auch noch, denn dann konnte sie beide gleichzeitig besuchen.

»Sie gehen doch auch auf außergewöhnliche Wünsche

ein«, sagte sie, lächelte die weiße Bluse an, schob einen Briefumschlag mit eintausendfünfhundert Euro unter deren Kaffeetasse und erklärte, was sie sich vorgestellt hatte.

Gute Vorbereitung war alles und Antonia hatte sich informiert. Die Diplomtheologin griff zu, öffnete den Umschlag und zählte das Geld. Dann erschienen wieder diese netten Grübchen in ihren Wangen.

»Gott segne Sie«, sagte sie und nickte freundlich.

Wenige Tage später nahmen Antonia, Paula, mehrere Kollegen ihres Vaters und einige schwarz verschleierte Damen im Krematorium auf dem Pragfriedhof an einer kurzen Trauerfeier im kleinen Kreis teil. Dabei fand eine geschmackvolle Urne ihren Platz in einer Urnenwand.

Anschließend nahm Antonia in den Räumen vom »Bestatter des Jahres« eine handliche kleine Aschenkapsel in Empfang, legte diese und einen kleinen Klappspaten in ihren Rucksack und fuhr noch am selben Abend nach Marbach.

Während der Niederschlag sich in Stuttgart nicht zwischen Regen und Schnee entscheiden konnte, ging er auf der Fahrt nach Marbach eindeutig in Schnee über. Große Flocken fielen auf den dunklen Boden und blieben dort liegen. In wenigen Stunden würden Wiesen und Felder von einer wattigen Schneedecke überzogen sein.

Im Marbach parkte Antonia ihren Golf auf dem Gestütsgelände, nahm den Rucksack und stiefelte in der Dämmerung hoch zu Julmonds Grab. Dort sah sie in den Himmel, lauschte einen Moment in die Stille und buddelte dann ein kleines Loch. Sie öffnete die Kapsel, streute die Asche hinein und legte ein paar Blümchen dazu. Anschließend nahm sie die Schaufel, häufte Erde darüber, klopfte alles sorgfältig fest und bedeckte es mit einer Schicht Herbstlaub.

Dann beobachtete sie schweigend, wie Flocke um Flocke auf Julmonds Grab herabsank und es zudeckte. Den kühlen Hauch, den sie dabei verspürte, konnte sie jetzt ausschließlich dem herannahenden Winter zuschreiben, so aufmerksam sie auch in sich hineinhorchte. Aber sie wusste, dass es gut so war, denn nicht nur sie selbst hatte endlich ihren Frieden gefunden.

So viele Gerstenkörner du deinem Pferd gibst,
so viele Sünden seien dir vergeben.
Mohammed (570–632)

Ein paar Wochen später

Im Küchenradio lief das vierte Programm des Südwestrundfunks. Chris Reas heisere Stimme sang »Driving Home for Christmas«, den Sehnsuchtshit für die Weihnachtszeit, dann folgten die Lokalnachrichten.

»Sensationeller Erfolg für Baden-Württembergs Reiternachwuchs.« Ein Rascheln aus dem Lautsprecher, bevor es weiterging: »Gestern Abend konnte die Nachwuchsreiterin Paula Mickoleit aus Baden-Württemberg mit ihrem Hengst Feuerstern beim German Masters in der Stuttgarter Schleyer-Halle im Spring-Derby einen dritten Platz erreiten. ›Ich freue mich riesig‹«, jubelte Paulas Stimme aus dem Radio, bevor der Sprecher wieder an der Reihe war. »Ihr Trainer ist der Olympia-Silbermedaillengewinner von Athen, Patrick Pfefferle.«

»Herzlichen Glückwunsch«, sagte Norbert und strahlte Antonia an. Dann deutete er auf den Frühstückstisch. »Ich habe Heringssalat gekauft, extra für dich, obwohl ich den eigentlich gar nicht leiden kann.«

Durch die Fenster seines Hauses in St. Märgen konnten sie die muskulösen Dunkelfüchse Donnergroll und Maximus und den etwas kleineren Wälderbub dabei beobachten, wie sie im Schnee über die Weide tollten, anhielten, sich übermütig in die Vorderbeine bissen und aneinander hochstiegen.

»War gar nicht so leicht zu bekommen – hier im tiefsten Schwarzwald«, sagte er und strich mit dem Finger zärtlich über Antonias Wangen.

»Lecker«, sagte Antonia, schaufelte sich die rosafarbene Masse auf den Teller und überlegte, wann wohl der richtige Zeitpunkt für das Geständnis war, das sie das Zeug eigentlich nicht leiden konnte.

Epilog

Wer jetzt zu Julmonds Grab zwischen den alten Bäumen kommt, kann an manchen Tagen, wenn einzig der heisere Schrei einer Krähe die Stille durchbricht und Sonnenstrahlen die feuchte Erde in der Umrandung aus groben Kalksteinen erwärmen, beobachten, wie sich aus den aufsteigenden Nebeln ein Schleier löst, sich über die Weiden tragen lässt und dort Gestalt annimmt.

Wer sehr genau hinsieht und sein Herz weit öffnet, kann darin einen Mann und eine Frau erkennen, die eng umschlungen auf dem Rücken eines kleinen Hengstes über die Wiesen galoppieren.

Und vielleicht hört er aus der Ferne eine helle Frauenstimme, die dazu eine alte schwäbische Weise singt:

»Es schneielet, es beielet,
es goht an kalder Wend.
Es frieret alle Vegele
ond alle arme Kend.

Es schneielet, es beielet,
es goht an kalder Wend.
Hosch du a Schdiggle Brot em Sack,
No gib's ma arme Kend.«

Vielen Dank

An dieser Stelle möchte ich mich bei all denen bedanken, die dieses Buch ermöglicht haben.

Dazu gehören der Verlag Oertel+Spörer und Gabriella Schäfer-Lehari sowie Elga Lehari-Reichling, die das Buch mit ihrem sorgfältigen Lektorat und konstruktiven Vorschlägen begleitet hat. Außerdem danke ich meinem Schriftstellerkollegen Bernd Storz für die vielen anregenden Diskussionen.

Ein großer Dank geht auch an das Haupt- und Landgestüt in Marbach, das in diesem Jahr 2014 sein 500-jähriges Bestehen feiert, seine Leiterin Dr. Astrid von Velsen-Zerweck, Dr. Carolin Eiberger und alle anderen Mitarbeiter und Mitarbeiterinnen des Gestüts, die mir meine Fragen bereitwillig und geduldig beantwortet haben. Besonders danken möchte ich dem Besamungswart Hauptsattelmeister Ralf Belz, der mir die Vorgänge auf der Hengststation anschaulich demonstriert hat, dem Reitlehrer Hauptsattelmeister Rolf Eberhardt und den Auszubildenden Gina Schepke, Laura Hartmann und Nadja Kelbassa, die mich in einige ihrer Geheimnisse eingeweiht haben. Allen gemeinsam ist die große Liebe zu Pferden und alle konnten sich nur schwer vorstellen, dass auf dem Gestüt jemand umgebracht wird. Aber mal ganz ehrlich: Hätten Sie das Buch bis hierhin gelesen, wenn es darin nur um Pferdezucht und die Geschichte des Marbacher Haupt- und Landgestüts gegangen wäre?

Danken möchte ich allen männlichen und weiblichen Reitern, Reitlehrern, Züchtern und Pferdefreunden, die mir über ihr Leben mit Pferden berichtet und mir dabei geholfen haben, Land und Leute in Farben zu kleiden. Ein Dank gebührt auch Dietmar Gulewitsch vom gleichnamigen Landhotel; er hat mich nicht nur mit einem gemütlichen Zimmer und leckerem Essen, sondern außerdem mit Geschichten aus der Region versorgt.

Ich versichere hiermit, dass ich keinem Menschen, sei es in Marbach oder bei einem privaten Züchter, begegnet bin, dem ich einen Mord zutrauen würde, und dass alle kriminellen Geschehnisse in diesem Buch einzig und allein meiner eigenen Phantasie entsprungen sind. Kriminell schlecht war eigentlich nur das Wetter auf der Alb. So durfte ich am 9. Oktober (!) 2013 mit eigenen Augen sehen, wie das Grün der Weiden von weißem Schnee bedeckt wurde.

Alle Figuren sind frei erfunden. Sollte sich dennoch die eine oder der andere wiedererkennen, so liegt das daran, dass ich mich gerne von meiner Umwelt inspirieren lasse. Da kann es schon mal vorkommen, dass ich mir einen besonders schönen Namen, eine Haarfarbe, einen Charakterzug oder eine Angewohnheit ausleihe. Danke für Name und Frisur, liebe Victoria! Und danke, lieber Daylight, auch wenn du schon lange kein Hengst mehr bist und Dressurarbeit nicht leiden kannst! Wem ich für Doros schlechte Laune und Schönles Popeln danke, verrate ich hier lieber nicht, sondern behaupte pflichtgemäß, dass Ähnlichkeiten mit lebenden Personen rein zufällig sind. Kein Zufall ist, dass Oma Luise aussieht wie meine (ohne Witz!) überaus liebenswerte Schwiegermutter Marga, eine Urschwäbin aus Bleubeuren, die leider mittlerweile im hohen Alter von 94 Jahren verstorben ist.

Ein ganz besonderer Dank gilt meinem Mann Matthias, der mir den Rücken freigehalten und mich in allen Phasen des Schreibens liebevoll unterstützt hat.

Und dann gilt mein Dank natürlich allen Lesern, die sich dafür entschieden haben, ihre kostbare Zeit mit meiner Geschichte zu verbringen.

Konstanz, April 2014 *Bettina Hellwig*